J. M. Erre

Né en 1971 à Perpignan, J. M. Erre est professeur de français à Sète et vit à Montpellier. Il a publié cinq romans aux éditions Buchet/Chastel : *Prenez soin du chien* (2006), *Made in China* (2008), *Série Z* (2010), *Le Mystère Sherlock* (2012) et *La Fin du monde a du retard* (2014). Son humour frisant l'absurde, où le comique de langage côtoie le comique de situation, fait de ses ouvrages une curiosité dans le paysage littéraire français.

Retrouvez toute l'actualité de l'auteur sur :
www.facebook.com/JM.Erre

LE MYSTÈRE SHERLOCK

DU MÊME AUTEUR
CHEZ POCKET

LE MYSTÈRE SHERLOCK
SÉRIE Z
LA FIN DU MONDE A DU RETARD

J.M. ERRE

LE MYSTÈRE SHERLOCK

BUCHET • CHASTEL

MIXTE
Papier issu de sources responsables
FSC www.fsc.org FSC® C003309

Pocket, une marque d'Univers Poche, est un éditeur qui s'engage pour la préservation de son environnement et qui utilise du papier fabriqué à partir de bois provenant de forêts gérées de manière responsable.

ISBN : 978-2-266-23355-2

Je propose d'appeler « complexe de Holmes » la relation passionnelle conduisant certains créateurs ou certains lecteurs à donner vie à des personnages de fiction et à nouer avec eux des liens d'amour ou de destruction.

Pierre Bayard
L'Affaire du chien des Baskerville

Un trait de caractère semble trop souvent oublié par les commentateurs holmésiens : Holmes est un homme d'humour. Au cours des affaires rapportées par le Canon, Holmes sourit à cent trois reprises, rit soixante-cinq fois, glousse trente et une fois, émet cinquante-huit plaisanteries et cinquante-neuf mots d'esprit.

A.-F. Ruaud & X. Mauméjean
Sherlock Holmes, une vie

Sherlock Holmes pour les Nuls (extrait)

H comme Holmésien : Mammifère bibliophile vouant une passion à Sherlock Holmes. Les spécialistes – à l'université et à l'hôpital – distinguent plusieurs catégories d'holmésiens. Les niveaux 1 à 3 désignent les amateurs du détective anglais créé par Arthur Conan Doyle en 1887. Ils aiment à lire et à relire les quatre romans et cinquante-six nouvelles qui forment le « Canon » holmésien, scrutent la sortie en librairie des innombrables pastiches consacrés à Holmes, et ne rechignent pas à s'aventurer dans les enquêtes des concurrents, Hercule Poirot ou Harry Dickson. Pour résumer, mis à part une tendance un peu pénible à s'exclamer à tout propos « Élémentaire, mon cher Watson », ils sont inoffensifs.

Les niveaux 4 à 6 correspondent à des holmésiens initiés. Pour ces adulateurs du Canon, la frontière entre la fiction et la réalité se trouble par moments. On se met à privilégier le texte original en anglais, on se lance dans des analyses textuelles, on adhère à une « société holmésienne », on suit des colloques. Bref, on commence à fatiguer ses proches.

Enfin, les holmésiens de niveaux 7 à 10 forment une caste à part. Pour eux, les choses sont claires : Sherlock Holmes a bel et bien existé et Conan Doyle n'était que l'agent littéraire du docteur Watson, biographe du détective londonien. À ce stade, la fiction n'existe plus, les écrits de Watson sont parole d'Évangile, l'étude des textes sacrés devient le centre de toutes les préoccupations, on s'attaque à des énigmes métaphysiques fondamentales comme la date de naissance de Holmes ou le nombre de mariages de Watson.

Et, dans le meilleur des cas, on essaie de prendre ses pilules tous les matins.

Mardi
Hôtel Baker Street
Suisse

En ce joli mois de mai, la neige était tombée dru, juste pour énerver le réchauffement climatique. Dans la vallée suisse de Meiringen, dame Nature avait revêtu son blanc manteau. Sur le voile immaculé, saupoudré çà et là de fleurettes hardies, des marmottons pelucheux batifolaient gaiement. Des mésanges nonnettes enrobaient la scène de pépiements sucrés, de violons et de hautbois. Le temps était suspendu, bien sûr. Il ne manquait plus que le Père Noël accompagné de sa tripotée de lutins, et c'était l'extase cosmique. Tous les clichés étaient convoqués pour faire de cette scène un moment inoubliable de beauté, de pureté et de Walt Disney. Mais heureusement pour l'amateur de polar, friand de sang chaud et de frissons d'échine, tout ça ne dura pas…

Car, tout à coup, surgissant dans un nuage noir, puant et sans doute cancérigène, un énorme chasse-neige crasseux dégagea de son inflexible rabot tous les blancs manteaux, marmottes et hautbois qui traînaient par là. Telle une allégorie de la Civilisation dominant la Nature, il ouvrait la voie à un camion de pompiers dans une débauche de décibels trash métal, en direction de l'hôtel Baker Street – ambiance chaleureuse, Wi-Fi gratuit, animaux et enfants acceptés – situé sur les hauteurs de Meiringen, canton de Berne, Suisse.

Coupé du monde depuis quatre jours par la neige.

Au volant de son camion rouge flambant neuf, le lieutenant Poséidon rayonnait de fierté. D'abord parce qu'il portait un nom superclasse, ensuite parce que sa mission était des plus valorisantes : parcourir le canton pour délivrer les hameaux montagnards de l'occupant floconneux. Partout on le fêtait en libérateur, on organisait des bals populaires et on tondait les collabos qui avaient fait des bonshommes de neige.

Au programme de la journée : l'hôtel Baker Street, enseveli après une avalanche, abritant une dizaine d'universitaires venus participer à un colloque sur Sherlock Holmes. « Des cerveaux congelés ? Excellent », pensa le lieutenant Poséidon chez qui trois échecs cinglants au BEPC avaient développé un certain ressentiment envers la gent professorale. « Après quelques jours de frigo, on fait moins le malin quand on est atrophié du muscle », ricana-t-il en bandant son biceps droit et son deltoïde latéral.

À ses côtés, sur la banquette en cuir, l'angoisse rongeait un petit homme joufflu, pansu et moustachu, nommé Luigi Rigatelli. Il était directeur de l'hôtel Baker Street, et n'en menait pas large. Voici pourquoi :

Trois jours auparavant, il avait accueilli dans ses murs le gratin des universitaires spécialistes de l'holmésologie, la science qui étudie les écrits du docteur Watson sur Sherlock Holmes. La proximité de l'hôtel Baker Street avec les chutes de Reichenbach – cadre de l'affrontement mortel entre Holmes et son ennemi intime le professeur Moriarty – lui avait valu cet honneur, et Luigi avait tout mis en œuvre pour que ce week-end soit un succès. Mais le destin en avait décidé autrement, comme d'habitude.

En quelques heures, un engrenage fatal avait tout fait déraper : une tempête de neige avait éclaté, les clients s'étaient montrés plus odieux les uns que les autres, et son propre fils, censé occuper le poste de veilleur de nuit, n'était toujours pas arrivé à minuit passé et restait injoignable. Alors Luigi, réputé dans tout le canton pour ses initiatives pleines de bon sens, trouva judicieux de quitter l'hôtel en pleine nuit et en 2CV sous une terrible tempête de neige, car il était écrit « Heureux les simples d'esprit ». On retrouva sa voiture au matin aplatie contre une congère, et le brillant stratège mit deux jours à décongeler, sous le regard ému de son fils qui était resté au lit en voyant le premier flocon.

C'est donc avec la culpabilité dévorante du capitaine ayant abandonné son navire en pleine tourmente que Luigi Rigatelli regagnait son établissement. Et les clients qu'il avait laissés à leur sort.

Une fois sur place, les sauveteurs mirent des heures à dégager l'entrée de ce petit hôtel à l'architecture courageuse. Mélange de chalet autrichien, de maison landaise et de temple grec, ce chef-d'œuvre d'un artiste local interné depuis en hôpital psychiatrique est généralement fort apprécié des amateurs d'artistes locaux internés en hôpitaux psychiatriques. Le lieutenant Poséidon était maintenant prêt à franchir son seuil. Le moment était solennel, il allait avoir le privilège de délivrer des pontes cloîtrés. On allait le féliciter, l'acclamer, peut-être même lui donner le BEPC. Mais, pendant qu'il s'acharnait en vain sur la poignée récalcitrante, un pin-pon d'alerte retentit dans une zone obscure de son cerveau. D'habitude, on entendait derrière la porte les futurs sauvés exprimer une joie hystérique, un poil grotesque dans ses excès, bien sûr, mais on leur pardonne. En revanche, là, rien. C'était un peu décevant, et surtout mauvais signe. Il régnait un silence de mort et de plomb à la fois, c'est dire.

Or les participants au colloque étaient forcément là, Rigatelli le confirmait. Là, sans doute, mais dans quel état ?

« C'était peut-être un colloque de sourds-muets ? Ça expliquerait qu'il n'y ait pas de bruit », tenta le caporal Flipo dont l'optimisme était à toute épreuve. Mais le lieutenant n'écoutait déjà plus, parce qu'un Poséidon n'écoute pas un Flipo, et parce qu'il sentait qu'il n'y avait plus une minute à perdre.

La porte est bloquée ? On va l'ouvrir de force. Elle est en bois massif imitation château médiéval ? On va l'exploser. On n'a pas d'explosifs ? Bon d'accord, puisque tout le monde cherchait à le contrarier, Poséidon décida d'employer les grands moyens. Luigi Rigatelli, propriétaire éploré, essaya bien de négocier la pitié du lieutenant contre un jambon d'Aoste affiné douze mois, mais Poséidon était aussi incorruptible que végétarien. Et puis on dira ce qu'on voudra, mais un camion de pompiers pour ouvrir une porte, y a pas mieux.

Une séquence cascade pleine de bruit, de fureur et d'onomatopées plus tard, Poséidon, Flipo et Rigatelli entraient dans l'hôtel béant avec, au creux de l'estomac, la petite crainte de celui qui pénètre dans un espace sacré.

« Il fait tout noir, remarqua le caporal Flipo qui appartenait à la curieuse engeance des débiteurs d'évidences.

— Y a quelqu'un ? demanda Rigatelli pour relever le débat.

— Personne ne répond, dit Flipo pour continuer sur sa lancée.

— C'est bizarre, fit Poséidon en s'approchant d'un mur lézardé de rouge.

— Pas mal, ces traînées de peinture rouge, apprécia Flipo, ça donne un style.

— Ce n'est pas de la peinture, corrigea Rigatelli.

— C'est du sang, confirma Poséidon.

— Ah, ça, la déco, c'est les goûts et les couleurs, conclut Flipo.

— Il vaudrait mieux appeler la police, fit Poséidon en se penchant sur le sang coagulé.

— Vous avez raison, assura Flipo dans son dos.

— Appelons le commissaire Lestrade, c'est un ami, conseilla Rigatelli dans son dos aussi.

— Inutile, je suis là », fit une troisième voix, encore dans son dos.

Puisque tout se passait derrière lui et que sa parano commençait à se réveiller, le lieutenant Poséidon fit ce que des années d'entraînement au sein des troupes d'élite des soldats du feu lui avaient appris en termes de prise d'initiative et de réactivité : il se retourna.

Le nouveau venu mesurait plus d'un mètre quatre-vingts, et il était si maigre qu'il paraissait bien plus grand. Ses yeux étaient vifs et perçants, et son mince nez de rapace donnait à toute son expression un air alerte et déterminé. Son menton également avait cette proéminence et cette forme carrée qui caractérisent l'homme résolu. Pour tout dire, par une étrange coïncidence, il correspondait exactement à la description que le docteur Watson fait de Sherlock Holmes dans l'affaire *Une étude en rouge*.

« Commissaire Lestrade ! s'enthousiasma Rigatelli. Nous sommes sauvés !

— Comment avez-vous..., lâcha le lieutenant Poséidon en plein arrêt sur image.

— Vous n'avez pas besoin de moi ? fit le commissaire d'un ton détaché.

— Si, mais... comment pouviez-vous savoir... ? C'est diabolique !

— Allons, allons, vous me flattez.

— Nous allions vous téléphoner ! s'écria Rigatelli. C'est surnaturel !

— Épargnez-moi, cher Luigi, ces exclamations déraisonnables. Combien de fois vous ai-je demandé d'observer la réalité avec sang-froid ? Souvenez-vous de l'axiome que Sherlock Holmes, notre maître à tous, délivre dans *Les Plans du Bruce-Partington* : "Si toutes les autres hypothèses échouent, celle qui reste, aussi improbable soit-elle, doit constituer la vérité." Par conséquent, s'il n'y a rien de surnaturel à ma venue et si vous ne m'avez pas appelé, c'est que ?

— C'est que..., hésita Rigatelli.

— Un petit effort ! Si vous ne m'avez pas appelé, c'est que... ?

— Je peux jouer ? demanda Flipo.

— Et vous, lieutenant, vous avez une idée ? fit Lestrade.

— Je ne vois pas..., répondit Poséidon.

— Moi, je donne ma langue au chat, dit Flipo.

— Vous me décevez, messieurs. C'est pourtant simple : si vous ne m'avez pas appelé, c'est que quelqu'un d'autre l'a fait, voyons !

— Bien sûr ! s'exclamèrent Rigatelli et Flipo en se claquant le front de concert.

— Ah bon ? s'étonna Poséidon. Mais… qui ? »

Avec la gestuelle étudiée de ceux qui aiment en mettre plein la vue aux âmes simples, le commissaire Lestrade leva son bras avec lenteur, puis pointa son index en direction de la porte d'entrée de l'hôtel.

« Un certain Oscar Lecoq. Il a appelé la police il y a une demi-heure, quand les réseaux téléphoniques ont été rétablis. Il était bloqué à l'intérieur de l'hôtel.

— Et que vous a-t-il dit ?

— Simplement : "Venez me chercher, je suis derrière la porte d'entrée."

— Derrière la porte d'entrée ? fit le lieutenant Poséidon en ouvrant de grands yeux sur la susdite porte, qui gisait au sol avec un camion de pompiers dessus.

— Oui…, soupira le commissaire. Derrière… »

Le cocktail un tiers consternation, deux tiers embarras avec beaucoup de verre pilé avait jeté un froid dans le hall de l'hôtel Baker Street. Le départ d'Oscar Lecoq de ce monde de misère sous la forme d'une pizza bolognaise était original, mais un peu brutal. Il fallait que quelqu'un se dévoue pour briser la glace en disant une bonne connerie. Et, dans ce domaine, on pouvait compter sur le caporal Flipo.

« D'une certaine façon, les recherches progressent bien, on a déjà trouvé Oscar Lecoq ! s'exclama-t-il avant de comprendre, à la mine chiffonnée de ses interlocuteurs, qu'il fallait passer une deuxième couche.

Et sinon, lança-t-il à Rigatelli, vous êtes content de votre porte ? »

Cette fois, le talent de l'orateur mit l'auditoire en mouvement. Pendant que le caporal et le directeur se lançaient dans un débat sur les mérites comparés du chêne massif et du bois exotique, le commissaire entreprit d'explorer l'hôtel avec Poséidon et méthode. Au rez-de-chaussée, un grand hall d'accueil desservait un salon et son bar, un restaurant et ses cuisines, une salle de réunion et un espace de musculation. À l'étage s'alignaient une quinzaine de chambres cossues par lesquelles le commissaire Lestrade commença son inspection. La plupart contenaient des bagages et des lits défaits, mais toutes étaient vides de leurs occupants et témoignaient d'une activité dramatique : plusieurs d'entre elles avaient leur porte défoncée, l'une avait été ravagée par un incendie, une autre était dans un désordre indescriptible, rideaux lacérés et moquette souillée. Où étaient passés les participants au colloque ? Lestrade et Poséidon se posèrent la question ; Flipo et Rigatelli leur apportèrent la réponse. En criant très fort, depuis les cuisines.

En effet, le caporal, qui avait ressenti les signes avant-coureurs d'une grosse fringale, avait demandé au directeur s'il n'avait pas quelque chose à lui mettre sous la dent. Celui-ci fut ravi de faire visiter ses cuisines ultramodernes. Tout se passa à merveille jusqu'à ce que Flipo réclame de la charcuterie. Car il fallut alors ouvrir la chambre froide, où il y avait du saucisson vaudois, de la viande des Grisons, et du cadavre d'universitaire.

Dix corps bien alignés. De quoi calmer les envies de charcutaille.

Une heure plus tard, pendant que ses trois compagnons, accoudés au bar, se remontaient le moral au vermouth, et que son équipe d'experts s'occupait des cadavres, le commissaire Lestrade, assis dans un fauteuil du salon de l'hôtel, fumait. Il tirait de grandes bouffées de sa pipe en merisier en fixant une pile de documents disposés devant lui sur une table basse. Ces documents, il les avait récupérés dans les chambres des défunts. Il y avait là le récit détaillé du week-end qu'un des participants au colloque avait rédigé, mais aussi des lettres, des notes éparses et même deux dictaphones contenant des enregistrements.

Le commissaire piocha un premier feuillet, il était daté de la veille.

Lundi 7 mai

Dans quelques minutes ou dans quelques heures, tout sera fini. Les quatre jours d'angoisse, les quatre jours d'horreur, les quatre jours dans cet hôtel devenu un tombeau. Dans quelques minutes ou dans quelques heures, on défoncera la porte de ma chambre : les secours pour me libérer ou l'assassin pour m'achever. Pile ou face ?

Je n'ai plus qu'à attendre en mettant au propre les notes prises ces derniers jours et en transcrivant mes enregistrements. Je voudrais comprendre qui nous a piégés et pourquoi. Peut-être la réponse surgira-t-elle au détour de mon récit ? À moins qu'elle ne surgisse avant par la porte…

Je m'appelle Audrey Marmouzin et je suis journaliste. C'est la fleur au fusil que j'ai débarqué vendredi dernier à Meiringen pour conclure mon enquête sur les holmésiens en assistant au colloque organisé par le professeur Bobo. Colloque à l'issue duquel devait être désigné le titulaire de la toute première chaire d'holmésologie à la Sorbonne. « Le genre de poste pour lequel on serait prêt à tuer », avait dit le professeur Bobo pour s'amuser.

Sauf qu'autour de moi, à l'heure où j'écris, il n'y a plus personne pour rire. [...]

« Vous pensez découvrir le nom du coupable dans ces papiers ? demanda le caporal Flipo qui avait du mal à dissimuler son allergie à la lecture.

— Je ne sais pas, répondit le commissaire Lestrade.

— Il faut trouver une explication à cette catastrophe ! gémit Rigatelli en entamant une bouteille de Martini pour diluer le vermouth. Sinon mon hôtel ne s'en remettra jamais ! J'entends déjà les concurrents ricaner sur l'hôtel maudit et les cadavres au frigo !

— Le problème paraît simple, fit le lieutenant Poséidon. Le coupable ne peut être qu'Oscar Lecoq. C'était le dernier des onze, il a tué tous les autres puis il est mort sous la porte par accident.

— Peut-être, fit le commissaire Lestrade qui continuait à fumer, les yeux fermés.

— Ce n'est pas évident ?

— Méfiez-vous des évidences, lieutenant. Sherlock Holmes nous apprend qu'il n'est rien de plus dangereux que d'échafauder des théories avant d'avoir examiné tous les faits. La spéculation est l'ennemie du logicien, il faut aborder une affaire avec un esprit vierge, observer des faits objectifs, puis tirer des déductions de nos observations. Les choses pourraient bien ne pas être aussi simples.

— Vous avez déjà une idée ?

— Permettez-moi de consulter ces documents et d'y réfléchir au calme, répondit le commissaire sur le même ton impassible. Je vous dirai ensuite ce que j'en pense. »

Poséidon, Flipo et Rigatelli s'assirent à distance respectueuse de Lestrade, dos droit et mains sur les cuisses, comme des élèves prêts à recevoir la leçon du maître. Ils attendraient patiemment que le commissaire délivre la solution au mystère, sans velléité de le résoudre par eux-mêmes, adoptant cette attitude passive que l'on retrouve chez certains lecteurs de romans à énigme.

Au moment exact où le commissaire prit dans ses mains la pile de documents, un rayon de lumière traversa la pièce, filtrant d'une fenêtre que les pompiers libéraient de la neige. Il ricocha sur un miroir, rebondit sur un lustre, puis éclata en cristaux, se dispersant dans les coins pour déloger les ombres ; un peu comme s'il avait voulu symboliser – sans beaucoup de finesse, mais avec un certain sens de l'à-propos – ce qui allait se passer dans la suite de cette histoire…

La lecture pouvait commencer.

Premier jour

Vendredi 4 mai

Après des mois d'investigation discrète dans le milieu des holmésiens, je pensais clôturer mon enquête en beauté à Meiringen. Ma couverture était parfaite pour observer de près les participants au colloque : employée en extra le temps du week-end comme femme à tout faire par l'hôtel Baker Street, j'allais pouvoir jouer à la petite souris invisible, au pois chiche au milieu des cerveaux. Tout s'annonçait sous les meilleurs auspices, sauf que j'ai failli mourir avant même d'arriver à l'hôtel, dans le taxi qui m'amenait de la gare. Et j'aurais dû y voir un signe…

Une tempête de neige avait commencé pile au moment du démarrage de la Volkswagen grabataire de Herr Fribourgstein, le doyen des taxis de Meiringen, prodige célébré par le rejet dans l'atmosphère de l'équivalent de la production annuelle en CO_2 du Mozambique. Ensuite, le déchaînement neigeux s'était intensifié au gré des accélérations de l'épave qui devait avoir un compte à régler avec la couche d'ozone. C'était comme si mère Nature, à coups de flocons-mammouths, voulait éliminer de la surface de la Terre cette antiquité polluante, véritable crachat à la figure du développement durable. Mais les essuie-glaces mérovingiens tenaient le choc, les pneus cloutés artisanalement se gaussaient du verglas, et le taxi montait sans faillir le long de la route menant à l'hôtel Baker Street, sous les applaudissements enthousiastes de quelques autochtones hydratés au schnaps. À l'instar de ses supporters, Herr Fribourgstein carburait à l'antigel naturel goût prune à 46° (fait maison), seul moyen de pratiquer sans stress le patinage artistique au bord des précipices suisses dans un tacot en fin de vie.

Le stress, je le sentais couler dans mes veines sous une forme pure. Pendant que Herr Fribourgstein déroulait son programme de figures libres sur glace, je maudissais jusqu'à la septième génération la vache qui s'était suicidée sur la ligne Genève-Meiringen, sans doute pour une sombre affaire d'adultère taurin. Résultat de la boucherie ferroviaire : deux heures de retard et un embarquement forcé dans un traquenard sur roues.

Et ce n'est pas le petit format qui partageait la banquette avec moi qui allait pouvoir me rassurer, vu la couleur inédite de sa bobine. C'était un homme que je connaissais bien pour avoir enquêté sur lui ces derniers mois, un holmésien pur jus, un des plus beaux cas de ma carrière : le professeur Gluck.

Dossier « holmésiens » – Fiche profil :
Professeur Gluck

Le professeur Gluck – 1,50 m au garrot, 40 kg tout mouillé – est un véritable caméléon. Il en possède la douceur du regard exorbité, la finesse du grain de peau reptilien, mais aussi l'extraordinaire capacité d'adaptation à l'environnement (quant à la longueur de sa langue, je n'ai jamais osé vérifier). Ainsi Gluck vit-il une relation très intense avec la littérature : chaque fois qu'il se plonge dans une œuvre, il entre dans une telle empathie avec l'auteur ou le personnage que sa personnalité s'en trouve modifiée.

Ses parents tremblent encore au souvenir des dégâts occasionnés par la terrible bibliothèque rose ; ces années où l'enfant, après avoir ingéré l'intégrale de la série *Oui-Oui*, affirmait être un pantin de bois et exigeait d'être ciré toutes les semaines. Mais les vrais problèmes commencèrent à l'université quand Gluck se spécialisa dans la poésie symboliste du XIXe siècle. Devenu opiomane et suicidaire pendant l'écriture d'une thèse sur le spleen chez Charles Baudelaire, il se fit arrêter par la police dans le port du Havre au moment où, déguisé en albatros, il tentait de monter sur un voilier en hurlant : « Mes ailes de géant m'empêchent de marcher, bordel ! » Quelques mois plus tard, on le retrouva en train de se découper une jambe à la scie tout en déclamant « Le Dormeur du val » d'Arthur Rimbaud sous une carte de l'Abyssinie. « Nature, berce-le doucement, il disjoncte. »

Son salut viendra de sa rencontre avec Sherlock Holmes. Le détective cérébral et implacable logicien lui fut conseillé par ses proches qui voyaient là un exemple à suivre de stabilité émotionnelle. Bien sûr, il fallut gérer au début les aspects moins connus du Londonien à pipe, comme sa dépendance à la drogue ou sa propension à tirer au pistolet sur les murs de son salon, mais, après une bonne cure de désintoxication et une rénovation de son domicile, le professeur Gluck se concentra sur un profil plus sain du personnage : sa puissance de déduction. Depuis, le professeur déduit à plein temps à partir de l'observation d'à peu près tout ce qu'il croise, et avec tellement d'enthousiasme que certains regrettent parfois la période alcoolique, nettement moins saoulante.

Enfin, il se murmure dans le petit milieu universitaire que Gluck est devenu depuis peu un incontestable holmésien de niveau 9 après avoir crié à sa femme au moment de l'extase : « Oh oui, Watson, je viens ! » (À partir du niveau 7, l'holmésien est souvent divorcé.)

Ce qui fait de lui un concurrent redoutable pour le colloque du professeur Bobo.

Vendredi 4 mai

Pour essayer d'atténuer les effets de l'angoisse dans notre taxi de la mort, le professeur Gluck décida de mettre en pratique les techniques déductives de son maître spirituel. Sherlock Holmes échappait à la dépression en se lançant à corps perdu dans ses enquêtes jusqu'à en oublier la réalité, ses contingences, et ses taxis en dérapages plus ou moins contrôlés sur neige molle. Gluck, en fidèle disciple, se ferma à tous les angoissants stimuli extérieurs pour ne plus se focaliser que sur l'objet à disséquer scientifiquement. Un objet d'un intérêt indéniable pour les connaisseurs : le chauffeur de taxi confit à la prune (fait maison).

Celui-ci n'avait pas prononcé un mot depuis le départ. Il s'accrochait au volant comme à une bouée de sauvetage, en train de cuver dans sa grosse doudoune étoilée de graisse. Obèse, hirsute et d'une saleté de compétition, le propriétaire de l'épave vivait en parfaite symbiose avec son outil de travail. Gluck était prêt pour le contact avec Cro-Magnon. Il semblait décidé à lui en mettre plein la vue. Enregistrement audio collector.

GLUCK : Hem... Je vois que, depuis votre divorce, vous vous êtes recentré sur vos racines italiennes.

TAXI : Pardon ?

GLUCK : Votre voyage à Venise pour Noël a dû être une bonne occasion de retrouver des lieux familiers et réconfortants.

TAXI : Bon Dieu ! Vous êtes un sorcier ! Comment savez-vous tout ça ?

GLUCK : Ah, ah. Sherlock Holmes lui-même est traité à plusieurs reprises de « sorcier » dans le Canon, pourtant sa méthode est des plus simples. Permettez-moi de vous expliquer comment je suis arrivé à de telles conclusions.

TAXI : Je suis tout z'ouïe.

GLUCK : L'originalité de votre... look, et la... décoration toute personnelle de votre véhicule sont tellement éloignées du cliché du Suisse sérieux, responsable et à l'hygiène irréprochable que vos origines étrangères apparaissent comme une évidence. Pour l'Italie, je me suis fié au Père Noël en gondole qui pendouille à votre rétroviseur. Il est flambant neuf, c'est donc le souvenir nostalgique d'un voyage à Venise encore récent. Concernant votre divorce, la trace blanche autour de votre annulaire gauche ne laisse aucun doute : vous avez récemment quitté votre alliance. J'aurais pu hésiter entre divorce et veuvage, mais dans ce dernier cas vous auriez à coup sûr un portrait de votre épouse dans votre automobile. Alors qu'après un divorce on préfère oublier la tête de l'ennemie, n'est-ce pas ? Vous voyez, c'est tout simple. Comme dit Sherlock Holmes, « le monde est plein de choses évidentes que personne ne remarque jamais ».

TAXI : Vous êtes impressionnant, cher monsieur.

GLUCK : Merci, c'est juste une question de pratique.

TAXI : Non vraiment, je vous assure, j'en vois passer des tronches de cake sur la banquette, mais vous venez de gagner une place directe sur le podium.

GLUCK : Je ne saisis pas…

TAXI : T'inquiète, ça va venir. La trace que j'ai sur le doigt, c'est celle d'une bague à tête de mort que mon chien a gobée ce matin en me léchant les paluches, et aussi étonnant que ça paraisse, vu mon physique de rêve, je n'ai jamais été marié. Pour ce qui est de la gondole, c'est un client qui l'a oubliée tout à l'heure tellement il était pressé d'aller inaugurer les toilettes quand je l'ai laissé devant son hôtel. Quant à moi, je suis un Suisse pur jus, je n'ai jamais mis les pieds chez les Ritals et si je roule crado dans une bagnole pourrave, ce n'est pas par négligence, c'est pour lutter contre les clichés qui sont la plaie du genre humain. Quant à ton Sherlock Holmes, je commence à en avoir ma claque : t'es le troisième péquin depuis ce matin qui essaie de me déductionner sur la route de l'hôtel Baker Street. Là, t'as saisi ?

Inutile de dire que le reste du trajet fut très calme…

Après l'arrivée miraculeuse à l'hôtel Baker Street, Gluck disparut dans sa chambre pour tenter d'y retrouver des couleurs pendant que je prenais mes quartiers domestiques sous la houlette du directeur Rigatelli.

C'est à ses côtés que j'ai eu le plaisir d'assister à l'arrivée triomphale d'un autre grand perturbé de la cause holmésienne : le professeur Jean-Patrick Perchois.

Dossier « holmésiens » – Fiche profil : Professeur Perchois

Au commencement, Dieu créa le ciel et la terre, l'homme et la femme, le poisson et l'oiseau, ainsi que – juste après avoir inventé l'humour – le ver solitaire et le chancre mou. Pendant six jours, Dieu se démena comme un beau diable (et en profita pour inventer le paradoxe). Chaque matin, il regardait l'œuvre de la veille en se disant que cela était bon, car il n'avait pas encore créé la modestie. Enfin, le septième jour, au paroxysme de cet élan créatif sans précédent (et pour cause), Dieu inventa le farniente. Ce fut un choc.

Dieu se dit que cela était superbon, et depuis on n'a plus de nouvelles.

Quelque temps plus tard – environ treize milliards d'années, six jours et deux heures –, sur un canapé en Skaï de la Camif, Madeleine Perchois, institutrice berrichonne, créa son fils Jean-Patrick en se disant que cela était douloureux. L'expulsé était rougeaud, fripé et glaireux ; Dieu s'abstint de tout commentaire.

Jean-Patrick Perchois – troisième du nom, dit JPP3 – grandit dans une atmosphère familiale lourde du poids douloureux de l'Histoire de France. Grand-papa Perchois (JPP1), poilu de 14, avait laissé dans les tranchées tous les membres de sa famille, et tous ses membres tout court. « Tout court », c'était d'ailleurs son surnom au café où il passait ses journées d'homme-tronc à jouer à la belote coinchée avec les dents.

Son fils – papa Perchois, dit JPP2 – gardait pour sa part les stigmates de son engagement héroïque dans la résistance à l'occupant nazi : pendant le discours de capitulation du maréchal Pétain, il s'était décollé la plèvre au triphasé en détruisant son poste de radio, ce qui l'avait rendu sourd, muet et philatéliste. Quant à Jean-Baptiste Perchois, dit JBP, frère de JPP2 et oncle de JPP3, il avait rendu hommage à grand-papa Perchois (JPP1, pour ceux qui suivent) en rentrant de la guerre d'Algérie allégé d'un de ses membres à la suite d'un *coitus interruptus* avec une charmante activiste du FLN.

Pour échapper à l'ennui ontologique de sa génération sacrifiée qui n'aurait même pas une petite guerre pour s'occuper, le jeune Jean-Patrick se plongea très tôt dans la fiction. *Voyage au bout de la nuit*, *Les Croix de bois*, *Martine contre les Waffen SS*, la littérature lui permit de s'inscrire dans la tradition familiale. Jusqu'au jour de la trahison : quand ses parents découvrirent un recueil de nouvelles de Sherlock Holmes sous son matelas.

Jean-Patrick eut beau arguer de la francophilie du célèbre détective, rappeler que Holmes parlait un français impeccable sans accent, exhiber le passage de *L'Interprète grec* où l'on apprend que sa grand-mère était française, sœur du peintre Horace Vernet, ou encore décrire par le détail ses séjours à Lyon, Montpellier, Paris, Grenoble, Strasbourg, Nîmes, Narbonne, Dieppe… rien n'y fit. Jean-Patrick avait fait entrer de l'angliche chez les Perchois, le coq gaulois en restait sans voix, on lui demanda de faire un choix. Ce qu'il fit sans sourciller.

Au-dessus de la Patrie, il y avait Sherlock. Et au-dessus de Sherlock, il n'y avait rien. Jean-Patrick entra en holmésie comme on entre en religion. Les Perchois renièrent l'hérétique et Jean-Patrick resta seul. Seul avec son unique but – devenir le premier des holmésiens – et seul avec son secret. Ce terrible secret qu'il porte depuis l'enfance : Jean-Patrick entend des voix. Ou plutôt *une* voix, celle de Sherlock Holmes.

Quant à la solution de cocaïne à 7 % qu'il s'injecte quotidiennement, elle a tendance à faciliter la communication.

Carnets de Jean-Patrick Perchois

Cher Maître, que de joie m'aura apportée votre fréquentation, que de désagréments m'aura causés votre célébrité ! Mon arrivée à l'hôtel Baker Street n'a fait que confirmer cette vérité universelle : l'holmésien amateur est la plaie du genre humain. Si vous aviez vu le directeur de l'hôtel qui avait trouvé intelligent de s'habiller « à la Sherlock » ! Je vous laisse imaginer un moustachu rondouillard, engoncé dans un macfarlane en tweed, suant sous une casquette de chasse et mâchouillant une pipe calebasse d'un impressionnant gabarit.

« Bienvenue à l'hôtel Baker Street ! me lança-t-il avec un accent marseillais à découper à la machette. Je suis Luigi Rigatelli, directeur de cet établissement familial, tenu de père en fils depuis cinq générations.

— Cinq générations ? m'étonnai-je afin de sympathiser avec l'autochtone (effort toujours gagnant dans les petits hôtels). Vous n'avez pourtant pas l'accent suisse ?

— C'est parce que j'ai eu une nourrice bretonne, expliqua-t-il en mimant une crêpe faisant du saut à la poêle.

— Ah ? fis-je, interloqué.

— Je plaisante ! s'esclaffa-t-il. Elle était ch'tie ! »

Il me fallut quelques secondes pour digérer la blague à tiroirs, puis je repris assez sèchement (parce que les autochtones, ça va un moment) :

« J'ai réservé une chambre au nom de…

— Laissez-moi deviner ! s'exclama le déguisé en brandissant une loupe *big size*. Je m'exerce à la méthode déductive de Sherlock Holmes.

— Faites donc, soupirai-je, décidé à accomplir ma B.A. jusqu'à la lie.

— Très intéressant ! lança Rigatelli en promenant sa loupe le long de mon costume. Je dirais tout d'abord que vous venez pour le colloque sur Sherlock Holmes.

— Vous voyez ça sur ma veste ?

— Non, dans mon registre. L'hôtel est entièrement réservé pour le colloque.

— Brillant ! m'emportai-je. Pour finir de me subjuguer, dites-moi que je suis un homme parce que je porte un pantalon et qu'il est quatorze heures car c'est inscrit sur ma montre. Puis nous pourrons peut-être passer à la remise de la clé ? J'aimerais aller me reposer, merci d'avance.

— Très bien, j'ai compris, maugréa l'ahuri qui osait se vexer. Si Monsieur veut bien patienter un instant, je prends mon registre. »

Il prit ledit registre, et son temps avec, histoire de bien m'agacer. Puis il lâcha d'une voix doucereuse :

« En tout cas, je peux affirmer que c'est Herr Fribourgstein qui vous a conduit en taxi jusqu'ici.

— Bravo ! ironisai-je. Vous l'avez vu par la fenêtre ?

— Non, par les traces sur votre col et sur votre manche droite. Tous ses clients ont tendance à rendre leur repas en arrivant ici. Vous trouverez du détachant dans votre chambre. Il vous faut autre chose ? »

L'outrecuidance de cet individu dépassait les bornes. Il méritait une bonne leçon.

« Je me permettrai juste de vous signaler que la casquette et la pipe que vous arborez sont fort pittoresques, mais qu'elles n'ont rien à voir avec Sherlock Holmes. »

Humilié par le Savoir, Rigatelli se permit de soupirer en levant les yeux au ciel.

« C'est le cinéma qui a véhiculé cette fausse image. Holmes fume bien la pipe dans trente-cinq de ses aventures, mais jamais celle-ci n'est décrite sous les traits d'une calebasse. Il est d'ailleurs tout autant adepte de la cigarette et du cigare. Quant à la casquette de chasse, le fameux deerstalker, elle n'apparaît qu'une fois dans…

— Je sais, lâcha Rigatelli qui prenait enfin conscience de son ridicule. Un de vos collègues m'a déjà fait la leçon.

— Un de mes collègues ? Sans doute Bobby McGonaghan, il a l'habitude d'être désagréable.

— Non. D'ailleurs, il s'agit d'*une* collègue. Vous la trouverez au bar. Une certaine von… von quelque chose…

— Von Gruber ? Eva von Gruber ! […] »

Dossier « holmésiens » – Fiche profil :
Professeur von Gruber

Eva von Gruber voue une reconnaissance éternelle à Sherlock Holmes. Ironie du sort, c'est grâce à un détective misogyne qu'elle a pu s'épanouir en tant que femme. Qui se souvient de « la pauvre Eva », cette caricature de rat de bibliothèque dont on moquait les lunettes à double foyer, le chignon poussiéreux et les formes anguleuses ? Eva von Gruber, surnommée « Eva-poreuse » parce que, après dix ans d'enseignement, nombre de ses collègues la prenaient encore pour une stagiaire nouvellement arrivée, ou encore « Evalium » pour ses interventions dans les colloques, toujours accueillies par des ronflements désinhibés…

Mais ça, c'est du passé. La donne a changé avec le succès mondial de son ouvrage de référence *Sherlock et Watson sous la couette*, et la conversion de ses droits d'auteur en miracles de la chirurgie esthétique. Maintenant, elle est « la bombe Eva » qui sème la panique chez les mâles des universités du monde entier. « Evallonnée », « Eva-sodilatateur », les surnoms délicats fleurissent dans les bouches raffinées des docteurs en littérature épris de poésie, d'absolu et de postérieurs callipyges, qui rendent hommage à son nouveau profil de bimbo platine, galbée et siliconée à point. Comme elle a coutume de dire : « Caricature pour caricature, mieux vaut celle avec les gros seins que celle avec les grosses lunettes. » Et si dans les colloques les gens n'écoutent toujours pas ses interventions, ce n'est plus pour cause de ronflette, mais suite à un choc esthétique.

Mais de ses années « moche », Eva garde un ressentiment farouche envers tout ce qui ressemble de près ou de loin à une entité imbibée de testostérone. Elle en veut aux hommes, et les hommes la veulent : on devrait pouvoir s'amuser. Même le chirurgien qui l'avait opérée avait fait une crise de tétanie devant la perfection de son œuvre. Il avait voulu vérifier de trop près la résistance des coutures, elle l'avait à moitié étouffé entre ses protubérances. Qu'on se le dise, « Eva-t-en-guerre » est prête pour la revanche.

Et le colloque de Meiringen s'annonce comme un parfait terrain de jeux.

Vendredi 4 mai

À l'énoncé du nom d'Eva, Perchois se précipita au salon d'un air con(quérant). Il voulait tenter sa chance avant l'arrivée des autres participants au colloque, sachant d'expérience que son physique de gréviste de la faim lui commandait d'éviter toute concurrence. Il se prépara à l'assaut devant le miroir du hall : recalibrage de calvitie *via* longue mèche camouflage, mise en bouche d'un bonbon mentholé, allumage d'un sourire viril (mais en attente de détartrage).

Eva, allongée façon pin-up sur une banquette de velours rouge, un cocktail à la main, avait poussé le bon goût jusqu'à s'offrir un décolleté haute montagne en parfaite harmonie avec le décor des alpages suisses. Coiffée Pamela, siliconée Anderson, une robe pourpre échancrée dévoilant des cuisses liposucées de frais, alanguie telle une veuve noire (ou fausse blonde) attendant sa proie.

Début de la rencontre, service JPP.

« Bonjour, chère Eva ! lança Perchois avec le ton artificiel du type qui veut paraître naturel. Comment allez-vous ?

— Tiens, JPP ? fit Eva en levant un faux cil à empaler les mouches. Quel plaisir !

— Plaisir partagé, fit Perchois en s'inclinant tel un gentleman sans se rendre compte qu'il soumettait sa mèche camouflage à la dure loi de la pesanteur.

— Ce cher JPP… Vous savez qu'on ne parle que de vous en ce moment ? Vous êtes la vedette de notre petit milieu !

— Ah bon ? se gargarisa Perchois dont la mèche frétillait de plaisir.

— McGonaghan me le demandait encore tout à l'heure : comment va notre Bernadette Soubirous ?

— Pardon ? s'étrangla Perchois dont l'appendice pileux entamait un glissement latéral dangereux.

— Vous entendez toujours des voix ?

— Mais que… Je ne…

— Sherlock est-il en ligne ? Allô JPP, ici Londres !

— Qu'est-ce que… Vous ne…

— Respirez, Jean-Patou, vous allez nous faire une attaque ! Vous êtes un petit cachottier, dites donc ! Heureusement que McGonaghan veille toujours à valoriser ses amis. Il vous a entendu parler avec Holmes au dernier colloque de Madrid. Il paraît que les cloisons de vos chambres étaient si fines… »

Sonné, JPP mit un petit moment à rassembler ses esprits et sa mèche, qui s'étaient éparpillés un peu partout, avant de repartir à la charge d'un air con(trarié) :

« Je ne vois pas du tout à quoi vous faites allusion. Je suis fort surpris de vous voir prêter attention aux affabulations d'un histrion aussi sinistre que McGonaghan. C'est à regret que je rejoins Sherlock Holmes lorsqu'il déclare que “le cœur et l'esprit d'une femme constituent des énigmes insolubles pour le sexe fort”. Sur ce, je vous souhaite la bonne journée. »

Eva planta son regard dans celui de JPP avant qu’il ait pu quitter la pièce, drapé dans son amour-propre blessé, puis elle lui lança d’un air mutin avec un vibrato de faux cils :

« Dites-moi, Jean-Patou, quand vous dites “sexe fort”, vous parlez de quoi exactement ?

— Je… Je…

— J’espère que ce n’est pas de la publicité mensongère ?

— Vous… Vous…

— Parce que j’ai horreur des fausses joies.

— Mais… Mais…

— Sinon, on peut le voir ? Vous lui donnez à manger à quelle heure ? »

Jean-Patrick Perchois se fige, l’air con(sterné), en position préparatoire à la rupture d’anévrisme. Sa mèche pend à présent sur le côté telle une algue vaincue au front d’un pêcheur sous-marin. Il ouvre la bouche plusieurs fois de suite sans parvenir à émettre un son, imitant le mérou en fin de vie devant l’implacable Eva qui savoure le one-man show de sa banquette. Enfin, un résidu d’orgueil l’aide à tourner les talons et une épluchure d’instinct de survie le mène jusqu’aux coulisses d’un pas mécanique. JPP vient de se faire ramasser en beauté, sans doute une des plus belles gamelles d’une existence qui doit compter quelques jolies pépites.

Ah, les holmésiens et les femmes…

Sherlock Holmes pour les Nuls (extrait)

F comme Femme : LA grande énigme holmésienne. Jamais dans le Canon, Holmes n'a la moindre aventure féminine. Mis à part un faible pour Irène Adler, femme fatale qui le mettra en échec et dont il conservera une photographie, Sherlock Holmes est explicite dans *La Vallée de la peur* : « Je ne suis pas un grand admirateur du genre féminin. »

Cette prévention trouve son origine dans le comportement féminin perçu comme erratique, guidé par les émotions, et donc déstabilisant pour le logicien. Obsédé par le contrôle, Holmes ne peut que se défier de la femme… et intriguer le lecteur. Car, avouons-le, quoi de plus passionnant que la vie intime des grands de ce monde, qui vient titiller notre indécrottable voyeurisme ? Le mystère de la sexualité holmésienne n'a pas manqué d'aiguiser la curiosité des commentateurs. Pour dire les choses crûment, la question de fond qui se pose à propos de Sherlock est : puceau or not puceau ?

Si l'un (Jô Soares dans *Élémentaire, ma chère Sarah !*) fait du détective une victime de la fatalité qui lui refuse obstinément la perte de sa gourme, un autre (Alexis Lecaye dans *Marx et Sherlock Holmes*) le fait déniaiser par la fausse fille de Karl Marx. Mais la palme revient à Roger Facon avec son *Sherlock Holmes saisi par la débauche*. Ici notre détective, qui a élu domicile dans la maison close parisienne de Madame Fifi, est flatté pour la taille de son « engin » grâce auquel il « teste » les futures pensionnaires, tout en écrivant à ses heures perdues des romans érotiques, dont le fameux *Ils ont osé fesser Lady Branlett* !

Enfin, le couple Holmes et Watson en a fait fantasmer

plus d'un. Leur relation privilégiée relevant pour l'un du masochisme (Watson encaissant les sarcasmes permanents de son ami sans broncher), pour l'autre de la dépendance névrotique (on apprend dans *L'Entrepreneur de Norwood* que Holmes achète le cabinet médical de son ami sans le lui dire pour accélérer son retour à Baker Street auprès de lui). De là à imaginer quelques galipettes intimes, il n'y a qu'un pas dont s'amusait Billy Wilder dans son film *La Vie privée de Sherlock Holmes* lorsque Sherlock refuse la proposition d'être père en arguant de son homosexualité... À moins que vous n'adhériez à la théorie de l'Américain Rex Stout qui a démontré dans un célèbre article que le docteur Watson était... une femme !

Sherlock Holmes s'inscrit ainsi dans la longue liste des personnages asexués qu'on ne peut s'empêcher de reluquer par le petit trou de la serrure pour essayer d'en saisir le mystère : Jésus folâtrait-il avec Marie-Madeleine ? Robinson tripotait-il Vendredi ? Tintin caressait-il Milou ?

Vendredi 4 mai

Perchois quitte le bar en titubant comme un ivrogne sans avoir bu un seul verre, confirmant que la von Gruber est à consommer avec modération. Ce qu'on pouvait lire à cet instant sur son visage était fascinant. Cette lutte pour retrouver un masque social imperturbable... Cet exercice de pensée positive qui avait dû lui épargner bien des tentatives de suicide... Il marmonnait dans sa barbe, sans doute en direction de Sherlock, sans doute pour se rassurer. Il devait se dire que personne n'avait assisté à la scène – mis à part la serveuse qui s'occupait du bar, mais on ne va pas s'embêter avec le petit personnel – et que le plus important dans le milieu universitaire, c'était de sauver les apparences… C'est à ce moment que je l'ai entendu dire tout haut : « Vous avez raison, Maître, quand vous dites que les motivations des femmes sont impénétrables. » Et qu'une voix lui a répondu : « Et, dans le cas d'Eva, le phénomène ne se limite pas aux motivations. »

Perchois se raidit. Il ferma les yeux quelques secondes, comme animé par l'espoir infantile de faire disparaître le monde. Quelqu'un avait été témoin de son Eva-cuation… Et pas n'importe qui.

« Tiens ? Comment va notre Jeanne d'Arc ? »

L'homme se tenait aux portes du salon, rigolard. JPP redressa la tête, un frisson lui défrisa la mèche. C'était son pire cauchemar, c'était Bobby McGonaghan.

Dossier « holmésiens » – Fiche profil :
Professeur McGonaghan

Le professeur McGonaghan est l'un des esprits les plus brillants de sa génération. Docteur « honoris causa » d'une douzaine d'universités, une bibliographie longue comme deux bras, une culture à faire pleurer le *Petit Robert*, le *Grand Robert* et toute la famille, il est notamment l'auteur du célèbre *Sherlock et moi, ou quand les grands esprits se rencontrent.* Depuis des mois, il consacre son temps à la résolution d'une grave question qui l'empêche de dormir, et sur laquelle des dizaines de chercheurs émérites se sont déjà cassé les dents : comment arriver à coucher avec Eva von Gruber ?

Il faut avouer qu'il s'agit là d'un coup à asseoir une renommée. Car le destin d'un enseignant de faculté, pour peu qu'il ait un minimum d'ambition, ne peut se résumer à l'empilage laborieux de publications indigestes. Il faut accepter la règle du jeu : l'université est un milieu masculin et, dans ces conditions, un tableau de chasse des plus fessus reste la meilleure voie pour obtenir considération, cooptation et promotion. Les chargés de TD se font la main sur les étudiantes de première année, les enseignants plus expérimentés puisent dans le réservoir des thésardes, mais les professeurs du niveau de McGonaghan jouent dans la cour des grands. Plus question de se vanter d'une cocarde masterisée, on vise la cible haut de gamme, moins fraîche mais plus rentable pour le classement international : la collègue femelle. Accumuler les conquêtes dans le milieu même des professeurs d'université, c'est la voie assurée vers l'Olympe de l'enseignement supérieur. Et il va sans dire que, dans la catégorie, Eva von Gruber est la plus belle des médailles, le pompon royal du grand manège universitaire.

Mais la virago des amphis reste intouchable et intouchée. Nul n'a jamais gagné les faveurs de la métamorphosée. Plusieurs maîtres de conférences renommés ont ruiné leur carrière en revendiquant faussement une prise de guerre. Confrontés à leur prétendue victime au détour d'une estrade, ils ont connu l'humiliation, la déchéance et l'oubli. Eva von Gruber reste un sommet inviolé, une face nord de l'extrême. Armé de ses crampons mentaux, encordé à sa force morale, le professeur McGonaghan est décidé à tenter l'ascension sans oxygène. Il sera l'Élu ou il ne sera plus.

Et le colloque de Meiringen est le lieu idéal pour passer à l'action.

Vendredi 4 mai

Au milieu du hall désert de l'hôtel Baker Street, deux hommes se font face dans un silence assourdissant, comme disent les poètes à oxymore. Immobiles, visages fermés et yeux plissés, Jean-Patrick Perchois et Bobby McGonaghan se regardent dans un interminable champ-contrechamp en Cinémascope, comme en prélude à un duel fatal devant le Rigatelli Saloon. Il souffle sur cette scène un vent de Far West au parfum de spaghettis, dans quelques secondes va retentir l'harmonica d'Ennio Morricone, et l'un des deux hommes mordra la poussière avec « The End » en surimpression sur sa face grimaçante.

Avec sa tête d'acteur américain au brushing poivre et sel, McGonaghan a l'assurance décontractée du type qui sait que ses entrées dans les amphithéâtres provoquent des murmures admiratifs, des gloussements de gallinacés et parfois même quelques ovulations. Pour résumer la pensée dominante, il est fucking sexy. Mais d'après mes premières observations, le point de vue de Perchois sur son collègue diffère sensiblement de celui des étudiantes, sans doute pour de banales raisons hormonales. Surtout lorsqu'il se retrouve, comme ici, dans une confrontation virile…

Gros plan sur le sourire de McGonaghan (« *The Bobby-Smile®* », marque déposée), un mélange savamment étudié de carnassier, de tracassier et de putassier. Il a dû user trois miroirs à le mettre au point dans toutes ses nuances, et il le dégaine sans retenue pour agacer ses collègues. Car l'agacement d'autrui amène à sa déstabilisation et, par voie de conséquence, à sa domination par McGonaghan, but que ce dernier recherche dans toutes les relations humaines (pour de croustillantes raisons psychanalytiques que je ne détaillerai pas ici par manque de place).

« Alors, JPP ? (*Bobby-Smile®*) On n'a pas attendu les copains pour lancer les hostilités ? Pas très sportif, ça… (*Double Bobby-Smile®*)

— Je ne vois pas de quoi tu parles, s'agaça Perchois, toujours très réactif à l'allergène mcgonaghien. Je présentais mes hommages à Eva.

— Ne te vexe pas, c'est bien que tu te sois dévoué pour échauffer l'adversaire avant l'entrée en scène du spécialiste. (*Bobby-Smile® périlleux avant*)

— Je suis là pour Sherlock Holmes et rien d'autre.

— Mais c'est pareil avec Sherlock, mon JPP ! Il faut des lièvres pour amorcer la course des champions. Tu ne vises quand même pas la chaire d'holmésologie ? (*Triple axel Bobby-Smile®*)

— Et pourquoi pas ? s'étouffa Jean-Patrick.

— Allons, JPP… En même temps, c'est presque touchant un grand garçon de cinquante ans qui rêve. (*Bobby-Smile® en salto arrière*)

— Assez de sarcasmes ! s'exclama Perchois avec cette fameuse voix de fausset qui lui vaut de trôner au premier rang dans les concours d'imitation de profs des soirées étudiantes.

— Tu sais bien que, dans la vie, il y a les Holmes et il y a les Watson, les maîtres et les disciples, les suivis et les suiveurs, on n'y peut rien. (*Bobby-Smile® épaulé-jeté latéral*)

— Il y a aussi les Moriarty ! Et ceux-là, on s'en débarrasse dans les chutes de Reichenbach ! C'est à deux pas d'ici, tu veux aller y faire un tour ?

— Hou là, mais c'est qu'on fait le fier-à-bras ! On nous l'a changé, notre JPP ! (*Bobby-Smile® demi-vrille free style*)

— Rendez-vous au colloque, tu feras moins le malin après mon intervention ! C'est moi que le professeur Bobo va choisir ! »

Perchois sortit du salon en claquant une porte virtuelle sous l'œil rigolard de son collègue et néanmoins ennemi. Puis le visage de McGonaghan redevint brusquement sérieux et je l'entendis marmonner : « C'est ça, rendez-vous au colloque. Prépare-toi à une belle surprise. Et Bobo aussi. »

Post-it du professeur Bobo : le tout bronzé au brushing = McGonaghan.
Post-it du professeur Bobo : le grand maigre presque chauve = Perchois.
Post-it du professeur Bobo : l'organisateur du colloque = moi.
Post-it du professeur Bobo : les rumeurs sur mon état de santé sont grotesques, j'ai une mémoire de jeune homme.

Vendredi 4 mai

Dans le hall qu'il traversait pour rejoindre sa chambre, en ruminant sans doute le projet cathartique d'éventrer deux, trois coussins avec son coupe-ongles, Jean-Patrick Perchois aperçut une silhouette familière qui poussait la porte de l'hôtel. Un réflexe salvateur lui fit adopter la mine préoccupée de celui qui fait semblant de ne pas voir quelqu'un dans la rue (sourcils froncés jusqu'à la crampe et bouche en mode grommellement, on l'a tous fait). Puis il s'élança dans les escaliers malgré les subtiles vociférations qui retentissaient derrière lui et qui auraient pourtant ramoné presto les trompes d'Eustache les plus encrassées.

Il faut dire que l'arrivée de Dolorès Manolete dans l'hôtel ressemblait, d'un point de vue discrétion et naturel, à l'entrée en scène d'une actrice de boulevard en tournée Karsenty en province. Moulée dans une robe Christian Lacroix fleurie à en décoller les rétines, chaussée d'escarpins Prada en plein labourage de tapis, maquillée en aveugle à la machine à crépir, Dolorès Manolete s'avança dans le hall en déclamant sa fameuse tirade sur l'incompétence des taxis, l'inconfort des hôtels et la décadence de la civilisation occidentale en général.

Une Dolorès d'autant plus impressionnante qu'elle n'était pas venue seule. Précédée d'un ventre gargantuesque, elle s'affichait dans un rôle inédit pour elle : la femme enceinte.

Et Luigi Rigatelli, en plein dans sa ligne de mire, commençait à faire des gouttes.

Dossier « holmésiens » – Fiche profil :
Professeur Manolete

Tiraillée entre une piété farouche et un tempérament bilieux, Dolorès Manolete est à la foi chrétienne ce que Dark Vador est à la Force Jedi : un serviteur fidèle mais un chouïa tourmenté. Depuis des mois, rongée par une haine sauvage, Dolorès penche du côté obscur. En elle bout une envie de meurtre à l'état brut dont on ne trouve guère d'équivalent que chez la hyène hypoglycémique ou le supporter de football à qui un arbitre coprophage enfanté par une péripatéticienne a volé un penalty. L'objet de ce douloureux tourment intime ? Sa collègue, la sulfureuse Eva von Gruber.

Certains jours, l'évocation fantasmée d'une petite séance de torture de bimbo avant mise à mort sacrificielle lui fait frôler l'extase mystique. Dolorès a pris la révolution poitrinaire d'Eva en pleine figure, tel un puissant airbag déclenché par surprise, et elle ne s'en est pas remise. Car jusqu'à l'arrivée d'Eva sur le marché, c'était Dolorès qui occupait le créneau « activités extraconjugales » dans les colloques universitaires. C'était elle qu'on classaffairisait dans les avions, elle qu'on gastronomisait dans les restaurants, elle qu'on palacisait dans les hôtels. Son charme hispanisant avait eu son heure de gloire, sa chevelure sauvage avait envoûté les foules, mais le temps est un joueur avide qui gagne sans tricher, à tout coup, c'est la loi, comme disent les horloges baudelairiennes. Et dans un paradoxe étourdissant, Dolorès avait perdu parce qu'elle avait gagné. Gagné des ans, des rides et du poids.

« Changement d'herbage réjouit les veaux », scandent les poètes tourangeaux, et l'apparition d'Eva von Gruber avait sonné la fin de l'ère ibérique dans la grande corrida universitaire. Détrônée, Dolorès s'était inclinée devant la muleta teutonne, avec une pensée pour la reine de beauté qui l'avait précédée et à qui elle avait en son temps porté l'estocade après une série de cruelles banderilles.

Mais l'orgueil de la vibrante Espagnole a repris du poil de la bête ces dernières semaines et la cure de thalasso-tuning qu'elle a faite avant le départ en Suisse l'a remise en confiance. Eva veut la couronne ? Elle devra venir la chercher. Entre ses cornes.

Dolorès n'a pas dit son dernier mot. Il n'y aura pas de mise à mort sans lutte.

Et le colloque de Meiringen est le lieu idéal pour passer à l'action.

Vendredi 4 mai

Luigi Rigatelli n'en menait pas large. Vexé par les remarques des holmésiens, il avait retiré casquette et macfarlane, mais il devait se demander, en se recroquevillant derrière son guichet d'accueil, si son costume sobre allait lui conférer une quelconque autorité vis-à-vis de la furie dilatée en approche.

« Appelez-moi le directeur ! lança Dolorès avec la douceur du commandant de peloton d'exécution.

— Je… Je suis le directeur, bégaya Rigatelli avec le ton du type qui doute soudain de son identité.

— Ne vous moquez pas de moi, je ne suis pas d'humeur.

— Je vous assure que c'est la dernière idée qui me viendrait à l'esprit.

— Un directeur qui distribue lui-même les clés ? On aura tout vu… Bon, je vais être directe avec vous : avez-vous remarqué mon ventre ?

— Vous êtes… enceinte ? répondit Rigatelli avec la sérénité du type qui prie pour ne pas avoir affaire à une obèse susceptible.

— Bonne réponse. Vous avez des enfants ?

— Euh… oui…, lâcha Rigatelli avec le ton du type qui se demande s'il est bien raisonnable de livrer une telle information à une psychopathe potentielle.

— Vous vous souvenez de votre femme pendant sa grossesse ?

— Hou là, oui ! s'exclama Rigatelli avec le ton du type submergé par une série d'images effrayantes qu'il aurait préféré oublier.

— Eh bien moi, je suis la même.

— Ah ?

— Mais en pire.

— Ah…

— Est-ce que c'est clair ?

— Très.

— Par conséquent, vous aurez à cœur de ne pas me contrarier ?

— Nous ferons tout notre possible pour vous satisfaire, chère madame, en sachant cependant que nous sommes un petit hôtel familial et…

— "Petit" ? J'espère que ce n'est pas le cas des chambres ?

— Ne vous inquiétez pas, la vôtre est très… cosy.

— "Cosy" ? hurla Dolorès avec la bonhomie de la jet-setteuse trouvant un poil dans sa Caesar salade. C'est le terme faux cul pour faire avaler au client une chambre minuscule, ça ! La seule question que vous devez vous poser à propos de ma chambre, c'est : est-elle plus grande que celle d'Eva von Gruber ?

— Euh…, hésita Rigatelli avec le ton du type qui joue la suite de son existence sur cette réponse. C'est-à-dire que Mme von Gruber est arrivée avant vous…

— Et ? fit Dolorès en empoignant son ventre avec la

délicatesse du kamikaze déclenchant la mise à feu de sa ceinture d'explosifs.

— Elle a demandé la chambre la plus… enfin… la moins… cosy…

— J'ai compris…, grinça Dolorès en faisant saigner ses gencives. Vous êtes comme les autres, vous avez choisi le camp de la Créature !

— Je suis à votre service, implora Rigatelli en tendant une clé que Dolorès lui arracha des mains, ratant de peu l'amputation de l'annulaire.

— Je saurai m'en souvenir ! Vous ne perdez rien pour attendre ! »

Le directeur s'était rabougri sous les hurlements de Dolorès qui martelait le guichet avec son ventre au mépris du respect le plus élémentaire dû aux meubles et aux enfants.

« Tiens, bonjour Dolorès, fit un nouveau venu qui venait d'entrer dans le hall avec une tête à avoir abusé du taxi à Herr Fribourgstein. Quelque chose ne va pas ?

— Rodriguez ? fit Dolorès en se tournant vers l'intrus d'un air excédé. Allons bon, il ne manquait plus que vous ! Décidément, rien ne me sera épargné aujourd'hui. Je vous laisse avec ce Moriarty de l'hôtellerie. Vous deux côte à côte, c'est trop pour moi. »

Et Dolorès s'en fut, ballonnée et chaloupante, vers les cimes cosy de l'hôtel Baker Street…

Dossier « holmésiens » – Fiche profil :
Professeur Rodriguez

Le professeur Jorge Rodriguez est connu dans le monde universitaire pour sa laideur physique qui frôle le trouble sur la voie publique et lui confère un potentiel de séduction proche de celui des mollusques viscéroconques du Mozambique. Affublé d'un épiderme à la mollesse coupable, il semble toujours être en train de fondre, comme les chandelles à la cire ouvragée sur les tables poisseuses des crêperies pour touristes. Le nez à la place de la bouche, un œil plus bas que l'autre, les oreilles en déliquescence et le ventre en vaguelettes, Rodriguez dégouline.

En revanche, sa beauté intérieure est irréprochable. Les radiologues sont formels : des poumons de jeune homme, un foie superbe, un pancréas de compétition et des reins à faire se damner un trafiquant d'organes. C'est pourquoi Rodriguez, bien qu'un peu tracassé par un quart de siècle de célibat, ne doit pas perdre espoir : pour trouver le bonheur, il lui suffit d'attendre que la beauté intérieure soit à la mode, ou que les êtres humains deviennent aveugles. Juste une question de temps, donc.

Dans le domaine de l'holmésologie, Rodriguez est une pointure. En effet, un des nombreux avantages du célibat, c'est que ça vous laisse du temps pour peaufiner votre travail. Rodriguez a donc publié beaucoup plus d'articles que tous les participants au colloque réunis, mais – et c'est un handicap très lourd dans le monde universitaire – il a couché avec beaucoup moins d'étudiantes (un total de zéro au dernier pointage). Rodriguez végète donc dans l'ombre de collègues moins brillants mais plus charmeurs, en attendant son heure.

Celle-ci, il en est persuadé, est proche. C'est avec des révélations inédites sur Sherlock Holmes qu'il arrive à Meiringen. Personne n'est au courant – si ce n'est sa grand-mère (et moi car la vieille dame est bavarde) –

mais il aurait du costaud dans sa valise. Une vraie bombe.

Et le colloque de Meiringen est le lieu idéal pour la faire exploser.

Vendredi 4 mai

Le professeur Rodriguez quitta le directeur de l'hôtel, qu'il avait consolé de son mieux après son exécution par Dolorès, et prit la direction de sa chambre. Il disposait d'une heure avant le repas de bienvenue présidé par le professeur Bobo. D'après ce que je savais du bonhomme, il allait en profiter pour se reposer un peu. Non que son voyage ait été éprouvant, mais par habitude. En effet, sur les conseils de sa mamie, Jorge se reposait souvent pour anticiper une fatigue à venir.

Il aborda l'escalier comme il abordait la vie en général, mollement, sans certitude d'arriver jusqu'en haut. Mais, sur la première marche, il marqua un temps d'arrêt. Quelque chose venait de se passer, Rodriguez semblait tétanisé, je regardai vers le haut de l'escalier. Et je compris tout.

Eva von Gruber venait d'apparaître en (te)nue de soirée, faisant glouglouter la glotte à Jorge. Il l'avait déjà croisée dans d'autres colloques, elle lui avait déjà agité les gamètes, mais là c'était violent. Une seule explication : les dernières expansions pneumatiques d'Eva.

La suturée entreprit la descente de l'escalier dans un déhanché de starlette à Malibu, tandis que les idées devaient se télescoper dans l'esprit de Rodriguez. Mais oui Jorge ! Une telle femme suffirait à rattraper ton retard aux yeux de tous ! Elle donnerait un sens à ta vie !

Elle ferait de toi un autre homme ! Au lieu de rêver bêtement, tu ferais mieux de relire ton intervention pour le colloque ! Mais à l'instant où leurs corps se frôlèrent sur la marche numéro onze, dans une proximité physique tectoniquement ravageuse, Eva offrit à Jorge un panorama complet de ses dents à facettes. Un fol espoir réveilla les corps caverneux de Rodriguez. L'éventail des possibles se déployait comme entre les mains expertes d'une geisha enfarinée. L'hôtel Baker Street baignait dans un érotisme des plus torrides.

Peut-être… Oui, peut-être cette femme aimait-elle les pancréas de compétition ?

Bloc-notes d'Eva von Gruber

— *Perchois* : Bien calmé aujourd'hui. Penser à remettre une couche demain, cette fois en public (faire une petite vanne sur sa calvitie, toujours efficace avec les mâles).

— *McGonaghan* : Se méfier, très coriace. Éviter attaque frontale. À appâter, ferrer puis remonter doucement pour lui faire mordre la poussière.

— *Bobo* : Cible numéro un, objectif chaire de la Sorbonne. Attention : le vieux tient debout par miracle, à manipuler avec précaution.

— *Rodriguez* : Pas méchant. Compassion inévitable vu physique impossible : à ménager en souvenir de mes années boudin.

— *Dolorès* : Croisée dans le couloir, enceinte ! A dû braquer une banque du sperme, je ne vois pas d'autre explication.

Lettre de Dolorès Manolete à l'abbé Saint-Freu

Mon père,

Deux *Ave*, trois *Pater* et quatre changements de robe n'ayant pas réussi à m'apaiser, je me tourne vers vous, mon fidèle confesseur, dans l'espoir de trouver le réconfort (rendons grâce à Dieu). Vous qui m'avez toujours soutenue dans les moments difficiles, de ma liposuccion tragique à mon indigestion d'hosties, je sais que vous saurez m'écouter (gloire à toi, Seigneur).

L'heure est grave, mon père. Il va se passer ici des choses terribles, je le sens. Un démon rôde dans les couloirs pour mener à bien son sinistre dessein. Depuis plusieurs mois, il a pris les traits d'une créature tentatrice pour mieux abuser son monde. Eva von Gruber a vendu son âme au Malin contre une métamorphose, et je n'avais pas le budget pour suivre les travaux de réfection.

C'est ce week-end, pendant le colloque de Meiringen, qu'elle compte porter le coup de grâce pour obtenir la chaire d'holmésologie qui me revient de droit. Mais Dolorès veille ! J'entre dans une sainte croisade, ma victoire sera celle du Seigneur sur les forces obscures ! J'ai croisé la créature tout à l'heure dans le couloir et elle n'a pu s'empêcher de déverser son fiel méphitique.

« Tiens, Dolorès, vous êtes enceinte ? À votre âge ?

— Chère Eva, cachez vos émotions, on va croire que vous êtes jalouse.

— Ce n'est pas de la jalousie, c'est de l'admiration : je ne savais pas que la science avait fait autant de progrès.

— Pourtant, il suffit de vous regarder pour s'apercevoir que toutes les limites ont été pulvérisées. Le docteur Frankenstein va bien ?

— Je lui demanderai s'il est disponible pour votre accouchement, il a l'habitude des visions d'horreur.

— Il est vrai qu'il a dû lui falloir beaucoup de courage pour s'occuper d'« Eva-souillarde », la terreur des amphis. C'était bien votre surnom, n'est-ce pas ?

— Vous pouvez toujours rigoler, répliqua la persifleuse que j'avais piquée au vif, mais ça risque d'être difficile pour vous d'assumer une chaire d'holmésologie avec un enfant en bas âge. Vous déclarez forfait tout de suite ou vous préférez vous ridiculiser devant le professeur Bobo ? »

Voilà, mon père, le moment que j'attendais avec impatience ! J'ai regardé l'abjecte rénovée avec un petit sourire, et j'ai lâché, avant de lui claquer ma porte au nez :

« Vous vous méprenez, ma pauvre Eva. Tout le monde sait que le professeur Bobo a vingt-trois petits-enfants et que rien ne l'émeut autant qu'une femme portant la vie. Il voue un véritable culte aux femmes enceintes. Alors, bon courage pour la compétition ! »

Inutile de vous décrire la tête d'Eva, le Botox enflé par la colère, ce ne serait pas chrétien… Merci de m'avoir écoutée, mon père, je sens la sérénité revenir dans mon cœur. C'est pleine de confiance que je vais me préparer pour le repas de bienvenue de ce soir. Je sais qu'Eva finira par abdiquer, le Bien par triompher, ma robe par se boutonner. Amen.

Vendredi 4 mai

Le salon de l'hôtel Baker Street était un temple dévoué au culte holmésien. Difficile à imaginer vu son état après ce week-end dévastateur, mais, à notre arrivée vendredi, le lieu était impressionnant, surtout pour les amateurs de toc, de kitsch et de bon goût. Partout sur les murs, Luigi Rigatelli avait disposé des reliques de Sherlock Holmes pour offrir aux fidèles des frissons d'admiration.

Au-dessus de la porte trônait le buste de Holmes sculpté par Oscar Meunier, qui servit à piéger le colonel Moran dans l'aventure de *La Maison vide*. Il surveillait d'un œil implacable le squelette du chien des Baskerville qui ornait le mur d'en face, entre une pipe sous verre et un film sous-titré. Là, une photographie d'Irène Adler faisait de l'œil à un portrait du détective par Sidney Paget ; ici, une seringue, une loupe et un violon jouaient les objets symboliques d'un air détaché à côté d'une panoplie de poignards et de pistolets. Au centre de la pièce se trouvait un imposant aquarium où flottait une méduse *cyanea capillata*, plus connue sous le nom de « méduse à crinière de lion », dont Sherlock Holmes traque un spécimen meurtrier dans son avant-dernière aventure. Quant au docteur Watson, il n'était pas en reste dans l'hommage rendu au saint homme. Sa sacoche de médecin décorait le bar tandis que sa fameuse malle de service en fer-blanc, aux armes de la banque Cox & Co à Charing Cross, servait de rangement pour les biscuits apéritifs. M. le directeur avait terminé la visite guidée en présentant avec fierté son alarme double action qui enferme l'intrus derrière une grille aux couleurs du drapeau britannique, tout en anéantissant son ouïe par un *God save the Queen* aux décibels généreux. Bref, il avait sorti le grand jeu pour faire vibrer l'holmésien.

En attendant l'arrivée du professeur Bobo (qui devait être en train de fouiller sa chambre pour retrouver ses esprits encore égarés), les holmésiens examinèrent ces objets avec la décontraction de condamnés attendant leur décharge électrique. Nul ne parlait, nul ne se regardait, le silence était si pesant que même les mouches n'osaient plus voler. On aurait pu qualifier l'ambiance de « glaciale » si elle avait été un peu plus chaleureuse, mais à partir d'un certain degré en dessous de zéro, même les adjectifs s'épuisent.

En entrant dans la salle, bien plus tard que les autres car il avait eu du mal à se remettre de nos tribulations en taxi, le professeur Gluck marqua un temps d'arrêt. Il les connaissait bien ces concurrents redoutables qu'il devait vaincre ce week-end, et il se mit à les dévisager un par un, car il ne perdait jamais une occasion d'exercer ses remarquables talents d'observation…

Absorbée par la contemplation d'une grosse pipe noire, Eva von Gruber faisait sa Joconde, regard mystérieux et sourire monalisé au collagène. Sa robe à l'échancrure estivale dévoilait une stratégie argumentative toute personnelle pour l'obtention de la chaire d'holmésologie. À quelques pas derrière elle se tenait Jean-Patrick Perchois. Les mouvements de ses lèvres indiquaient qu'il était en pleine communication avec l'au-delà, et la vascularisation anormale de ses tissus faciaux qu'il présentait les effets secondaires d'une exposition trop prolongée à l'Eva von Gruber.

En admiration devant un portrait de Mme Hudson, la logeuse de Sherlock Holmes, Dolorès Manolete arborait un maquillage révélant une passion certaine pour la peinture expressionniste et une évidente déficience d'éclairage de sa salle de bains. Quant à McGonaghan, il était occupé à suivre sur un écran de télévision *Sherlock Holmes et le train de la mort* avec Basil Rathbone. Le terrible McGonaghan qui baladait son cynisme bon teint et son bronzage carotène de colloque en colloque. Le plus solide des candidats, l'homme à abattre… À ses côtés se dandinait le professeur Rodriguez en pleine recherche d'un objet à regarder avec intensité et profondeur (pour autant que le lui permettrait son strabisme convergent… ou divergent… enfin… mouvant). Son apparence extérieure s'était encore dégradée, au point qu'on pouvait se demander s'il ne le faisait pas exprès pour se donner un genre.

Le professeur Gluck salua ses collègues du bout des lèvres, reçut en retour quelques bonsoirs glaciaux, se lança dans la contemplation d'une grosse marmotte empaillée censée représenter le rat géant de Sumatra, avant d'entendre derrière lui un « bonjour » timide. Il se retourna en même temps que ses collègues sur un grand échalas à lunettes qui paraissait très mal à l'aise. Gluck s'approcha du jeune homme et débuta son irrépressible activité déductive en scannant sa victime des pieds à la tête, prélude à la régurgitation d'informations capitales, ou pas.

« Ne dites rien, fit Gluck d'un air pénétré. Hum… Vos vêtements rustiques, vos chaussures crottées, votre odeur… originale, votre élocution laborieuse… oui, c'est ça… Vous êtes un jeune paysan des alentours surpris par la tempête de neige avec son troupeau de moutons et vous venez trouver refuge dans cet hôtel. Vous n'avez pas fait d'études et vous quittez rarement vos montagnes, ce qui explique que vous ayez l'air totalement perdu dans cet environnement feutré. Ai-je touché juste ?

— Pas tout à fait…, hésita le jeune homme qui ne savait plus où se mettre (et donc restait à sa place).

— Ah, une erreur sur les moutons peut-être ? Vous gardez des vaches ?

— Euh… En réalité, je suis un participant au colloque… Je m'appelle Oscar Lecoq. J'ai fait une thèse sur Sherlock Holmes et je suis le fils du doyen de l'université de Montpellier… Nous avons eu un petit accident avec le taxi qui m'amenait ici et qui a percuté un troupeau. J'arrive à pied, guidé par un berger et ses moutons.

— Ah, ah, des moutons ! exulta Gluck. J'en étais sûr ! »

Applaudissant au nouveau succès de leur confrère, les autres professeurs, à l'odeur alléchés, s'approchèrent d'Oscar et lui tinrent à peu près ce langage :

« Tiens, un puceau des colloques ? fit McGonaghan en décochant un Bobby-Smile® revers lifté.

— Ça mériterait un petit bizutage, lâcha Eva von Gruber en passant sa langue sur ses lèvres.

— Surtout pour un fils à papa, ajouta Perchois.

— En fait, rougit Oscar, ma venue à Meiringen est le résultat d'un terrible concours de circonstances. Je remplace au pied levé mon père qui a été accidenté.

— Oui, nous sommes au courant, compatit le professeur Perchois en contenant avec peine une jubilation intérieure des plus intenses.

— Il était encore mal en point quand je suis allé lui rendre visite juste avant de partir pour Meiringen, continua Oscar. Il était très déçu, évidemment.

— Évidemment, confirma Gluck, l'air grave.

— Le pauvre, s'attrista Eva.

— Il nous manquera, renchérit Dolorès.

— Regardez-moi ce ramassis d'hypocrites ! ricana McGonaghan. Arrêtez vos simagrées ! Vous êtes tous aussi contents que moi de l'absence de notre confrère !

— Ne faites pas attention, dit Dolorès à Oscar, McGonaghan est un provocateur, il ne faut pas rentrer dans son jeu.

— Je n'ai rien contre votre père, mon petit Oscar, si ça peut vous rassurer, vous et votre chaperonne improvisée. Simplement, ça fait un concurrent de moins pour le poste à la Sorbonne, et personne ne s'en plaindra.

— C'est odieux ! s'offusqua Perchois.

— Vous êtes un monstre ! s'exclama Dolorès.

— Vous vous donnez bonne conscience, Dolorès, mais je vous ai entendue tout à l'heure, la voix pleine d'espoir, demander au directeur si le professeur Durieux n'avait pas annulé…

— C'est vrai ça, fit Perchois, il n'est pas arrivé ?

— Il est retardé par la neige, expliqua Dolorès, gênée.

— Allez, fit McGonaghan, avouez que vous auriez préféré que son avion s'écrase. Un peu de sincérité vous fera du bien.

— C'est inadmissible ! explosa Dolorès. Je ne vous écoute plus !

— Vous devriez vous calmer, intervint Gluck, je crois entendre le professeur Bobo dans le hall.

— Oui, il arrive ! confirma Eva.

— Garde-à-vous, messieurs-dames, fit McGonaghan, et que le meilleur gagne ! »

Dossier « holmésiens » – Fiche profil :
Professeur Bobo

Doyen de l'université de la Sorbonne, surnommé le Jeanne Calment des amphis, le professeur Bobo a épuisé plusieurs générations de courtisans qui ont attendu en vain le passage de relais. La date de son départ en retraite, plusieurs fois annoncée depuis vingt ans, est devenue aussi mythique que celle du Jugement dernier, au point qu'un enseignant témoin de Jéhovah prétend que les deux événements vont coïncider dans un déluge de feu, prévu entre après-demain et la fin du siècle.

Le règne bobosien touche pourtant à sa fin. Chaque matin, le professeur met un peu plus de temps à se rappeler son nom et à se souvenir qu'on sort de chez soi habillé. Seul un usage immodéré du Post-it en guise d'aide-mémoire lui permet de faire plus ou moins illusion. Et si sa secrétaire ne l'avait pas sorti du carton où il s'était enfermé, Bobo partait pour la Suisse par la Poste.

Dans ses moments de lucidité, le professeur se rend bien compte que son heure a sonné. Mais comme tous les vieux lions que l'ivresse du pouvoir maintient debout contre vents, sénilité et marée, il veut partir en laissant une trace. Devant un aréopage de prestigieux confrères tellement à bout qu'ils auraient accepté de changer la « Sorbonne » en « Bobonne » s'il l'avait demandé, le professeur a négocié son abdication contre la création d'une nouvelle chaire qui porterait son nom : la toute première chaire d'holmésologie. L'étude officielle des œuvres du docteur Watson en tant qu'auteur et de Sherlock Holmes en tant que personne réelle. Autant dire que ça va grincer des dents sous les lambris de la rue de l'Université.

Mais quoi de mieux qu'un scandale pour tirer sa révérence en beauté ?

Post-it du professeur Bobo : Nous sommes en Suisse (chocolat, montagne et hygiène).
Post-it du professeur Bobo : N'écoutez pas les jaloux, je suis en pleine forme.
Post-it du professeur Bobo : Main droite.
Post-it du professeur Bobo : Main gauche.

Vendredi 4 mai

Le cynisme du professeur McGonaghan avait jeté un nouveau froid dans un salon qui n'en avait pas besoin. Les convives regardaient leurs chaussures comme si elles venaient de leur pousser aux pieds. La diversion Bobo fut donc accueillie avec soulagement.

« Comme je dis toujours : chocolat, montagne et hygiène, c'est la Suisse ! fit une voix flageolante dans le hall.

— Et n'oubliez pas l'hôtel Baker Street ! s'enthousiasma une seconde voix, à l'accent ensoleillé.

— Ah, le professeur Bobo arrive avec cet incapable de Rigatelli, nota Dolorès.

— Je n'oublie rien, chevrota Bobo. N'écoutez pas les jaloux, je suis en pleine forme. Main droite !

— Je sens qu'on va avoir le doyen des grands jours, ricana Eva.

— Un peu de commisération, chère amie, ironisa McGonaghan.

— Jamais avant les repas, ça me ballonne.

— Vous, Eva ? s'étonna Perchois en jetant un œil égrillard sur son décolleté. Ballonnée ? Je serais curieux de voir ça…

— Amusant, Jean-Patou, grinça Eva. À propos de ballon, vous devriez plutôt vous occuper de votre mèche. Vous savez pourquoi ?

— Je ne…

— Parce que c'est le dernier rempart contre votre footballisation crânienne.

— Buuuuuuut ! s'exclama McGonaghan. Magnifique reprise de volée d'Eva von Gruber, le goal a mangé la pelouse, c'est le délire dans le stade ! »

Au milieu du temple holmésien et des quolibets des mécréants, JPP le crucifié ferma les yeux, sans doute pour chercher le réconfort dans le giron de papa Sherlock et pour choisir une réplique appropriée du style « Ne leur pardonne pas, car ils savent très bien ce qu'ils font ». Mais l'attention se détourna soudain du martyr : le professeur Bobo faisait son entrée au salon.

Chacun put admirer sa peau toutânkhamonesque, sa lèvre bubonique, ses yeux grumeleux et son originale cambrure dorsale. Miracle du consensus au milieu des éternelles polémiques de l'être humain, le professeur Bobo met tout le monde d'accord : à l'unanimité, c'est un débris. Et pour ne pas faire de jaloux – car mère Nature aime la justice – la décrépitude de Bobo ne se limite pas à l'aspect physique de sa personne : le professeur est aussi gâteux. Mais un gâteux de pouvoir, ce qui change tout.

Courbettes à hernie, sourires à gencives, flatteries en déstockage, tout fut mis en œuvre par les universitaires pour accueillir comme il se devait l'être qui tenait leur destin entre ses mains arthrosées. Telle une tartine de confiture subissant les assauts d'une nuée d'insectes, Bobo affronta la vague des sollicitations cacophoniques.

« Bonsoir, cher professeur ! Quel plaisir ! exulta Dolorès en brandissant son ventre tel un trophée.

— Bonsoir, Conchita, fit Bobo. Les rumeurs sur mon état de santé sont grotesques, je suis en pleine forme.

— Je n'en doute pas, mais je m'appelle Dolorès…

— Merci, Conchita, l'interrompit Eva. Laissez donc le professeur Bobo prendre un verre.

— Qu'est-ce que je vous sers, professeur ?

— Vous voulez des olives ?

— Vous voulez des chips ?

— Main gauche ! » asséna Bobo.

Après un apéritif consacré à un concours de basse servilité catégorie poids lourds arriva l'heure de passer à table. Le jeu des chaises musicales put commencer, dans une ambiance de cour de récréation. Objectif : être voisin de table du professeur Bobo afin de faciliter les approches stratégiques, les entreprises de séduction, les coups de ramage et de plumage.

La table ronde avait empêché toute prise de position anticipée par les concurrents, la place du professeur restant indéterminée. Il fallait donc attendre que le doyen fasse son choix avant d'espérer poser son séant sur le siège le plus proche. De son petit pas de vieux qui semble courir au ralenti, il commença par faire un tour de table complet, comme pour reconnaître le terrain, pendant que l'assistance retenait son souffle. À l'entame du second tour, alors que chacun s'était tenu sur ses gardes, on sentit la fébrilité s'emparer des convives : l'atterrissage s'annonçait imminent. Mais, à la surprise générale, Bobo clôtura son circuit sourire aux lèvres et enchaîna illico sur un troisième tour sous des regards accablés. Bobo cherchait-il la place idéale tel un maître en feng shui ? Ou bien avait-il oublié pourquoi il tournait ? Même si la deuxième proposition semblait la plus probable vu la période de fonte cérébrale que connaissait le professeur, les lois de la dynamique imposaient de rester attentif : le vieux finirait bien par s'écrouler de fatigue.

Tels des piliers de casino hypnotisés par le jeu de la roulette, les convives haletants attendaient la dépose de Bobo la bille. « Les jeux sont faits, rien ne va plus », marmonna McGonaghan. La tension était à son comble, on allait bientôt savoir qui ferait sauter la banque… À moins que… Une tricheuse ? À la consternation générale, Dolorès Manolete décida d'interrompre la course du doyen en jouant de son excroissance ventrale. À la fois comme brise-lames, pour fendre la foule des prétendants, et comme objet compassionnel : « Oh, je sens qu'il bouge ! Voulez-vous bien m'aider à m'asseoir, cher professeur Bobo, que vous êtes joli, que vous me semblez beau ? »

La tendresse alluma un œil de Bobo, Dolorès s'assit en gémissant, le vieux fit de même en lui tapotant la main, et alentour ce fut la ruée. Dolorès s'était positionnée à la droite du Père, il restait la chaise gauche, la lutte s'engagea. Gluck se mangea un coude, Perchois se luxa un genou, McGonaghan prit un doigt dans l'œil et Rodriguez, on ne sait pas, il était déjà déformé au départ. Mais Bobo mit bientôt un terme à l'échauffourée d'un geste de Salomon : « Mademoiselle von Gruber, me ferez-vous le plaisir ? » lança-t-il en désignant le siège vacant d'un mouvement de la main.

Inutile de dire qu'Eva lui fit le plaisir. Et que les mâles lui firent la grimace.

Maître, le repas de ce soir a été une épreuve qui m'a fait sentir combien vous avez eu raison de toujours fuir les mondanités. Encadré par les deux amazones qui faisaient de l'obstruction visuelle et sonore, Bobo a passé le repas à se laisser endormir par leurs envahissantes rondeurs. Une soirée à observer deux mantes religieuses ramener un pauvre gâteux au stade oral, difficile de faire pire. Surtout quand le gâteux doit décider de votre avenir…

Quant à la conversation de mes collègues hommes, elle consistait à étaler leur science du Canon, ou, dans le cas de McGonaghan, à tenter de piéger ses concurrents en posant des questions afin de les discréditer aux yeux de Bobo. « Tiens, nous avons des huîtres au menu. Eh ! Gluck, vous vous souvenez du délire de Holmes à propos des huîtres ? Il disait s'inquiéter du fait qu'elles allaient envahir le monde ! C'était dans quelle aventure déjà ? » Vous voyez le niveau. Dans ce contexte, vous comprendrez que l'arrivée du dessert m'est apparue comme une délivrance…

Alors qu'une serveuse suisse et volontaire essayait d'enflammer une omelette norvégienne et récalcitrante, Bobo est parvenu à se lever de sa chaise après seulement trois tentatives. D'un geste à l'élégance toute parkinsonienne, il s'est emparé d'une petite cuillère pour réclamer le silence en tapotant sa flûte à champagne. Deux verres et une carafe fracassés plus tard, le silence fut.

« Chers amis, je vous adresse mes remerciements pour votre présence dans ce haut lieu de l'holmésologie que constituent les chutes de Reichenbach. Par une coïncidence amusante, nous sommes le 4 mai, jour anniversaire de la disparition de Holmes dans ces chutes. Espérons que cette date ne soit pas un mauvais présage ! Mais plus sérieusement, si je vous ai réunis pour ce colloque, ce n'est pas uniquement pour le plaisir de vous retrouver. Non… C'est… Euh… C'est aussi… »

Petit blanc de Bobo qui se met à fouiller dans ses poches, l'air de se demander ce qu'il fait là. La table reste coite et la serveuse devient moite (car elle n'a toujours pas réussi à enflammer l'omelette, qui n'est pas une fille facile).

« C'est aussi pour le plaisir de vous retrouver ! » lance finalement le vieux, l'air soulagé, en laissant tomber quelques Post-it sur la table.

Concours de sourires bienveillants chez les convives, grand prix attribué à Eva von Gruber pour son plissement de lèvres façon canard, beau succès de la serveuse qui réussit à enflammer son tablier. Bobo mâchonne son dentier et reprend :

« Chers amis, je vous adresse mes… Je… Mais si je vous ai réunis… Main gauche… Je… J'ai une annonce solennelle à faire… Euh… Chers amis ! La rumeur a couru, peut-être vous est-elle déjà parvenue ? »

Compétition de regards interrogateurs, de mimiques étonnées, de discrètes dénégations. Mention spéciale pour Gluck et son « Ah bon, une rumeur ? » délicatement surjoué. La serveuse abandonne lâchement son omelette pour se vider une carafe d'eau sur le bras.

« Je prends ma retraite le mois prochain… »

Florilège de protestations. Palme du focuisme pour le professeur Rodriguez et son désormais fameux « Oh non ! Mon cœur saigne ! ». L'omelette reste digne.

« Je tenais à faire un dernier geste pour Sherlock

Holmes à qui j'ai consacré ma vie. C'est pourquoi je suis très fier de vous confirmer que j'ai obtenu de la Sorbonne la création de la toute première chaire d'holmésologie ! »

Applaudissements nourris. Bravos sonores. Début de ola (Oscar Lecoq, en solo).

« Je suis donc chargé de vous écouter, vous, les meilleurs spécialistes, et de désigner celui ou celle qui aura l'honneur d'en être le titulaire. »

Frissons dans l'assistance. Zygomatiques en tension. L'omelette chancelle.

« Inutile de vous dire combien cette tâche est délicate mais enthousiasmante. Je sais que vous méritez tous ce poste, je n'ai donc plus qu'un mot à vous dire : bonne chance ! Et je suis en pleine forme ! »

Sur ces dernières paroles, Bobo s'affaisse, l'omelette aussi, et moi je crois que le pire est passé. Encore une erreur…

Vendredi 4 mai

La soirée s'est déroulée entre gens de bonne compagnie, sans qu'un mot soit prononcé plus haut que l'autre, mais sous la table les griffes étaient sorties… J'avais l'impression d'assister à l'un de ces banquets familiaux où l'on poignarde son frère, où l'on humilie sa belle-sœur, mais toujours avec le sourire pour ne pas risquer de déplaire au patriarche dont on attend l'héritage… Le patriarche… Celui que l'on déteste parce qu'il a le plus grand des pouvoirs : transmettre le sien. Celui que l'on hait parce qu'il fera de nous soit un obligé, en nous choisissant, soit un humilié, en nous ignorant.

Au moment du digestif, le professeur Bobo profita d'une éclaircie de ses lobes frontaux pour demander si certains voulaient bien présenter le contenu de leur intervention du lendemain, histoire de lui mettre l'eau à la bouche. La proposition jeta un froid sur ce qui était déjà une vraie banquise. Parler la veille du colloque, c'était dévoiler ses munitions et fournir à l'ennemi de quoi préparer sa riposte. Ce fut donc un grand moment de silence pendant lequel chacun contempla son assiette avec l'intense concentration de celui qui veut y creuser un trou, jusqu'à ce qu'une voix s'élève. Une voix alcoolisée, qui bredouilla entre deux hoquets :

« Moi, j'veux bien. »

Tous les regards convergèrent vers le candidat au suicide. C'était une surprise. C'était Rodriguez.

L'alcool avait fissuré la pudeur naturelle qui l'amenait d'ordinaire à se faire oublier, eu égard à son physique provocateur. Un sourire quasimodesque découpait son visage, son strabisme avait pris des libertés douteuses, il se dressa sur son siège en renversant son verre et proclama d'une langue pâteuse :

« Mon intervention de ce week-end va vous trouer le… »

Malheureusement, un renvoi intempestif laissa la phrase de Rodriguez inachevée. Il accueillit les expressions choquées de ses collègues en ricanant, puis il commença sa démonstration en oubliant ce qu'il comptait leur trouer.

« Chers amis, comme vous le savez, nombreux sont les exégètes à avoir glosé sur l'absence de l'affaire Jack l'Éventreur dans les récits de Watson. »

À l'évocation du serial killer londonien, la table tout entière poussa de hauts cris. Des serviettes s'agitèrent, des petits pains volèrent, les convives protestèrent, car on ne doit jamais rater une chance de ridiculiser un concurrent.

« Ah non, pitié ! fit Dolorès.

— Pas l'Éventreur, ça suffit ! grinça Eva.

— Vous n'allez pas nous resservir ce vieux plat réchauffé ! s'indigna Perchois.

— Il reste de l'omelette ? » demanda Bobo.

Sherlock Holmes pour les Nuls (extrait)

J comme Jack l'Éventreur : Tarte à la crème des pastiches holmésiens, l'affaire Jack l'Éventreur est l'angle mort des aventures de Sherlock Holmes. Pourquoi le plus célèbre tueur en série de l'histoire, qui exerça ses talents à Londres entre les mois d'août et de novembre 1888, n'apparaît-il pas dans le Canon alors que le célèbre détective était en pleine activité à cette époque ? Cette lacune incompréhensible a tellement perturbé les holmésiens qu'on n'en finit plus de découvrir des manuscrits inédits narrant la confrontation entre les deux grandes figures de l'Angleterre victorienne. Du *Sherlock Holmes contre Jack l'Éventreur* d'Ellery Queen au *Duel en enfer* de Bob Garcia, de *L'Ultime Défi de Sherlock Holmes* de Michael Dibdin à *L'Instinct de l'équarrisseur* de Thomas Day, la rencontre entre Jack et Sherlock tourne au derby téléphoné, jusqu'à faire de Holmes l'Éventreur lui-même dans certains récits.

Le dossier Jack l'Éventreur est devenu obsessionnel pour beaucoup d'holmésiens, pourtant le problème posé est des plus simples à résoudre. Il est surprenant que personne n'y ait jamais pensé, mais notre explication relève de l'évidence : s'il n'est pas fait mention de Jack l'Éventreur dans les affaires de Holmes, cela veut dire tout simplement que le tueur de Whitechapel n'a jamais existé ! Si Sherlock Holmes ne s'est pas penché sur le cas de Jack, c'est que celui-ci est une invention de journalistes destinée à fournir en sensations fortes les lecteurs friands de feuilletons. Si le Canon ne le mentionne pas, c'est que Jack l'Éventreur est un personnage de fiction, un mythe littéraire, une figure incontournable de la littérature populaire. CQFD.

Précisons cependant que certains esprits forts vous affirmeront que c'est Sherlock Holmes qui n'a jamais existé. N'hésitez pas à leur rire au nez, ils sont ridicules.

Vendredi 4 mai

Rodriguez, très en verve grâce à l'alcool qu'il avait consommé avec cinq fruits et légumes par jour, contra la bronca anti-Jack.

« Laissez-moi terminer ! Je ne rappelais le silence sur l'Éventreur que pour faire le parallèle avec un autre événement qui marque la fin du XIXe siècle, qui est tout aussi absent des aventures de Sherlock Holmes, mais sur lequel personne avant moi ne s'est jamais penché !

— Un événement marquant de la fin du XIXe ? Il veut parler de la naissance du professeur Bobo ? marmonna JPP à l'oreille d'Eva von Gruber (car il devait croire que même les icebergs étaient sensibles à son humour raffiné).

— Le professeur Perchois a trouvé la réponse », lança Eva à la cantonade (car les icebergs aiment provoquer des naufrages, c'est plus fort qu'eux).

Mais Rodriguez était trop saoul pour relever. Maintenant qu'il avait décollé, il tenait sa vitesse de croisière.

« Cet événement qui a marqué l'histoire culturelle du monde, c'est… hips… c'est le cinématographe !

— Le cinéma ? s'étonna Dolorès. Quel rapport avec Holmes ?

— Justement ! hoqueta Rodriguez qui commençait à se balancer de droite à gauche comme s'il venait d'entrer dans une zone de turbulences. Le cinéma est totalement absent du Canon ! Holmes et Watson vivent la naissance de cette attraction qui fascine les foules, mais ils n'en font mention nulle part ! Pourtant… »

Rodriguez s'interrompit, il tanguait de plus en plus fort, son visage virait au verdâtre. Il empoigna la carafe d'eau, se servit un verre et l'avala d'un trait. La phase de redescente était amorcée, *fasten your seat bell* et préparez le sac en papier.

« Pourtant, reprit Rodriguez en se tenant à la table, une mystérieuse affaire en rapport avec le cinéma marque cette période. Une affaire jamais résolue et, fait encore plus étrange, totalement inconnue du grand public… Liée à la rencontre entre Sherlock Holmes et Louis Augustin Leprince !

— Qui ça ? fit Perchois.

— C'est un membre de la famille royale d'Angleterre ? demanda Gluck.

— Bravo pour le coup de théâtre, Rodrigo ! applaudit McGonaghan. Tu as juste oublié de prendre quelqu'un de connu.

— Louis Augustin Leprince est un homme important ! se justifia Rodriguez en tapant du poing sur la table jusqu'à se planter une fourchette dans la main. C'est l'ingénieur français qui a inventé le cinéma !

— Le cinéma ? s'étonna Eva. Je croyais que c'étaient les frères Lumière…

— Louis Augustin Leprince a tourné les premières images animées de l'histoire à Leeds, en Angleterre, le 14 octobre 1888, professa Rodriguez. Un film de deux secondes, nommé *Roundhay Garden Scene*.

— Première nouvelle, fit Eva. Pourquoi n'a-t-on jamais entendu parler de lui ?

— Parce que Leprince a disparu le 16 septembre 1890 alors qu'il avait terminé de mettre au point son appareil de prise de vues et qu'il allait enfin déposer son brevet, expliqua Rodriguez qui semblait reprendre de l'altitude. Il a pris le train à Dijon et n'est jamais arrivé à Paris. Il a disparu corps et biens, et plus personne n'a jamais entendu parler de lui. Officiellement en tout cas.

— Pourquoi officiellement ? demanda Gluck. Que savez-vous de plus ?

— Ce que je sais, c'est que nous apprenons dans *Le Dernier Problème* que Sherlock Holmes passe l'hiver 1890 en France, appelé pour résoudre une étrange affaire dont même Watson ne sait rien.

— Et alors ? fit Perchois.

— J'affirme que l'affaire sur laquelle Holmes était venu enquêter cet hiver-là en France, c'était le cas Leprince ! Eh oui ! Car Holmes avait connu Leprince à Londres l'année précédente. Car les deux hommes étaient devenus amis. Et, surtout, car la sacoche disparue de Leprince contenait un film. Le premier film de toute l'histoire du cinéma ! Tourné début octobre 1888, avant celui que l'on connaît ! Un film de quelques secondes mettant en scène… Sherlock Holmes lui-même ! »

En postillonnant ces derniers mots, Rodriguez déclencha une tempête d'exclamations hostiles :

« Qu'est-ce que c'est que ce canular ?
— Il faut arrêter la bibine, Rodrigo !
— Vous prétendez qu'il existe des images de Sherlock Holmes ? Qu'un film sur lequel il apparaît se balade dans la nature ? Est-ce que vous avez une preuve au moins ? »
Rodriguez afficha une mine furibarde.
« Bien sûr que j'ai une preuve ! Une preuve définitive ! » s'exclama-t-il en brandissant son index vers le plafond, avant de se figer tel un automate en rupture de batterie. Un filet de bave alcoolisée s'échappa de ses lèvres pour venir remplir son verre. Puis il s'écroula en entraînant la nappe, le service de table et le professeur Bobo qui tentait de sauver son rab d'omelette.
On s'occupa d'abord du doyen que tout le monde voulait aider à se relever (+ dix points) en le complimentant sur sa souplesse (+ dix points) et la beauté de sa cascade (+ vingt points). Puis on finit par jeter un œil sur ce que devenait Rodriguez qui avait roulé sous la table emmailloté dans la nappe.
Pas de souci à se faire : il ronflait déjà bruyamment.

Bloc-notes d'Eva von Gruber

– *Oscar* : Jeune recrue plutôt joli garçon, pas encore abîmé par l'université. Entorse au régime *no phallus* envisagée.
– *Gluck* : Gnome bizarroïde, difficile à cerner. Mais qui aurait envie de le cerner ?
– *Dolorès* : M'attendrirait presque avec son bébé, mais en fait non. À achever par gourmandise.
– *Perchois* : Après son humiliation de l'après-midi,

Jean-Patou s'est fait tout petit. Dommage, j'aurais bien aimé me lâcher un peu plus sur lui. Demain, j'espère...

– *Rodriguez* : La surprise de la soirée. Un film avec Sherlock Holmes ? Deux solutions : soit il délirait, et il est fini ; soit il était sérieux, et on est tous morts...

Lettre de Dolorès Manolete à l'abbé Saint-Freu

Mon père, je me tourne vers vous afin d'éviter un péché mortel. Mortel surtout pour Eva : j'ai aiguisé ma lime à ongles et, si vous ne m'apportez pas de réconfort, je sens que ça va finir en manucure sauvage. Essayez d'imaginer ce que j'ai vécu ce soir :

22 h 30 – Je suis prête à aller me coucher après l'interminable repas de bienvenue, quand quelqu'un frappe à la porte d'Eva, juste à côté de la mienne. Je colle mon oreille au mur par mégarde, c'est la voix de Rodriguez qu'on venait pourtant de porter jusqu'à sa chambre dans le coma. Après ses élucubrations cinématographiques, monsieur ose encore sortir sans cagoule. Je ne saisis pas grand-chose à ce qu'il raconte, une histoire de « pancréas » semble-t-il (?). Eva lui dit qu'elle « compatit » (?) puis ferme sa porte. Rodriguez lâche quelque chose comme « Je le dirai à ma mamie » (?). Il faut que je fasse contrôler mon audition.

22 h 45 – Nouveaux coups à la porte d'Eva. J'entrebâille la mienne par étourderie. C'est JPP qui débarque avec une bouteille de champagne, deux coupes et un sourire de la dernière chance. Eva n'ouvre pas, Perchois toque de nouveau et annonce : « C'est Jean-Patrick. » La voix d'Eva retentit : « Je suis absente pour le moment,

merci de laisser un message après le bip. » JPP siffle le champagne cul sec.

23 h – On frappe à MA porte ! J'ajuste ma mise en plis, j'ouvre, c'est Bobo ! Je sors mon ventre au max, il me demande si je sais où se trouve la chambre d'Eva. Il a de la chance que je sois une bonne chrétienne.

23 h 05 – Trois coups à la porte d'Eva. Je tends l'oreille par inadvertance, c'est McGonaghan. Il l'invite à prendre un dernier « drink » dans son « room », elle lui répond qu'il se trompe de porte et que « l'accueil hygiène des quinquagénaires », c'est « à côté, chez Dolorès ». Je récite deux *Pater* en crucifiant un édredon.

23 h 10 – On frappe à la porte de Perchois, juste en face de la mienne. Je vérifie par réflexe. C'est Bobo qui demande où se trouve sa chambre. « Ô rage ! Ô désespoir ! Ô vieillesse ennemie ! N'ai-je donc tant vécu que pour finir sans lit ? »

23 h 15 – C'est au tour de Gluck de venir se faire humilier sur le paillasson d'Eva. J'entrebâille ma porte par habitude, le mètre quatre-vingts d'Eva en talons ouvre au mètre cinquante de Gluck en talonnettes, regarde l'horizon et lâche « Tiens ? Il n'y a personne ? » avant de claquer la porte.

23 h 30 – Éclats de voix dans le couloir, je vérifie par automatisme : c'est le professeur Durieux qui vient de débarquer, accompagné de Rufus, son gros toutou. Une arrivée qui casse l'ambiance, ces messieurs se reboutonnent et chacun regagne sa niche.

23 h 31 – Le couloir est enfin calme, je crois que je peux aller me coucher.

23 h 32 – Erreur : Eva ronfle. (Ça sent la rhinoplastie en solde.)

Dossier « holmésiens » – Fiche profil : Professeur Durieux

Le professeur Durieux n'est ni gros ni maigre ni grand ni petit ni beau ni laid : il est professeur, un point c'est tout. Étranger à son corps qu'il porte comme un vêtement mal ajusté, Durieux est un pur esprit. Il ne cache pas son mépris devant les manifestations physiques intempestives de type lumbago, abcès dentaire ou allergie aux cacahuètes, qui le rabaissent au rang animal. Seul son cerveau aux doux reflets rosâtres, aux noyaux thalamiques merveilleusement galbés et au bulbe rachidien finement ciselé peut allumer dans son œil un soupçon de tendresse quand il regarde la radiographie colorée de ses hémisphères cérébraux en fond d'écran sur son ordinateur, en pensant à l'aveu de Sherlock Holmes dans *La Pierre de Mazarin* : « Je suis un cerveau, Watson. Le reste de ma personne n'est guère qu'un appendice. » Bouleversant coming-out, lu à l'âge de six ans, qui avait décidé de l'existence du professeur Durieux.

Durieux est le genre d'homme à sacrifier sa famille pour son travail. Mais heureusement pour sa famille, Durieux n'en a pas. Il a bien noté plusieurs fois sur la liste des courses de penser à se marier et à avoir des enfants, mais le préalable consistant à convaincre un être vivant de sexe féminin d'entretenir avec lui des relations génitales lui a toujours paru relever d'un nonsens métaphysique. Ce n'est pas que les femmes lui déplaisent, loin de là. À l'instar de Sherlock Holmes, il leur accorde même une fonction décorative bien supérieure à celle des poissons exotiques qui surnagent en eaux troubles dans son salon. Non, l'explication est simple : le professeur Durieux a autre chose à faire qu'à perdre son temps à satisfaire les bas instincts hérités de nos lointains ancêtres simiesques. En tant qu'héritier de dix mille ans de civilisation, d'art et de littérature, il se fait un devoir de consacrer son existence à des activités plus nobles que satisfaire notre fonction reproductive, surtout avec le cérémonial compliqué exigé par la modernité : invitations au restaurant, week-ends sur la côte, cadeaux onéreux, et tout ça dans quel but ? Retarder le moment d'aller au lit, juste assez longtemps pour se persuader qu'on n'est pas des bêtes ? Dans ce cas, ce n'était pas la peine de quitter notre bonne vieille grotte préhistorique et ses accouplements sans chichis ! C'est en tout cas ce que le professeur Durieux proclame devant tous ses amis. Mais heureusement pour ses amis, Durieux n'en a pas.

La seule entorse que se permet le professeur Durieux dans cette distance salvatrice vis-à-vis d'autrui s'appelle Benjamin Rufus, un étudiant dont il dirige la thèse intitulée *Sherlock Holmes contre les huîtres, analyse psychotextuelle d'une phobie alimentaire*. Depuis quelques mois, le professeur Durieux promène son doctorant de colloque en colloque car celui-ci possède deux qualités rares : une admiration sans bornes pour son maître et une servilité de tous les instants, ce qui permet à Durieux de se décharger sur Rufus de toute préoccupation prosaïque, de la réservation de billets de train au traitement du linge sale. D'une certaine manière, on peut dire que Rufus revisite les fonctions de majordome sous un angle original : le bénévolat.

Enfin, on conclura en signalant l'altruisme du professeur Durieux qui a entrepris d'offrir au monde la quintessence de sa sagesse dans des Mémoires en cours d'écriture : *Ma vie, la volonté au service de la raison* (*et* vice versa). Avis aux amateurs.

Vendredi 4 mai

Quand je repense à ce premier soir, l'excitation que je ressentais me paraît bien dérisoire… C'était la conclusion de plusieurs mois de travail, je tenais un sujet formidable, mes petits protégés entraient en surchauffe devant la carotte sorbonnarde agitée par Bobo, et le pavé dans la mare que Rodriguez avait lancé avec son film sur Holmes était parfait pour empêcher tout le monde de dormir. Le colloque s'annonçait plein de promesses. Quelle désillusion…

Une dernière chose pour la soirée du 4 mai : le professeur Durieux a fini par arriver, accompagné de son ombre à tout faire, le thésard Benjamin Rufus, un ursidé de cent vingt kilos aussi barbu que mutique. Ils débarquèrent à l'étage en plein milieu de la parade nuptiale des mâles environnants qui se succédaient à la porte d'Eva, bien décidés à s'humilier jusqu'au bout dans le rôle du don Juan le plus bouffon.

Visage sévère, le professeur Durieux n'accorda à ses collègues en chaleur qu'un salut dédaigneux, comme il se doit lorsqu'on est bon leader dans le classement mondial de l'holmésien dérangé.

L'équipe était maintenant au complet : Bobo, le doyen ; McGonaghan, le chef de meute ; Jean-Patrick Perchois, la voix cocaïnomane de Sherlock ; Eva von Gruber, la belle ; Jorge Rodriguez, la bête ; Dolorès Manolete, sans commentaire ; Gluck, le caméléon miniature ; Oscar Lecoq le novice ; Durieux, l'androïde et Rufus, son étudiant de compagnie.

Dix universitaires en goguette, les festivités pouvaient commencer…

*
* *

Dans le salon de l'hôtel Baker Street, le commissaire Lestrade s'était allongé sur un canapé. Il consultait les documents sans dire un mot, puis les passait à ses trois compagnons. Comme le caporal Flipo avait du mal à suivre le rythme, le directeur de l'hôtel lui faisait la lecture à voix basse. Quant au lieutenant Poséidon, il commençait à montrer des signes d'impatience.

« Commissaire, vous avez la réputation d'être très clairvoyant. Avez-vous déjà deviné ce qui s'est passé ? »

Le commissaire Lestrade continua à lire et à fumer comme s'il n'avait pas entendu la question. Poséidon l'observa en maugréant dans sa barbe. Lestrade finit par lâcher, sans quitter sa feuille des yeux :

« “Je ne devine jamais. C'est une habitude détestable, nuisible aux facultés de raisonnement”, dit Holmes dans *Le Signe des quatre*. C'est un des fondements de sa méthode.

— Vous pourriez quand même nous dire si vous avez une piste, non ? insista Poséidon.

— Holmes félicite Watson dans ces termes : “Vous avez un don immense pour le silence. Cela fait de vous un compagnon inestimable.” Et si vous essayiez d'être à la hauteur du fidèle docteur ? »

Deuxième jour

Ma vie, la volonté au service de la raison (et vice versa*)*, par le professeur Durieux

La gestion stricte des horaires est l'un des piliers de l'épanouissement de l'homme de raison. Je me lève tous les matins à six heures, sans l'aide d'aucun réveil, depuis que je l'ai décidé une bonne fois pour toutes le jour de mon entrée au CP. J'ai eu vent un jour, par un article de presse, d'un concept qui m'a beaucoup amusé : la « grasse matinée » (j'en ai même esquissé un demi-sourire, si je me souviens bien). Ainsi, certaines personnes aiment à passer des heures au lit à faire de la graisse ? C'est un fait, depuis que l'être humain s'est libéré du souci primitif de la recherche de nourriture, il ne sait plus quoi inventer pour combler le vide abyssal de ses journées. Faire du tricot, du shopping, des enfants… Il paraît même que certains bipèdes vont jusqu'à s'adonner au cyclisme ou à l'aviron « pour le plaisir » ! Alors pourquoi pas la grasse matinée, c'est un divertissement pascalien comme un autre.

Après avoir satisfait mes besoins en sommeil – quatre heures trente l'été, cinq heures l'hiver –, je consacre une demi-heure à l'entretien de mon corps : le vidanger, le nettoyer, l'alimenter. Puis, les basses besognes achevées, la journée peut commencer, et l'esprit se déployer. Enfin.

Mais ce matin, à l'hôtel Baker Street de Meiringen où l'on m'a prié de venir parler de Sherlock Holmes, le déploiement fut difficile…

Six heures venaient de sonner à mon horloge interne, je me suis assis dans mon lit et j'ai appuyé sur l'interrupteur de ma lampe de chevet en susurrant « *fiat lux* », car, en passant des ténèbres à la lumière grâce à ce geste simple, j'aime à revivre en accéléré la marche de l'être humain vers la civilisation (c'est mon côté espiègle qui s'exprime là). Sauf que, ce matin, la fiat ne luxa pas (comme Sherlock, j'apprécie les mots d'esprit). À 6 h 01, j'étais encore dans les ténèbres, l'ampoule de ma lampe de chevet devait être grillée, c'était un scandale.

Comme dans tous les moments délicats de ma vie, je pensai à Holmes « qui possédait le don, soigneusement entretenu, de voir dans le noir ». À l'imitation de mon mentor londonien, j'ai déjà essayé de développer ce talent nyctalope, mais le manque de résistance de ma boîte crânienne a mis fin aux entraînements de façon prématurée. Ce n'est donc qu'au terme d'une pénible séance de tâtonnements destructeurs (une lampe, deux cadres et mon petit orteil droit) que j'ai pu acter la trahison du volet roulant électrique, la démission du téléphone, l'extinction de toute lumière. Bref, le retour de la Préhistoire. Ce que confirmaient les ronflements de bête repue que j'entendais derrière le mur, en provenance de la caverne du professeur Gluck.

Je m'habillai tant bien que mal dans le noir et me résignai à quitter ma chambre sans m'être rasé, pour la première fois depuis ma puberté. La réapparition du poil sonnait le début de la régression, il fallait lutter contre l'animal que je sentais poindre en moi, et c'est en récitant la liste des soixante aventures de Sherlock Holmes dans l'ordre alphabétique inversé que j'ouvris la porte.

Le couloir était baigné par la lumière glauque des néons des sorties de secours. Les motifs floraux de la tapisserie prenaient sous cet éclairage des contours fantasmagoriques et mouvants, tels des insectes géants glissant sur les murs à la suite du visiteur, prêts à fondre sur leur proie. C'est en tout cas l'atmosphère fantastique que mes instincts primitifs essayaient de me faire admettre en me faisant le coup des petits frissons dans l'échine. L'heure était grave, la chair tentait d'étouffer l'esprit. Il fallait riposter en mobilisant toute la puissance du lobe frontal afin de dompter l'impudent organisme, toujours prompt à ramener l'individu à son infantile et bestiale condition, faite d'instincts, de peurs irrationnelles et de fantômes au bout du couloir.

La preuve, c'est qu'au bout du couloir j'en ai vu un. Un fantôme.

Carnets du professeur Perchois

Maître, le souvenir du *Vampire du Sussex*, dans lequel vous balayez comme « foutaises » toute allusion au fantastique et déclarez que « le monde est assez vaste pour nous, inutile d'y ajouter des fantômes », m'a été d'un grand secours ce matin quand je me suis retrouvé au beau milieu d'un triangle maudit…

Lorsque j'ai ouvert la porte de ma chambre pour vérifier si j'étais le seul à avoir un problème électrique, Durieux se trouvait sur mon paillasson, l'œil vide, en position de mort vivant. À quelques mètres, la tête de Dolorès Manolete apparut dans l'entrebâillement de sa porte. Et la Dolorès à six heures du matin dans la lumière des sorties de secours, je vous assure que ça fait un choc. Enfin, devant l'escalier, une étrange silhouette en chemise de nuit et longs cheveux. Au total : un zombie, une goule et un fantôme. Si je n'étais pas guidé par votre exemple, j'aurais battu en retraite sans attendre la fin du règlement de comptes chez les succubes. Mais, de la même façon que vous avez refusé toute existence démoniaque au chien des Baskerville, je savais que vous vous seriez approché du fantôme, que vous auriez mobilisé toute la force de votre rationalité, et que vous lui auriez posé la main sur l'épaule.

C'est donc ce que j'ai fait. Ou presque.

Ma vie, la volonté au service de la raison
(et vice versa*)*, par le professeur Durieux

Picotements inédits dans la nuque, gargouillis dégoûtants s'échappant de mon estomac : il a suffi que la raison flanche un instant pour que le corps se relâche. Dans ce cas, une seule solution pour reprendre le contrôle : Sherlock. Dès que je me sens en difficulté, j'ouvre au hasard mon édition mentale du Canon. Comment réagir devant un fantôme ? *La Vallée de la peur*, chapitre 2, verset 153 : « Il n'existe aucun enchaînement d'événements que l'intelligence humaine ne puisse expliquer. »

L'effet rassérénant fut immédiat. Tout ce que j'avais vécu depuis mon réveil devait avoir une explication logique. Et si c'était justement l'absence de logique qui expliquait tout ? J'avais entendu parler d'un domaine dans lequel l'être humain évoluait dans la plus complète incohérence : le *rêve*. Et si j'étais en train de rêver ? Ce serait bien la première fois en cinquante-deux ans, mais on n'est jamais à l'abri d'une surprise. Ça pouvait expliquer l'étrangeté de l'atmosphère… C'est la conclusion à laquelle je suis arrivé : j'étais en plein cauchemar ! Comme si je n'avais que ça à faire…

Carnets du professeur Perchois

Alors que je m'approche du fantôme, celui-ci sursaute et se retourne, révélant le visage diaphane d'une jeune fille blonde aux yeux d'eau. Le fantôme a une bonne tête, c'est déjà ça, mais une question me brûle les lèvres : vous faites jeune, vous faites pure, mais à part ça qu'est-ce que vous faites là ? Pour toute réponse, la charmante apparition se tourne vers l'escalier, tend un index des plus adorables, et montre le bas des marches, où repose un tas, dans l'ombre. C'est le moment que choisit Dolorès pour pousser un hurlement en si mineur dont la remarquable fréquence hertzienne (rarement observée chez les bipèdes hors scène de ménage) me perfore un tympan. Elle aussi a aperçu le tas.

Un tas de quoi ? À première vue, c'est une sculpture d'art contemporain qui mime la déstructuration de l'homme moderne par une dislocation corporelle : plusieurs bras enroulés autour de plusieurs jambes avec des cheveux dessus. À deuxième vue, si c'est une sculpture, c'est bien imité. À troisième vue, Dolorès se remet à hurler. Car la femme était femme, et le tas était homme.

Les cris sonnèrent le branle-bas à l'étage. Tout le monde sortit voir qui on égorgeait, plus ou moins vite selon le degré de vaillance ou la nécessité de se remaquiller un brin. Un groupe se forma en haut de l'escalier pour s'interroger sur l'identité de l'homme en vrac. McGonaghan, armé d'une lampe torche et d'une robe de chambre aussi japonaise que risible, commença à descendre les marches. Dolorès, l'aérophagie triomphante, le suivit d'un pas mécanique. Eva profita de l'instant dramatique pour se recoiffer discrètement et remettre en service ses attributs. Gluck et Oscar Lecoq ne quittaient pas des yeux la jeune inconnue, comme pour se positionner sur un nouveau marché à fort potentiel. Durieux, Rufus et Bobo faisaient tapisserie. Quant à moi, j'observais notre troupe en me disant qu'il manquait quelqu'un…

« Où est Rodriguez ? » fis-je d'une voix que j'aurais voulue plus assurée.

McGonaghan me répondit en bas des marches, d'une voix que j'aurais espérée plus fébrile.

« Rodriguez est là. En tout cas, ce qu'il en reste. »

Lettre de Dolorès Manolete à l'abbé Saint-Freu

Ainsi, mon père, Rodriguez gisait au pied de l'escalier. Il gisait même comme peu de gens savent gésir. Par un phénomène étrange, lui qui avait toujours été difforme avait retrouvé une certaine harmonie dans la dislocation, comme un Meccano mal monté à cause d'un mode d'emploi en chinois dont la chute aurait réorganisé l'assemblage des pièces. On aurait dit que Notre Seigneur avait voulu réparer au moment du trépas un travail bâclé à la naissance par un ange stagiaire. Si vous aviez vu ça, un vrai miracle ! Le déboîtement de sa mâchoire offrait à son visage un port bien plus noble qu'auparavant, la fracture du nez lui avait redressé les traits, l'enfoncement de sa cage thoracique lui avait affiné la silhouette, et l'entremêlement de ses membres inférieurs et supérieurs lui donnait un côté fantaisiste dont il avait toujours été dépourvu. En revanche, sa beauté intérieure, dont il aimait tant se vanter (péché d'orgueil), avait dû en prendre un coup, tous ses organes semblant avoir profité de la chute pour fusionner dans un magma propre à faire saliver un médecin légiste gastronome (péché de gourmandise).

Pour les amatrices de la gent masculine, Rodriguez, vu sous ce nouvel angle, était plutôt charmant (risque de concupiscence). Mais inutilisable (alléluia).

Comme quoi, ça se confirme, les voies du Seigneur sont vraiment impénétrables. (Amen.)

Enregistrement audio – samedi 5 mai

DOLORÈS : Pauvre Rodriguez, c'est terrible !

DURIEUX : Voilà ce qui arrive quand on n'est pas nyctalope.

OSCAR : Comme quoi, la vie…

GLUCK : On ne sait jamais comment ça se termine…

PERCHOIS : On est peu de chose…

MCGONAGHAN : Désolé d'interrompre ce passionnant concours de banalités d'usage, mais on en fait quoi du Rodrigo ?

DOLORÈS : Il faut appeler les secours ! C'est horrible !

DURIEUX : Vos démonstrations émotionnelles, en sus d'irriter nos conduits auditifs trop sensibles, vont se heurter à la réalité des faits : nous ne saurions contacter qui que ce soit puisque nous n'avons plus ni électricité ni téléphone ni Internet.

DOLORÈS : Quoi ? C'est un scandale ! J'ai un profil Facebook à alimenter, moi !

DURIEUX : Hélas, nous végétons à un stade de l'évolution de l'espèce où la communication télépathique nous est encore impossible.

EVA : En tout cas, c'est bien dommage que certaines ici ne marchent pas à l'électricité.

DOLORÈS : Tu parles de qui, là ?

EVA : Je te donne un indice : elle est obèse.

Interjections tempétueuses. Cris d'animaux divers et variés. Tentatives de séparation par Oscar, dit le « médiateur social ». Carillons de claques. Gémissements d'Oscar, dit le « dommage collatéral ». Et soudain, couvrant d'un seul coup toute la scène, un énorme, un effrayant, un titanesque grondement.

Samedi 5 mai

Lorsque débuta le match de catch « The teutonic Eva vs Dolorès l'émietteuse ibérique » au-dessus du cadavre de Rodriguez, je me tenais en retrait, occupée à enregistrer la scène en gardant mon impassibilité de figurante. J'avais été la seule à entendre le bruit de la chute de Rodriguez, ce qui m'avait amenée la première dans le couloir ; je fus la seule à me rendre compte que quelque chose d'anormal était en train de se passer…

Tout commença par un grondement lointain, comme le grognement matinal d'une nature mal embouchée. Ensuite, un tremblement s'empara de l'hôtel, imperceptible, puis de plus en plus fort, jusqu'à gagner les corps, vivants ou pas, des occupants du lieu. Le temps que tous prennent conscience que quelque chose clochait, le bruit avait atteint une ampleur phénoménale, tel un fracas de vague océane sous les pieds d'un surfeur chevelu. Un déferlement de plus en plus assourdissant. Jusqu'au choc.

On aurait dit que l'hôtel venait d'être percuté par un poids lourd à pleine vitesse. D'un seul coup les lumières de secours s'éteignirent, nous plongeant dans les ténèbres. Nous fûmes projetés les uns sur les autres, ou sur les murs, ou ailleurs, mais comme il faisait tout noir c'était difficile à dire. Au fracas succéda un silence de cimetière, ce qui n'est jamais bon signe, bientôt rompu par la voix d'Eva.

« Qui en profite pour me tripoter ? Tiens, prends ça, espèce de satyre ! cria-t-elle dans un grand bruit de gifle.

— Qu'est-ce qui s'est passé ? fit la voix plaintive de Bobo.

— C'est vous que j'ai giflé ? demanda Eva avec le ton inquiet de celle qui voit passer une chaire sous son nez.

— Non, fit Bobo. Mais la secousse m'a balancé la tête la première contre un mur.

— Hou là, j'espère que ça va, professeur ? s'empressa Perchois. C'est un coup à avoir des troubles de la mémoire, ça.

— Je répète : à qui ai-je mis une claque ? reprit Eva d'un ton de nouveau menaçant.

— Vous croyez que c'était un tremblement de terre ? demanda Dolorès.

— Non, fit McGonaghan.

— Mais alors, c'était quoi ? s'interrogea Oscar.

— Une spécialité de la montagne, répondit McGonaghan.

— Une tartiflette ? essaya Bobo. J'aime la tartiflette.

— Non, une avalanche, assena McGonaghan. Je ne vois pas d'autre explication à un tel choc. L'hôtel a dû prendre une avalanche de plein fouet, estimons-nous heureux qu'il ait résisté.

— Heureux ? ironisa Perchois. Nous ne pouvions déjà pas appeler de secours, mais, si l'hôtel est recouvert par la neige, nous ne pourrons carrément plus en sortir !

— C'est impossible, s'énerva Dolorès, j'ai une échographie lundi !

— Pour la dernière fois, qui m'a mis la main aux fesses ? » ultimatuma Eva.

À cet instant, les veilleuses des sorties de secours clignotèrent puis se rallumèrent, ramenant dans le couloir cette lueur verdâtre flatteuse pour nos mines chiffonnées qu'Eva passa en revue d'un air furieux.

« J'imagine que votre regard inquisiteur a pour fonction d'opérer une pression psychologique sur l'auteur de l'attouchement, déclara Durieux lorsque Eva se mit à le fixer. Sachez cependant que ce genre d'expression primaire de l'instinct de reproduction du mâle m'est, par bonheur, parfaitement étrangère.

— Mouais, fit Eva, soupçonneuse. Et votre nounours, là, ajouta-t-elle en désignant Benjamin Rufus, il est sur la même ligne "pur esprit" ?

— Il ne saurait en être autrement ! affirma Durieux.

— Gnouf, grogna Rufus pour confirmer qu'il était étranger à toute expression primaire.

— J'ai une lampe dans ma chambre, balbutia Gluck au moment où Eva se tournait vers lui. Je vais la chercher.

— Gluck, vous avez une drôle de voix, grinça Eva. Vous n'avez rien à me dire ?

— Non, non… Je vais récupérer ma lampe, lança-t-il en s'enfuyant du ring avant de se retrouver dans les cordes, sous les menaces explicites d'Eva-sectomie.

— Et si on s'intéressait un peu au cadavre ? fit McGonaghan en montrant Rodriguez dont le strabisme s'était miraculeusement corrigé. Ce n'est pas tous les jours qu'on a l'occasion d'en côtoyer un. Qu'est-ce qu'on fait de lui ?

— On ne peut pas le laisser là, fit JPP.

— Tout à fait d'accord avec cette réponse fort pertinente, renchérit McGonaghan, Rodrigo gêne les déplacements et il ne va pas du tout avec la déco du hall. Alors on le met où ?

— Le mieux, pour le conserver jusqu'à l'arrivée des secours, ce serait de le mettre dans la chambre froide, hasarda Oscar.

— Pas bête, acquiesça McGonaghan. Ça fait plaisir de voir qu'il reste quelques neurones en activité dans le groupe.

— Je me permets de signaler à ceux qui ont des neurones qu'en revanche il n'y a plus d'électricité, fit JPP d'un air con(stipé). Par conséquent, la chambre froide ne fonctionne plus.

— Vos sens déficients ont-ils noté que le chauffage aussi était arrêté ? demanda Durieux. Avec la neige accumulée, c'est tout l'hôtel qui va devenir une chambre froide. Et en l'absence de cheminée pour faire du feu, nos organismes inadaptés risquent l'hypothermie à court terme.

— Le feu, c'est dangereux, assena Bobo.

— Très juste, monsieur le professeur, approuva Dolorès.

— Mais l'eau, c'est la vie ! lança le doyen, fier de sa trouvaille.

— Absolument ! confirma Eva.

— Tout ça est passionnant, fit McGonaghan, mais pourrait-on se recentrer sur le sujet du jour ? Peut-être que JPP ou Durieux préfèrent qu'on entrepose Rodriguez dans leur chambre ? Non ? Plus personne n'a de remarques à faire ? Alors c'est réglé, direction le frigo ! »

Post-it du professeur Bobo : J'aime la tartiflette.
Post-it du professeur Bobo : Le feu, c'est dangereux. Mais l'eau, c'est la vie.
Post-it du professeur Bobo : Je vais très bien, merci.

Lettre de Dolorès Manolete à l'abbé Saint-Freu

Mon père, pardonnez-moi l'expression, mais c'est la chienlit.

Voyez plutôt : venue à reculons à ce colloque perdu dans les montagnes pour le bien de l'holmésologie, je me retrouve ensevelie dans un hôtel sordide avec la von Gruber, à m'épiler à la bougie sans même pouvoir envoyer un SMS ! Deux jours que je n'ai pas pu me connecter à Meetic, j'en connais qui vont s'inquiéter si Madone75 ne répond plus ! Bien sûr, mon père, vous me direz que cela est bien peu de chose au regard de notre pauvre confrère Rodriguez que le Seigneur, dans son infinie bonté, a rappelé à ses côtés après un détour dans les escaliers. Je prie pour son repos, mais lui au moins n'aura pas à prendre de douche glacée ! Eh oui, il faut penser un peu aux autres qui restent dans ce monde de douleurs ! Rodriguez a été installé dans la chambre froide, bien tranquille au milieu des légumes, alors que pour moi la torture commence ! On ne sait même pas quand on sera libérés ! D'après McGonaghan, ça pourrait même durer plusieurs jours si toute la région est sous la neige, et on dirait que ça l'amuse !

De toute façon, depuis ce matin, lui et ses collègues ne pensent qu'à manger. Avez-vous remarqué, mon père, que dans l'épreuve le mâle n'est plus qu'un ventre à pattes ? Ils ont bien passé la matinée à explorer l'hôtel pour essayer de trouver une issue, mais une fois qu'ils ont eu la certitude qu'on était bloqués, c'est comme si ça les avait rassérénés ! Ils se sont installés au salon et ils ont commencé à s'empiffrer, puis Oscar est venu annoncer tout fier qu'il avait trouvé un stock de bougies et des lampes à gaz, et qu'après inventaire des réserves de nourriture on pouvait tenir deux semaines ! Mais on ne veut pas tenir, on veut sortir !

Et comme un malheur n'arrive jamais seul, une nouvelle recrue s'est incrustée ! Je ne l'avais pas reconnue tout de suite, mais le fantôme aux longs cheveux, c'est la serveuse qui nous a massacré l'omelette norvégienne hier soir ! La fraîcheur de la vingtaine, garantie sans ravalement de façade, le genre à vous narguer sous prétexte que ça défie encore les lois de la pesanteur. Et avec ça, un crâne bien nettoyé pour qu'il ne reste rien dedans. Vous auriez dû l'entendre répondre à mes questions par un mélange de monosyllabes et de borborygmes… Sans mon doctorat de linguistique comparative, je ne suis pas sûre que j'aurais tout saisi. Tout ça pour nous dire qu'elle avait dormi sur place parce qu'elle avait été bloquée par la neige, et que le directeur était parti en pleine nuit et n'était pas revenu !

Bon, je sens que j'ai une éruption de sentiments non chrétiens, je vais donc m'arrêter avant le prurit. Il doit être écrit quelque part que ce week-end sera une préfiguration du purgatoire. Ainsi soit-il !

Samedi 5 mai

J'étais donc intégrée au groupe sous l'identité de la serveuse. Aucune difficulté pour jouer le rôle de la cruche de service, nos intellectuels étaient tellement imbus d'eux-mêmes qu'ils me placèrent tout de suite dans la catégorie « intermittente du neurone ». Femme, blonde, serveuse : il faut dire que j'avais le tiercé gagnant.

Pour résumer, situation idéale pour moi.

Le repas de midi me permit d'affiner mes observations sur l'holmésien en milieu hostile. Eva se chargea de nous mettre en appétit avec un nouvel esclandre. Nous n'attendions plus qu'elle et Bobo pour nous mettre à table ; elle apparut la première, le visage tendu de morgue vengeresse.

« Quelqu'un s'est introduit dans ma chambre pendant que je prenais ma douche ! lâcha-t-elle en nous fusillant du regard.

— On peut connaître le nom de l'admirateur ? demanda Dolorès.

— Je ne sais pas ! J'ai entendu du bruit, mais, le temps que je sorte de la salle de bains, le lâche s'était enfui !

— Avez-vous envisagé l'hypothèse d'une production de votre imagination ? fit Durieux. Notre infantile propension au fantasme nous induit souvent en erreur. Vous pourrez lire à ce sujet l'intéressante thèse de M. Rufus ici présent qui…

— Je n'ai pas rêvé ! l'interrompit Eva. On m'a volé quelque chose !

— Ah ? Et quoi donc ? fit Perchois.

— Ça ne vous regarde pas ! s'offusqua Eva.

— Hum, hum, apprécia McGonaghan d'un ton plein de sous-entendus. Ça doit être intime… Et si on jouait aux devinettes ? »

Aussitôt lancée, la proposition ludique de McGonaghan recueillit un franc succès, ses collègues sacrifiant volontiers à ce principe de base du monde universitaire : ne jamais laisser passer l'occasion d'humilier un confrère.

« Ça se mange ? demanda Gluck.

— Ça tient dans la main ? tenta Perchois.

— Ça vibre ? fit Dolorès.

— Riez donc ! siffla Eva. Vos attitudes de potaches sont indignes de professeurs d'université. Je vous avertis que si le coupable ne se dénonce pas, je…

— Tiens, le professeur Bobo arrive, nota McGonaghan. Continuez donc votre numéro de harpie : après votre premier scandale de ce matin, je suis sûr que notre doyen va apprécier votre nouvelle stratégie de séduction.

— Bonjour, chers amis ! lança Bobo, alors qu'Eva, métamorphosée, lui décochait un sourire grand format tout en lui avançant une chaise. Excusez-moi pour le retard, je suis le dernier ? Ah non, je vois qu'il manque encore ce cher Rodriguez. Commençons, ça le fera venir ! »

Comme personne n'avait le cœur de rappeler à Bobo l'épisode contrariant du cadavre dans l'escalier, Perchois lança :

« Vous avez raison, à table !

— Et si Rodrigo débarque, on avisera, ricana McGonaghan. J'y pense, Eva, c'est peut-être lui votre voleur ? »

Eva von Gruber fit mine d'ignorer son collègue pour ne plus se concentrer que sur le professeur Bobo qu'elle combla d'attentions durant tout le déjeuner. Pour éviter de penser au corps de Rodriguez allongé à quelques mètres de là, on s'attacha à parler de futilités en forçant sur la bouteille de rouge, surtout Oscar Lecoq et Benjamin Rufus qui gloussaient ensemble comme des collégiens en reluquant Eva en action. En ce qui me concerne, j'ai mangé en donnant l'impression que l'activité de mastication sollicitait l'essentiel de mes capacités cérébrales, ce qui me faisait un point commun avec Bobo. Enfin, au moment du dessert, nos universitaires, détendus après leur belle démonstration de soutien à la viticulture bordelaise, purent aborder la question qui obsédait tout le monde : le colloque allait-il avoir lieu ? Pour les aider, c'est moi qui l'ai posée. En prononçant le « coquocle » pour bien rester dans mon personnage.

« Je ne sais pas si un colloque… dans ces conditions…, hésita Oscar.

— C'est vrai, continua Dolorès, la décence…

— C'est pas faux, fit Eva, le respect…

— Permettez-moi d'exprimer mes réticences quant à l'utilisation d'arguments émotionnels pour une éventuelle annulation, intervint Durieux.

— Le professeur Durieux n'a pas tort, avança Perchois. Et puis, c'est le professeur Bobo qui va être embêté. Comment va-t-il choisir le titulaire de la chaire si on annule le colloque ?

— Vous avez raison, il faut penser à lui avant tout, confirma Gluck, en jetant un œil à Bobo qui somnolait sur son cake.

— Moi, je vais vous dire, intervint McGonaghan d'un ton solennel. Je pense que Rodriguez aurait voulu que le colloque ait lieu.

— Pour une fois, je suis d'accord avec vous, renchérit Dolorès.

— Je dirais même que c'est pour lui qu'il faut continuer ! assura Gluck. Pour sa mémoire !

— Exactement ! s'enthousiasma Dolorès. On va lui dédier ce colloque !

— Rodrigo, on ne t'oubliera pas ! s'exclama Perchois en portant un toast.

— *Show must go on-on-on* ! entonnèrent Oscar et Rufus, chez qui le réconfort vieilli en fût de chêne développait de redoutables talents vocaux, qui eurent pour effet de souder les collègues aguerris contre les impudents novices.

— Tss, tss, on se calme, messieurs. Un peu de tenue, s'il vous plaît, l'holmésologie est en deuil. »

Tout le monde tomba d'accord, le colloque devait avoir lieu. On réveilla le professeur Bobo pour lui annoncer la bonne nouvelle ; il demanda s'il pouvait avoir son petit déjeuner. Chacun se retira dans sa chambre afin de se préparer à l'exercice. J'en profitai pour mettre mes notes au propre puisque les conditions d'enquête avaient changé : plus d'ordinateur, on repassait au stylo. Heureusement j'avais encore quelques piles pour mon dictaphone, j'allais pouvoir continuer à enregistrer.

L'enjeu était de taille, les plus grands spécialistes du Canon étaient sur les rangs. Ils exploraient depuis des années les arcanes holmésiens et tous connaissaient le principe de base : pour réussir, il allait falloir trouver des angles d'attaque originaux et sortir du lot par des révélations inédites.

Et, dans ce domaine, les candidats étaient venus à Meiringen avec de belles provisions.

Sherlock Holmes pour les Nuls (extrait)

R comme Révélations inédites : Le mystère le plus complexe, le plus impénétrable, le plus excitant de toutes les aventures de Sherlock Holmes, c'est Sherlock Holmes lui-même. Ce détective que le monde entier connaît, nous ne savons rien de lui. Rien sur son enfance, rien sur ses parents, rien sur sa naissance et rien sur sa mort. Il prétend n'avoir ni amours ni amis. Il n'est motivé ni par l'argent ni par la gloire. Il se fait passer pour mort pendant trois ans puis surgit du néant en enfilant les explications abracadabrantes. Il est si insaisissable que certains vont jusqu'à douter de son existence.

Le docteur Watson lui-même avouera n'avoir jamais réussi à cerner la personnalité de son colocataire. Dans chacun de ses comptes-rendus d'enquête, comme dans tout récit policier, le lecteur est invité à résoudre une énigme. Mais si l'on y réfléchit bien, contrairement aux enquêtes d'un Hercule Poirot, d'une Miss Marple ou d'un Maigret, l'énigme qui nous est proposée réside moins dans l'identité du coupable que dans celle du détective. Qui est vraiment Sherlock Holmes ? Voilà le véritable défi lancé à tout lecteur du Canon.

Les zones d'ombre du personnage, l'étrangeté de son comportement, et bien souvent, il faut le dire, la volonté d'épater le lecteur pour vendre davantage de bouquins, ont poussé les holmésiens à rivaliser d'ingéniosité dans le domaine des révélations sur Sherlock Holmes. Ainsi notre cher détective, sous la plume de tel ou tel, a-t-il pris l'identité, entre autres, de Jack l'Éventreur, du neveu du comte Dracula, d'un assassin vivant dans un univers parallèle, d'un homme du futur, et même – c'est authentique, lisez *Le Mandala de Sherlock Holmes* de Jamyang Norbu – d'une incarnation d'un lama tibétain sosie du comédien Fernandel !

On lui a attribué des personnalités multiples, des motivations perverses, des amours ravageuses. On a voulu l'éclairer sous tous les angles, et on a renforcé l'ombre.

Avis aux romanciers en herbe, il reste quelques créneaux à prendre : Holmes fils caché du baron Frankenstein qui crée Watson avec des morceaux de cadavres d'écrivains pour composer des nouvelles à sa gloire (tant qu'on y est) ; Holmes robot téléguidé par le capitaine Nemo dont le sous-marin se révèle être le monstre du loch Ness (soyons fous), ou encore Holmes extraterrestre hermaphrodite délégué à Londres pour préparer l'invasion de la planète par les petits gris (même pas peur).

On parie que ça marche ?

Samedi 5 mai

Le colloque commença dans une ambiance aussi joyeuse qu'une soirée d'autocritique marxiste en Corée du Nord, et ce n'est pas l'éclairage du type messe noire à la bougie qui allait réchauffer la salle. Ceux qui montaient sur l'estrade de la salle de réunion savaient qu'ils s'avançaient devant un peloton d'exécution. Le collègue devenait un ennemi à abattre, tous les coups étaient permis, et on était prié de laisser sa bienveillance humaniste au vestiaire…

Le tirage au sort désigna le professeur Gluck pour ouvrir les hostilités. McGonaghan applaudit en disant que c'était bien la première fois que Gluck gagnait quelque chose. Eva lui demanda de se lever pour qu'on le voie mieux, Dolorès précisa qu'il était déjà debout. Perchois ouvrit la bouche mais, Dolorès venant sans doute de lui piquer sa vanne, il se tut, l'air con(centré). On demanda à Oscar et à Rufus, qui baignaient encore dans les vapeurs de l'alcool, de cesser leurs ricanements. Le professeur Bobo avala un tube de Guronsan dans l'espoir de rester conscient quelques minutes de plus. C'était la fin de la récré, les choses sérieuses allaient commencer.

Sur la pointe des pieds derrière le pupitre où il avait disposé les feuillets de son intervention, Gluck, l'œil gauche en position tic clignotant, salua son auditoire puis voulut détendre l'atmosphère en faisant un jeu de mots sur notre « cher Lock Holmes ». C'était bien tenté, mais tout le monde oublia de rire, sauf moi qui l'encourageai d'un gloussement de pintade. Désolée, mon Gluck, essaye encore.

Alors que son œil droit adoptait à son tour l'effet stroboscopique, il annonça que son intervention porterait sur la véritable identité de Sherlock Holmes, sujet que McGonaghan accueillit d'un sonore « Tiens, ça faisait longtemps », Eva d'un gourmand « On va se régaler » et Dolorès d'un ironique « Ça ne fait pas trop peur ? ». Pour sa part, Perchois préféra se taire et garder son air con(descendant). Quant à Durieux et à Rufus, les Laurel et Hardy de l'étrange, ils ne bougèrent pas d'un poil de toute l'intervention.

En ce qui me concerne, après avoir écouté son discours, je dirais que Gluck était moins candidat à la chaire de la Sorbonne qu'à une place dans une maison de repos de l'Éducation nationale.

Communication du professeur Gluck (extraits)

[*Marquer un long silence avant d'entamer le discours, ça fait toujours son effet. Éventuellement boire un verre d'eau, mais attention : envie d'uriner, discours perturbé.*] Mes bien chers collègues, je vais vous entretenir d'un problème qui nous passionne tous depuis que nous avons embrassé la cause holmésienne, une question sur laquelle des générations d'exégètes butent depuis plus d'un siècle : le passé de Sherlock Holmes. [*Pause. Regarder Bobo en hochant la tête, le visage grave. S'il dort déjà, l'apostropher d'une voix forte ou lui lancer une boulette de papier.*] Le Canon reste muet sur la vie de Holmes avant ses débuts comme détective à Londres. Pourtant, c'est dans son passé énigmatique que se trouvent les clés pour comprendre sa personnalité atypique. C'est dans ses années de formation que se cache le secret de son existence dévouée à la poursuite du crime, marquée par l'addiction à la drogue et le rejet de tout véritable lien social. [*Pause. Froncer les sourcils avec intensité, style Alain Delon période myopie.*]

Mes chers collègues, je vous l'annonce solennellement : ce passé mystérieux, je vais l'éclairer aujourd'hui ! [*S'attendre à des remous dans la salle. Si pas de remous, répéter « Je vais l'éclairer aujourd'hui ! ». Si toujours pas de remous, faire une blague sur Perchois, du genre : « Sherlock vous en aura certainement touché un mot, cher JPP. »*] En effet, je démontrerai devant vous que la clé de l'identité de Sherlock Holmes se trouve dans le pseudonyme qu'il utilise pendant le « Grand Hiatus », les fameuses trois années qui suivent sa fausse mort dans les chutes de Reichenbach. On apprend dans *La Maison vide* que Holmes a voyagé sous l'identité d'un explorateur norvégien répondant au nom de « Sigerson », c'est-à-dire « le fils de Siger ». Et que signifie ce terme en norvégien ? Qui s'en est soucié ? Eh bien, il suffit d'un clic sur Google pour traduire « Siger » en… « Victoire » ! [*À répéter jusqu'à ce que Bobo se reconnecte. Si besoin, renouveler le coup de la boulette de papier.*]

« Le fils de Victoire ». Ce nom doit vous rappeler quelque chose, j'en suis sûr… [*Pause. Fixer l'assistance tout en faisant semblant de boire un verre d'eau.*] Les lecteurs de Maurice Leblanc le savent bien : Victoire est la nourrice qui élève Arsène Lupin puis l'épaule dans ses aventures ! [*Forte probabilité que McGonaghan lance une vanne, garder le sourire.*] Vous vous demandez ce que vient faire Arsène Lupin ici ? Quel lien avec Holmes ? Un lien essentiel ! Car, je vous le révèle aujourd'hui, c'est à cause de Lupin que Holmes a quitté Londres pendant trois ans et qu'il a mis en scène sa mort ! Parce qu'il voulait changer de vie, ou plutôt retrouver la vie qu'il aurait menée s'il n'avait pas abandonné sa maîtresse, Victoire ! Oui, sa maîtresse ! Et leur fils… Arsène ! [*Risque de huées dans l'assistance. Figer un sourire satisfait pendant que l'orage passe. Garder un œil sur Dolorès pour esquiver un éventuel lancer d'objet contondant. Courage.*]

Oh, vous pouvez crier ! Je l'affirme haut et fort : Arsène Lupin est le fils que Sherlock a eu en 1874, à l'âge de vingt ans, avec Victoire ! Celle-ci n'étant pas la nourrice mais bien la mère cachée de Lupin ! [*Si tu vois que personne ne comprend rien, répète.*] « Sigerson » rime avec obsession ! Holmes portera ce nom comme on porte une tache indélébile sur son front, comme l'expression d'une honte à expier, pendant les trois années où il tentera de se rapprocher d'Arsène. [*Risque élevé de moqueries, surtout ne pas relever et parler plus fort.*] Maurice Leblanc nous apprend qu'en janvier 1894 le jeune Lupin est dans le midi de la France où il tombe amoureux de Clarisse d'Etigues. Et où se trouve Holmes en janvier 1894 ? À Montpellier, dans le midi de la France ! Mais la rencontre est un échec. Holmes revient à Londres, raconte sa fable sur Moriarty et reprend ses activités.

Holmes et Lupin, cela vous étonne ? Pourtant l'hérédité parle d'elle-même. Arsène ne deviendra-t-il pas, à l'instar de Sherlock, le roi du déguisement ? N'exercera-t-il pas lui aussi comme détective pendant quelques années sous le nom de Jim Barnett, comme le révèle son biographe Maurice Leblanc dans *L'Agence Barnett & Cie* ? Et de qui tient-il son talent pour la cambriole sinon de Holmes dont Watson nous révèle dans *Charles Augustus Milverton* que « l'ouverture de coffres-forts était l'un de ses dadas » ?

L'hérédité ne vous suffit pas ? Il vous faut d'autres preuves ? Songez aux rencontres entre Sherlock et Arsène narrées par Maurice Leblanc. Comment expliquer l'incompétence qui frappe notre détective chaque fois qu'il croise la route de Lupin ? Dans *Sherlock Holmes arrive trop tard*, le gentleman cambrioleur lui vole sa montre ! Dans *La Lampe juive*, il le laisse filer sous prétexte de ne pas compromettre une jeune fille ! S'il perd ainsi ses capacités, c'est qu'il est tétanisé devant ce fils auquel il n'ose avouer la vérité !

Enfin, chers amis, pour répondre au scepticisme que je vois encore dans vos yeux, je tiens à votre disposition la preuve ultime ! Elle se trouve dans cette serviette [*la brandir avec fougue en évitant de renverser le verre d'eau*], sous la forme d'un manuscrit rédigé par Victoire elle-même et éclaircissant toute l'affaire. Manuscrit que j'ai découvert aux archives de la bibliothèque de Nantes et que je remets immédiatement au professeur Bobo qui pourra le consulter à tête reposée. Je vous remercie de votre attention. [*Et, là, tu peux boire ton verre d'eau.*]

Samedi 5 mai

Commencé dans un chahut de rentrée des classes, le discours de Gluck se termina dans un silence d'interro surprise. L'auditoire avait l'air sonné et personne ne fit de commentaire sur la serviette que Bobo accueillit avec une joie enfantine en remerciant Gluck d'avoir pensé à son anniversaire. Un manuscrit de la mère cachée d'Arsène Lupin ? Qu'est-ce que c'était que cette histoire ? J'avais du mal à masquer ma consternation, mais mon personnage de gourde ne pouvait pas réagir sans paraître suspect.

Comme le veut l'usage, Gluck fut d'abord applaudi par ses pairs avec l'enthousiasme d'un tribunal révolutionnaire maoïste. Puis McGonaghan prit la parole pour rappeler à quel point le calembour « cher Lock Holmes » était une excellente trouvaille (et il avait raison puisque cette fois tout le monde a ri). Perchois voulut savoir si, outre que Sherlock était le père d'Arsène Lupin, Gluck comptait démontrer qu'il était aussi l'oncle de Fantômas, le frère de Zorro et l'iceberg du Titanic. Dolorès s'inquiéta de l'intérêt que Gluck portait à Lupin, qui lui semblait frôler l'hérésie. Elle réclamait l'ouverture d'une enquête pour vérifier si Gluck n'était pas un lupinophile en sous-marin chez les holmésiens. Eva se demanda à haute voix si le titulaire d'une chaire aussi importante pouvait mesurer moins d'un mètre soixante. Bref, tous les amis de Gluck surent mettre en valeur ses qualités, pendant que l'ingrat faisait la tête.

Mais, à ma grande surprise, personne ne fit allusion à son prétendu manuscrit inédit. Gluck leur avait donné un splendide bâton pour se faire battre, et personne ne s'en était saisi… Je ne compris pourquoi qu'après avoir entendu l'exposé de Dolorès, qui prit la suite de Gluck pour franchir bravement le cap Horn du ridicule.

Et c'est là que ma surprise se changea en sidération.

Lettre de Dolorès Manolete à l'abbé Saint-Freu

Mon père,

Le Seigneur, dans son infinie bonté, m'a offert de succéder à Gluck sur l'estrade du colloque (et il en sera remercié lors de la quête de dimanche prochain). La communication de mon pauvre collègue était si risible que la mienne en a été sublimée (si cela était encore possible) tel un chef-d'œuvre au milieu d'une exposition de croûtes. Mon intervention a fait son petit effet, il n'y avait qu'à voir les visages désemparés dans la salle. Quand la lumière surgit soudain au milieu des ténèbres, c'est à la fois magnifique et douloureux. Or, qu'ai-je fait d'autre en révélant sous leurs yeux éblouis la clé de voûte de l'édifice sherlockien ?

À savoir : Mme Hudson, la logeuse de Holmes au 221b, Baker Street.

Comme toutes les productions inspirées, mon raisonnement est d'une simplicité biblique : la présence anecdotique de Mme Hudson dans les aventures de notre détective – réduite à quelques phrases et à quelques tasses de thé – n'est-elle pas le signe le plus évident de son importance réelle que Watson, rongé par sa jalousie d'inverti refoulé, a tout fait pour effacer ? Tout comme certains exégètes de la Bible redonnent aujourd'hui à Marie-Madeleine un rôle essentiel dans la vie du Christ, jusqu'à en faire son épouse et la mère de ses enfants ; tout comme ils démontrent que l'Église a réécrit l'histoire pour placer la femme dans un statut d'infériorité, j'affirme que Mme Hudson était la compagne de Sherlock Holmes ! Ce qui explique par ailleurs pourquoi Holmes, tout comme le Christ, n'a jamais d'aventures féminines : parce qu'il était heureux en ménage.

Mais tel un Moïse sans barbe ouvrant la voie vers la Terre promise, je suis allée plus loin en soutenant que Mme Hudson participait activement à la résolution des énigmes de son Sherlock. Qu'elle était non seulement l'élue de son cœur, mais son alter ego ! Pour cela, je disposais d'une arme imparable qui les a tous laissés sans voix. Un document exceptionnel que j'ai remis au professeur Bobo : les carnets intimes de Mme Hudson que j'ai exhumés parmi un stock de vieux papiers en vente sur eBay !

Les mâles misogynes ont fait de Marie-Madeleine une prostituée et de Mme Hudson une boniche sans cervelle, il est grand temps de redonner à ces femmes d'exception la place qui leur revient. Voilà ce que j'ai dit cet après-midi à mes collègues subjugués, et j'ai enfoncé le clou en annonçant la création du MRH, le « Mouvement pour la Réhabilitation de Mme Hudson ».

Je leur donne quelques jours pour devenir membres, le temps qu'ils se remettent du choc, les chéris.

Samedi 5 mai

Si les élucubrations de Dolorès sur Mme Hudson ne firent naître que des sourires goguenards, sa conclusion déclencha une nouvelle avalanche, aussi violente et refroidissante que celle du matin. Après le manuscrit inédit de Victoire, les carnets secrets de la logeuse de Holmes : ça commençait à faire beaucoup de scribouillards amateurs. C'est en tout cas ce que devaient penser JPP, Eva et Gluck qui, après un moment de consternation, se lâchèrent en imprécations furieuses.

Le premier thème abordé fut l'état mental de Dolorès, à travers d'habiles métaphores culinaires associant son cerveau à de la gélatine anglaise, à de la panse de mouton farcie ou encore à du porridge lyophilisé. Dans un second temps, afin de ne pas laisser en reste le physique de leur collègue, JPP, Eva et Gluck exercèrent leur appétence poétique au travers de comparaisons animalières, sans doute moins inspirées mais toujours de bon goût : convocation de quelques mammifères marins, invocation de ruminants variés, jeux d'esprit autour de la cause porcine – le ventre de la femme enceinte exerçant sa force de fécondité jusque dans les allégories. Enfin, la joute lyrique prit une ampleur remarquable grâce au talent oratoire de Dolorès chez qui crânes dégarnis et prothèses mammaires faisaient office de puissantes muses.

Pendant que les jeux Floraux battaient leur plein, le professeur Bobo continuait à tenir à merveille son rôle de juge impartial, sa neutralité ressemblant à s'y méprendre à un profond sommeil. De son côté, McGonaghan, bon public, riait à gorge déployée devant le vaudeville pendant qu'Oscar, alias le gendre idéal, essayait de ramener tout ce beau monde au calme à grand renfort de sentences diplomatiques. Mais la réaction la plus impressionnante fut, à la surprise générale, celle du professeur Durieux.

Fidèle à son habitude, il était resté impassible depuis le début des débats. Mais au plus fort du pugilat, on le vit se lever, s'approcher de l'estrade où s'étripaient ses collègues et mettre fin aux vociférations d'un seul regard. Un regard où brûlait une colère froide qui calma d'un coup toutes les ardeurs. Puis Durieux quitta la salle en claquant la porte, nous laissant tous pétrifiés. Même le fidèle Benjamin Rufus.

C'était l'heure de la pause.

Ma vie, la volonté au service de la raison
(et vice versa*)*, par le professeur Durieux

Il est des lieux, comme une bibliothèque ou un amphithéâtre, où l'esprit humain se déploie avec facilité et peut entrevoir l'espace d'un instant l'avènement idéal d'une spiritualité pure. Il en est d'autres, comme un stade de football ou un supermarché, où l'esprit doit lutter pour échapper au flux fangeux qui le ramène vers la bestialité. Mais si un être un peu organisé sait éviter aisément ces lieux de perdition, il en est un, en revanche, qui se révèle inéluctable. Un lieu fatal que même l'esprit le plus aguerri ne peut ignorer. Un espace tragique où le combat pour la civilisation se renouvelle quotidiennement, intense et douloureux. Cet enfer de l'honnête homme, cette géhenne de l'intellect, ces limbes de la raison, ce sont les commodités, les toilettes, les waters. Ou, comme ils disent, les « chiottes ».

J'aborde toujours cette épreuve en lançant mon esprit sur un sujet à même de l'élever, tout en m'asseyant dans la position du *Penseur* de Rodin pour signifier à mon corps que je me désolidarise de ses actes prochains. Aujourd'hui, pendant la pause consécutive à la consternante intervention de Dolorès Manolete, je me suis installé sur le trône avec la volonté de résoudre la question de la blessure de Watson – à la cuisse ou à l'épaule ? – sans me laisser distraire par l'inscription rupestre qui proposait un rendez-vous galant avec un certain « Johnny, 29 cm ». Je pus ainsi opérer une urgente miction sans me départir de la noble attitude du logicien en quête d'un absolu rationnel.

C'était ma leçon du jour. Qu'elle vous soit profitable.

Samedi 5 mai

Rien de tel qu'une pause pipi pour apaiser les esprits, disait Marcel Proust (à vérifier). Le colloque put donc reprendre dans une ambiance plus respectueuse des normes européennes en matière de niveau sonore dans les lieux publics. Pour ne pas éveiller les soupçons, j'avais jusqu'ici assisté aux débats en position blonde, bouche ouverte et œil vide. Mais les révélations de Gluck et de Dolorès, ajoutées à celles de Rodriguez lors du repas de la veille, avaient aiguisé ma curiosité, et je devais lutter pour réprimer mon envie de poser des questions.

Le troisième volontaire à l'exécution publique fut Oscar Lecoq. Il venait présenter les travaux de son père, doyen de l'université de Montpellier, qui l'avait mandaté après son accident. Il se raclait la gorge à s'en décoller la membrane et semblait aussi à l'aise qu'un jockey anorexique dans une mêlée de rugby.

« Vous pensez commencer dans l'heure qui vient ou j'ai le temps d'aller goûter ? demanda McGonaghan, histoire de stresser un peu plus le bizut.

— Pardonnez-moi, s'empourpra Oscar, je suis prêt. C'est juste que... Je dois vous dire...

— D'après le courrier de votre père, votre intervention concerne les rapports entre Sherlock Holmes et la France, c'est bien ça ? fit Bobo qui connaissait une belle éclaircie entre deux passages nuageux.

— Sujet original qui n'a été traité que par douze mille cinq cents holmésiens, précisa McGonaghan.

— Je vais vous expliquer, balbutia Oscar dont la moiteur au front et les auréoles à la chemise offraient une note tropicale à notre hôtel-igloo. En réalité, nous nous proposons de jeter la lumière sur la mystérieuse relation que Sherlock Holmes entretient avec la ville de Montpellier.

— "Mystérieuse" ? s'étonna McGonaghan. Vous savez créer le suspense, vous !

— Vous allez laisser parler notre jeune collègue ? s'interposa Dolorès. Vos interventions sont inconvenantes !

— Tiens, Super Cougar est de retour ! Toutes mes excuses, Dolorès, je n'embêterai plus votre petit protégé. Allez-y, Oscar, et bon courage pour cette nuit, mon garçon !

— Bien... Hum..., reprit Oscar en plongeant la tête dans ses feuillets, je parlais donc de Montpellier où

Holmes mène des recherches en laboratoire sur les dérivés de coaltar pendant l'hiver 1893-1894, apprenons-nous dans *La Chambre vide*. Ensuite, il revient dans cette même ville en 1899 pour l'affaire de *La Disparition de Lady Frances Carfax*. Épisode troublant puisque Holmes, soi-disant retenu à Londres, envoie Watson enquêter seul sur place, avant d'apparaître par surprise dans une rue de Montpellier, déguisé, pour sauver son biographe d'une agression. Je pose donc la question : quel lien secret rattache Sherlock à cette ville où il a séjourné au moins trois fois ?

— Trois fois ? s'étonna Gluck. Mais il n'y a pas d'autres mentions de Montpellier dans le Canon !

— Je suis désolé de vous contredire, continua Oscar en bredouillant force 8. On trouve une troisième occurrence dans *Le Dernier Problème*, lorsque Watson révèle avoir reçu pendant l'hiver 1890-1891 deux télégrammes de Holmes. L'un de Narbonne, et l'autre de Nîmes. Or, dans quelle ville s'arrête-t-on lorsqu'on voyage entre Narbonne et Nîmes ?

— Bruxelles ? grinça McGonaghan qui détestait les questions rhétoriques.

— Et quand bien même il serait allé trois fois à Montpellier ? s'agaça Perchois. Vous prêchez pour votre paroisse ! Parce que vous venez de Montpellier, il faut forcément qu'il y ait un “mystère” ? Tout ça est bien beau, mais où voulez-vous en venir ? Vous allez nous sortir que Holmes a eu un fils là-bas comme dans le pastiche de Jean-Jacques Sirkis, *La Grand-Mère de Sherlock Holmes* ?

— Mon père est un universitaire, répliqua Oscar, décomposé, pas un pasticheur. Même si les intuitions de Sirkis étaient loin d'être absurdes…

— Que voulez-vous dire ? fit Perchois.

— Je veux insister sur le fait que mon père s'est appuyé sur une étude objective des textes. Que ce soit ceux du Canon… ou des documents…

— Des documents ? » s'étonna Dolorès.

Oscar était cramoisi, il regardait ses interlocuteurs d'un air paniqué. Tous fronçaient les sourcils en se demandant à quoi jouait l'orateur. Puis il empoigna une mallette qui se trouvait à ses côtés, il en retira une liasse de papiers en tremblant.

« Voici un document qui… vous apprendra tout des rapports secrets entre Sherlock Holmes et la ville de Montpellier.

— Qu'est-ce que c'est ? demanda Eva.

— Euh… C'est un… un manuscrit inédit (*Consternation de l'assemblée*) qui prouve que mon père, à qui j'adresse une pensée émue sur son lit de souffrance (*Contrition feinte de l'assemblée*), que mon père, disais-je, est… l'arrière-petit-fils de Sherlock Holmes. (*Explosion de l'assemblée.*)

Sherlock Holmes pour les Nuls (extrait)

M comme Manuscrits apocryphes : Se multiplient comme des petits pains ou comme les romans d'Amélie Nothomb. Depuis près d'un siècle, des dizaines d'écrivains (que les mauvaises langues nomment « pasticheurs ») ont assuré avoir exhumé un manuscrit inédit du docteur Watson ou d'un autre biographe improvisé de Sherlock Holmes.

Qu'en penser ? Soit ces découvreurs disent vrai, et l'on s'amusera de l'étonnante névrose qui a poussé tant de proches de Sherlock Holmes à s'embêter à rédiger un récit pour le cacher aussitôt au fin fond d'un grenier ou d'une banque ; soit nous avons affaire à des imitateurs plus ou moins vénaux, et on remarquera que leurs manuscrits ont en commun deux traits caractéristiques.

Le premier est de mettre en lumière une facette inconnue de Sherlock : son côté jet-set. N'ayons pas peur de l'affirmer, Sherlock Holmes est très people. La liste des célébrités qu'il côtoie dans les différents manuscrits qui nous sont parvenus est impressionnante : Karl Marx, Albert Einstein, Sigmund Freud, Sarah Bernhardt, Harry Houdini, Arsène Lupin, Mata Hari, Benito Mussolini, le fantôme de l'Opéra, le comte Dracula, le docteur Fu Manchu, le capitaine Dreyfus, Dr Jekyll et Mr Hyde, Jack l'Éventreur, Arthur Rimbaud, Tarzan, Lautréamont, Bram Stoker, Paul Préboist, Oscar Wilde et bien d'autres. (Petit jeu : il y a un intrus dans la liste.)

La deuxième constante de ces manuscrits inédits est de faire voyager Holmes loin du délétère *fog* londonien. Le voilà donc, au gré des récits, embarqué pour la Suisse (*Einstein et Sherlock Holmes*), l'Italie (*Sherlock Holmes et le mystère du Palio*), l'Autriche (*La Solution à 7 %*), la Corse (*La Vendetta de Sherlock Holmes*), l'Alsace du IIe Reich (*Sherlock Holmes et le mystère du Haut-Koenigsbourg*), l'Inde (*Sherlock Holmes vs Mata Hari*), le Tibet (*Le Mandala de Sherlock Holmes*), le Brésil (*Élémentaire, ma chère Sarah !*), et moult autres destinations autour du monde, et même au-delà, jusque dans un univers parallèle (*L'Instinct de l'équarrisseur*).

Si on y réfléchit un instant, que laissent entendre tous ces pasticheurs à travers le choix de leurs personnages et de leurs décors ? Que l'univers de Conan Doyle manque de piquant, d'inventivité, de fantaisie ? Que Sherlock mérite mieux que de passer son temps à résoudre les problèmes domestiques de petits-bourgeois londoniens ou de propriétaires terriens dans d'obscures cambrousses ? Que l'auteur originel n'est pas à la hauteur de son personnage ?

Au fond, c'est peut-être ça un mythe : un personnage dont le talent dépasse celui de son créateur, un être qui a davantage d'ampleur dans l'imaginaire collectif que dans celui de son géniteur, une figure que des écrivains successifs vont s'approprier dans l'espoir d'être celui qui saura enfin se hisser à son niveau.

Un personnage qui fait naître un auteur, et non l'inverse.

Samedi 5 mai

Quand Oscar prononça sa conclusion sur l'arrière-petit-fils de Sherlock Holmes, on pouvait lire dans ses yeux la lueur d'inquiétude de la victime expiatoire en salle d'attente. Comme si la tension accumulée à la suite de l'enfermement forcé, de la découverte du corps de Rodriguez et de l'attente de la décision de Bobo ne suffisait pas, voilà qu'il brandissait devant ses collègues le troisième manuscrit inédit de la journée. On en avait crucifié pour moins que ça, mais notre bouc émissaire en puissance devait avoir une bonne étoile : au moment où naissait dans la salle une onde furieuse prête à déferler sur l'inconscient piteusement planté sur l'estrade, on entendit un bruit.

Comme la chute d'un objet lourd. Juste au-dessus de nos têtes. À l'étage.

Tout le monde se figea, les yeux rivés au plafond, comme si la chapelle Sixtine allait apparaître. Il y eut un temps de silence, puis le bruit retentit de nouveau, plus sourd encore que la première fois. Des sourires firent leur apparition sur toutes les lèvres.

« Les sauveteurs ! cria Dolorès. Ils sont là ! Alléluia !

— Ils ont dû passer par le toit, confirma Perchois.

— Nous sommes sauvés ! exulta Gluck.

— C'est l'heure du goûter ? demanda Bobo.

— Vite, allons voir ! » fit Oscar, qui profita du report de son immolation pour prendre la tête du groupe et s'élancer hors de la salle de réunion.

La montée des marches fut un peu moins glamour qu'au festival de Cannes, mais les sourires y furent plus naturels. L'idée de retrouver la lumière du jour avait redonné la joie de vivre à tout le monde, même le professeur Durieux avait relevé un coin de lèvre en signe d'intense satisfaction. C'est pourquoi la déception fut grande en arrivant à l'étage, où l'on n'entendait plus rien. On passa en revue les chambres les unes après les autres, mais le calme absolu régnait. Jusqu'à ce qu'on arrive à la porte de Dolorès.

Oui, il y avait bien du bruit derrière sa porte, un bruit à peine perceptible mais régulier. La déception laissa la place à l'inquiétude, qui adore se faufiler partout.

« C'est pas les sauveteurs, ça, chuchota Gluck.

— Pourquoi tu chuchotes ? chuchota Perchois.

— Parce que si c'est pas les sauveteurs, c'est qui ? répondit Gluck.

— Allez voir, Dolorès, c'est votre chambre, fit Perchois.

— Pourquoi moi ? Je suis enceinte ! Aïe, j'ai même

des contractions à cause de toute cette tension nerveuse !

— Ah non, pitié, fit Eva. On a connu assez d'horreurs ces derniers jours, vous n'allez pas mettre bas !

— Je fais ce que je veux ! Si vous n'êtes pas gentils avec moi, j'accouche !

— Bon, je cède aux menaces, annonça McGonaghan. Je vais jeter un œil.

— Je viens avec vous », dit Oscar, bien décidé à faire oublier sa prestation calamiteuse par une courageuse implication.

Les deux hommes entrèrent dans la chambre, l'éclairèrent avec leur lampe torche, elle semblait vide… Pourtant, on entendait toujours du bruit… Ça semblait venir de… Oui, de la salle de bains. Oscar dirigea le faisceau de sa lampe vers la porte entrouverte… On aurait dit que quelqu'un farfouillait dans le noir… Tout le monde retenait son souffle, sauf Dolorès qui haletait de façon inquiétante en tenant son ventre comme si elle déménageait un carton. Oscar s'approcha, poussa la porte, le bruit s'arrêta. Il éclaira le lavabo, le miroir, des serviettes, un gros tapis poilu qui bouge, la baignoire, le placard… Un gros tapis poilu qui bouge ?

Oscar pointa à nouveau sa lampe sur le tapis qui bougeait si bien qu'il n'était plus là. Ce qui voulait dire qu'il était en train de se déplacer dans la pièce, dans le noir et dans nos jambes… Juste avant que cette idée peu ragoûtante ne parvienne au cerveau des plus hystériques d'entre nous, avec les conséquences que l'on sait en matière de lésions auditives, Gluck arriva avec une grosse lampe à gaz et éclaira toute la chambre. C'est alors qu'il apparut, vautré sur le lit, en train de se lécher les babines : le gros tapis poilu qui bouge.

« C'est quoi, ce truc ? fit Eva, écœurée. Un rat géant ?

— Mais non ! s'attendrit Dolorès. C'est une marmotte ! Elle est trop mignonne...

— Mignonne ? grimaça Eva. Je comprends mieux tes goûts vestimentaires ! Qu'est-ce qu'elle fait là, cette bestiole ?

— Apparemment, elle se maquille, nota Oscar.

— Elle aime le rouge à lèvres, confirma McGonaghan, elle a grignoté tout votre tube, Dolorès... Ah non... Je me vois obligé de rectifier vu la petite régurgitation...

— Ou alors, elle n'a pas digéré la crème dépilatoire qu'elle s'est enfilée ? s'interrogea Perchois qui tenait un tube vide à la main.

— En tout cas, fit Oscar, elle n'a pas l'air nette, cette bestiole. »

Il est vrai qu'avec ses yeux myxomateux, ses ratiches jaunâtres démesurées, les soubresauts qui l'agitaient toutes les dix secondes, et le coton-tige planté dans sa narine, elle semblait s'être échappée d'un conte gnangnan pour intégrer un film d'horreur extrême. De *Roudoudou, le gentil marmotton qui cherchait sa maman* à *Razorback, le rongeur transgénique qui égorgeait les vieilles*. L'angoisse, quoi.

« Il y a une centrale nucléaire dans le coin ? » demanda McGonaghan.

Momentanément rassasiée par son hors-d'œuvre « crème dépilatoire sur son lit de cotons-tiges de saison », la bête avait une tête à exiger un passage rapide au régime carné. Elle regardait le groupe en faisant tourner ses yeux rouges comme si elle choisissait sur pied son plat principal. Pour l'instant, on en était aux repérages ; il allait falloir agir vite si l'on voulait éviter le menu dégustation.

Toujours intrépide face aux expériences nouvelles, le groupe opta pour un courageux repli stratégique. Une fois dans le couloir, la porte refermée, ce fut l'heure du conseil de guerre, de l'appel aux stratèges, de l'efflorescence des idées de génie.

« On pourrait l'enfumer, proposa Gluck.

— C'est vrai qu'on n'a pas encore eu d'incendie, ça manque, remarqua Eva.

— Et si on utilisait un appât empoisonné ? fit Dolorès.

— Elle a résisté à ta crème de jour, son estomac est invincible, dit Eva.

— On peut la distraire avec de la nourriture et lui filer un bon coup sur le crâne ! » lança Perchois qui devait avoir besoin de se défouler.

Devant de telles effusions de tendresse, je n'ai pu m'empêcher d'intervenir.

« Il n'y a pas de raison de lui faire du mal ! La pauvre ne nous a rien fait !

— Vous avez vu sa tête ? dit Eva. On dirait la marmotte des Baskerville !

— Si elle vous fait peur, enveloppons-la dans le drap de lit, répondis-je. Puis trouvons-lui une pièce où elle restera enfermée jusqu'à l'arrivée des secours.

— Excellente idée ! fit McGonaghan. Et merci de vous être portée volontaire, Audrey ! »

Lettre de Dolorès Manolete à l'abbé Saint-Freu

Un monstre dans ma salle de bains ! Rien ne m'aura été épargné ! Mon intimité offerte à toute la troupe piétinant ma moquette, les sarcasmes d'Eva tripotant ma lingerie fine, et en plus le manège de la jeune Audrey avec Oscar !

La serveuse s'est dévouée pour s'occuper de la marmotte infernale, mais on a bien compris quel animal elle comptait ferrer en réalité ! Ça n'a pas manqué : n'écoutant que ses hormones, Oscar a proposé son aide. Et voilà nos deux jeunots se lançant dans la préservation des erreurs de la nature… Je ne dis pas que j'aurais souhaité qu'ils se fassent mordre, car il faut aimer son prochain comme soi-même et tout ça, mais un petit coup de griffe aurait pu leur remettre les pieds sur terre… D'autant qu'il a fallu une heure avant de les voir reparaître ! Qu'est-ce qu'ils ont fait tout ce temps dans la chambre ? Je ne vous demande pas d'imaginer de telles choses, vous un homme de Dieu, mais le sourire idiot sur la face d'Oscar donnait un indice assez clair… Pour leur montrer que leur parade nuptiale m'indifférait, j'ai demandé à la serveuse de bien se laver les mains avant de nous servir à table pour éviter que mon bébé n'attrape le choléra. Et vous savez ce que cette effrontée a osé me répondre ? Que le samedi était son jour de congé !

Comme quoi, mon père, quand la culture est enterrée (enneigée ?), la fin de la civilisation est proche. Amen.

Ah oui, j'oubliais un truc ! Avec tous les problèmes que j'ai eus pour me vernir les ongles à la bougie, ça m'était sorti de l'esprit : nous avons connu une troisième tragédie cet après-midi, après la mort de Rodriguez dans l'escalier et la douche glacée que j'ai dû prendre ce matin. Vous n'allez pas le croire : un deuxième holmésien a eu un accident mortel ! Un esprit non chrétien pourrait se réjouir de la raréfaction de la concurrence… Ah, que certains ont l'âme sombre !

Samedi 5 mai

Arrivé dans la nuit avec le professeur Durieux, quasi muet pendant la journée, parti pour son dernier voyage en fin d'après-midi, Benjamin Rufus n'aura fait parmi nous qu'un passage éclair, mais digne de rester dans les mémoires. À cela près qu'il n'y aura plus personne ici pour se souvenir de lui…

Comme Rufus était encore étudiant et qu'il ne faisait pas partie du sérail, personne n'avait daigné s'inquiéter de son absence jusqu'à ce que nous redescendions, Oscar et moi, après avoir mis la marmotte à l'abri dans l'ex-chambre de Rodriguez avec de l'eau et de la nourriture. Une fois passé les allusions scabreuses des quinquagénaires frustrés sur notre « séance de domptage de marmotte en chambre » qui avait duré un peu longtemps à leur goût, j'ai émis l'idée que nous pourrions lancer des recherches. Tout le monde se moqua de la serveuse stressée que McGonaghan proposa d'aider à se détendre, mais ils étaient moins nombreux à faire les malins quand nous avons fini par découvrir le corps…

Rufus se trouvait dans le dernier endroit auquel les intellectuels qui m'entouraient pouvaient penser, ce fameux espace fantasmatique qu'ils connaissaient par ouï-dire, peuplé d'êtres venus d'une autre planète dont l'existence se bornait à suer de partout en étirant leurs tendons dans des combinaisons moulantes : une salle de musculation.

Ainsi Benjamin Rufus faisait du *sport* ? Au-delà de la répugnance qu'un tel mot peut susciter chez l'universitaire de base, un constat s'imposait : d'après son profil de sumo, Rufus débutait. À moins que son accoutrement provocateur aux couleurs du PSG ne nous ait détournés de son véritable projet ? En effet, à regarder de plus près le tableau qui s'offrit à nous en entrant dans la salle, on pouvait lire le formidable défi que s'était lancé l'étudiant de Durieux : la première greffe d'un vélo d'appartement sur un être humain.

Allongés sur le sol dans une étreinte passionnée, l'homme et la machine étaient si bien imbriqués que la pudeur nous commandait presque de détourner le regard. Mariage de jambes et de guidon, fusion de bouche et de pédales, communion de selle et de bras, l'être hybride homicycle s'exhibait, obscène et fascinant, l'œil vitreux et le cadran kilométrique luisant. L'affaire avait même tourné au triolisme puisqu'un présentoir à haltères au châssis puissant avait rejoint le couple pour des jeux libertins. Des poids de tous calibres jonchaient le sol de la salle échangiste, souvenirs d'ébats spectaculaires et fougueux devant un rameur, un pupitre à biceps et un appareil à abdominaux qui s'étaient rincé l'œil dans l'ombre. La scène était inédite, elle aurait pu être affriolante, mais il y avait la flaque.

La flaque noirâtre autour du crâne de Rufus. Le résultat sanglant d'une séance sadomaso à l'haltère. La confirmation que le sport est mauvais pour la santé des intellectuels.

Mais le plus étonnant dans ce tableau coquin restait ce que dévoilait le tee-shirt de Rufus, déchiré pendant l'action : un torse aussi imberbe qu'adipeux, orné d'un soutien-gorge en dentelle bonnets G. Comme quoi, dans la vie, c'est chacun sa névrose.

« Une idée originale, ce soutif, apprécia McGonaghan, qui savait cacher avec talent sa profonde empathie pour le genre humain. Ma chère Eva, je crois qu'on vient de trouver votre cambrioleur ! »

C'est la mort dans l'âme que nous avons séparé les amants maudits afin que Rufus aille tenir compagnie à Rodriguez dans la chambre froide. « Mettons-les côte à côte, ça leur fera un peu de chaleur humaine », proposa McGonaghan pour rester fidèle à sa réputation. Afin de se distinguer de son concurrent direct, Perchois demanda une minute de silence, que Dolorès passa à grogner en triturant son iPhone. Quant à Eva, elle en profita pour récupérer ses dessous dérobés et étirés d'un air dégoûté. Enfin, le professeur Durieux se chargea de rendre un hommage bouleversant à son étudiant :

« Comme le rappelle Watson dans *Le Visage jaune*, Holmes "considérait l'exercice physique gratuit comme un gaspillage d'énergie, aussi ne s'agitait-il que rarement, sauf si une raison d'ordre professionnel l'y poussait". Puisse le funeste exemple de Benjamin Rufus nous servir de leçon et nous ramener à la parole de Sherlock dans la voie d'une sublimation de l'esprit.

— Amen, fit Dolorès.

— Quant aux goûts de Benjamin en matière de sous-vêtements, j'avoue n'avoir rien trouvé dans le Canon pour les éclairer, vous me permettrez donc de m'abstenir de tout commentaire.

— Je crois que ça vaut mieux, confirma Eva.

— Je renouvellerai simplement mon étonnement face à l'incompréhensible attrait des êtres de sexe masculin pour des glandes féminines destinées à abreuver des nourrissons avant de subir les conséquences fatales de la loi de l'attraction terrestre.

— Eh bien, soupira Dolorès, vous savez parler aux femmes, vous… »

Devant le lyrisme échevelé du discours de Durieux, et afin de rester dans mon rôle, je versai quelques larmes, ce qui me valut l'attention pressante de ces messieurs et les œillades assassines de ces dames. Nous avions eu deux morts en une journée, mais cela ne semblait pas encore perturber nos holmésiens… Car personne ne se doutait que nous allions faire exploser toutes les statistiques et que les alpages suisses se révéleraient plus dangereux que les rues du Bronx…

Bloc-notes d'Eva von Gruber

Exposé de Dolorès : Amusante coïncidence, Dolorès a viré féministe depuis que nos collègues hommes la délaissent. A raison de s'intéresser à la boniche de Holmes : commence à prendre conscience de son niveau réel.

Exposé de Gluck : Après son délire sur Lupin, le nain est carbonisé à 90 % (et encore, je suis gentille).

Exposé d'Oscar : Arrière-arrière-petit-fils de Sherlock Holmes ? Inutile d'attenter à la dignité humaine en faisant un commentaire.

Rufus explosé : Ainsi font font font trois p'tits tours et puis s'en vont…

Samedi 5 mai

La soirée manqua de lumière et de chaleur, mais pas de marmonnements médisants et de regards en biais. Le baromètre affichait « temps lourd, risques d'orage », et je ne savais plus quoi penser…

Tout avait commencé comme un week-end de détente au milieu d'une troupe de passionnés gentiment fêlés. Je m'étais amusée à observer comment des cerveaux adultes et éduqués pouvaient régresser face au gros lot en jeu, jusqu'à retrouver les gestes et les attitudes des enfants qu'ils avaient été… Et puis nous avons subi l'avalanche et ramassé deux morts.

Sur le moment, le grotesque de la situation de Rufus en fétichiste du soutien-gorge avait masqué la réalité : un jeu de massacre avait bel et bien commencé. Cet épisode aurait pu aussi nous rappeler qu'on ne peut jamais se fier aux apparences, une leçon qui nous aurait été très profitable par la suite… Mais, en ce deuxième soir, personne n'avait encore conscience de tout ça. Nous étions coupés du monde, deux personnes étaient mortes, et les holmésiens poursuivaient leur colloque, imperturbables, comme si rien n'était plus important que Sherlock Holmes…

Quant à moi, je me fis la réflexion que plus j'entendais parler de Holmes et moins je le cernais. Chacun semblait projeter sur lui sa propre personnalité, ses propres désirs. Chacun se l'appropriait, se voyait comme le gardien jaloux de sa mémoire, et vivait douloureusement les prétentions des autres à la garde du bébé… C'était une passion qui les habitait, qui les grandissait, qui les faisait vivre.

Mais qui était aussi en train de les détruire.

Carnets de Jean-Patrick Perchois

Maître, j'ai mis longtemps à me convaincre de la valeur de votre enseignement sur les femmes. Je ne voulais pas entendre votre message, je ne pouvais pas résister à leurs charmes. Mais après l'épisode de ce soir, je rends les armes. Je reconnais mon aveuglement et je renonce aux femmes.

Le décor de cette expérience traumatique ? La chambre du professeur Bobo. Je suis allé y faire un tour après le repas, pendant que Bobo prenait un digestif au salon. Il avait laissé sa porte entrouverte, comme une invitation à lui rendre visite… Et je n'en pouvais plus d'attendre ! Il fallait que je voie les manuscrits prétendument inédits de mes collègues… Juste un petit coup d'œil et je retournais me coucher : voilà comment j'envisageais la chose. Avant que tout ne dérape.

J'entrai avec le petit frisson du monte-en-l'air débutant. Il fallait aller vite. Où avait-il mis les manuscrits ? Par où commencer ? Je n'eus pas le temps de répondre. Car, soudain, j'entendis un bruit à la porte de la chambre…

Quelqu'un actionnait la poignée ! La panique s'empara de moi, mais le shoot d'adrénaline me fit prendre des décisions rapides : rétention d'un cri de poulet, extinction de ma lampe torche et roulé-boulé sous le lit. La porte s'ouvrit alors que je venais de disparaître sous la couche du doyen en m'ouvrant le crâne sur le sommier en chêne massif. Faisceau de lumière, bruits de pas, bruissement de feuilles de papier, on s'activait dans la chambre pendant que je faisais mon possible pour éviter l'arrêt cardiaque. J'imaginais déjà la nuit que j'allais passer, dans la position la plus humiliante de toute ma vie, lorsque je les ai vus, s'affichant dans le faisceau d'une lampe torche : des talons aiguilles.

La présence d'orteils dorés aux UV et peinturlurés façon starlette aurait permis à n'importe quel holmésien débutant d'énoncer deux hypothèses : soit Bobo était un être surprenant qui gagnait à être connu, soit la personne qui fouillait la table de chevet était… Eva von Gruber !

Je n'eus pas l'occasion de m'interroger plus avant. Car soudain, je vous le donne en mille, j'entendis un bruit à la porte de la chambre…

Les orteils disparurent, la lumière aussi, et la porte s'ouvrit au moment où mon crâne, déjà endolori, se trouvait de nouveau molesté par un objet contondant : la tête d'Eva. À moitié assommé par le choc et aux trois quarts énucléé par une boucle d'oreille crochue, je ne pris pas tout de suite conscience de ce qui se passait. Un nouveau faisceau de lumière, des pas dans la pièce et puis, surtout, la main d'Eva sur ma bouche. Une main destinée à me faire taire, d'accord ; mais une main d'Eva von Gruber quand même !

Grisé par cette situation d'un érotisme trouble, je me fis intrépide. Oubliant la situation d'inconfort, la présence des bruits de pas autour du lit, je posai, en guise d'hommage décomplexé à la féminité triomphante, une main sur le sein gauche d'Eva. Action – réaction : je mangeai un combiné coup de boule/coup de genou qui libéra le globe siliconé de l'invasion digitale. Après ce hors-d'œuvre varié, j'attendais, fataliste, le plat de résistance. Pourtant, rien ne vint. Ma tortionnaire avait interrompu le service. Car soudain, vous n'allez pas le croire, on entendit un bruit à la porte de la chambre…

La lumière s'éteignit, l'intrus se mit à courir dans la pièce, un placard s'ouvrit et se referma. Et la porte de la chambre grinça sur ses gonds.

Je profitai du suspense ambiant pour faire un bilan des courses. Moi qui étais entré pour quelques instants afin de jeter un œil sur les manuscrits, je me retrouvais avec le crâne aéré, le nez en merguez et l'entrejambe en deuil. À mes côtés, mon charmant bourreau ; dans le placard, un collègue anonyme adepte du théâtre de boulevard ; et, dans la pièce, le professeur Bobo. Bobo ? Ou bien un nouvel intrus ? Car le nouvel arrivant me paraissait bien silencieux, et je n'entendais pas le râle asthmatique qui fait tout le charme de notre cher doyen…

Pendant que l'inconnu inspectait la pièce, je fermai les yeux pour savourer la proximité du corps épanoui d'Eva. J'entendais sa respiration vibrante de stress, je sentais sa chaleur contre ma peau… Même Eva devait être troublée… J'avançai à nouveau ma main et la posai sur son ventre. Un frisson parcourut son corps avant de traverser le mien comme un courant électrique. Ça y est, nous étions connectés ! En tout cas, c'est ce que je pensais avant de me mettre à couiner, comme chaque fois qu'une main d'acier joue au casse-noisettes avec mes attributs virils.

Mon couinement affola l'inconnu qui farfouillait dans la pièce. Il laissa tomber sa lampe qui roula sous le lit et éclaira le visage d'Eva dont le rictus cannibale laissait peu d'espoir pour une clôture à l'amiable de l'étreinte intime. Puis l'intrus glissa sa main sous le lit dans l'espoir de récupérer la lampe. De tâtonnements en tâtonnements, la main empoigna mon pied, puis mon genou, puis le poing vindicatif d'Eva, avant de comprendre qu'il y avait un problème. L'intrus se releva, j'aperçus des pantoufles à pompon rose dans le faisceau de la lampe. Et, le temps que le nom de leur propriétaire se faufile jusqu'à mon cerveau, un événement précipita notre rencontre.

Car soudain, vous vous en doutez, on entendit un bruit à la porte de la chambre…

Lorsque le professeur Bobo entra pour de bon, je me trouvais en sandwich entre Eva et Dolorès. Car c'étaient bien les chaussons de Dolorès qui étaient apparus en gros plan quelques secondes auparavant et c'était Dolorès tout entière qui nous avait rejoints en entendant le doyen entrer. Je n'ose imaginer ce qu'elle a dû faire subir à son ventre de femme enceinte pour se glisser sous le lit, mais ce n'est qu'un avant-goût de ce que ce pauvre enfant devra vivre pour le reste de son existence…

C'est avec la résignation de la tranche de jambon coincée entre deux morceaux de pain que j'attendais mon sort. Ma carrière allait s'arrêter là, sur une moquette moutonneuse, entre deux femmes monstrueuses. Pendant que Bobo laissait tomber ses frusques autour du lit en chantonnant *Le Petit Bonhomme en mousse* sur le mode disque rayé, les deux gorgones se lancèrent dans une lutte sans merci. L'idée d'Eva était de pousser Dolorès hors du lit, sans doute pour profiter de la surprise de Bobo et s'éclipser de la chambre. Le problème, c'était que Dolorès avait le même projet concernant Eva, la même force et la même façon d'utiliser les lois de la dynamique pour entamer ma transformation en hot dog.

Au bout d'un moment, les deux furies, lassées de malaxer ma viande en vain, entamèrent une nouvelle phase de leur duel. Eva s'était emparée de la cravate de Bobo et s'en servait pour fouetter Dolorès, pendant que cette dernière, armée du slip kangourou du doyen, lui rendait coup pour coup. Et moi, j'encaissais des deux côtés… C'en était trop. Flagellé par une cravate, passe encore, ça pouvait rentrer in extremis dans la case fantasme ; mais molesté pleine face par les dessous usagés de Bobo, là c'était de la perversité pure et simple.

J'étais décidé à réagir fermement, à lancer le cri de révolte du mâle contemporain étouffé par la révolution féministe, quand Bobo se jeta sur son lit avec la fougue du type qui a glissé sur sa pâte à dentier, explosant au passage deux ressorts du sommier qui me fouettèrent la poitrine pendant que le matelas, libéré de toute contrainte, s'enfonçait presque jusqu'au sol, m'étouffant. L'espace d'un instant, je vis défiler toute ma vie, et ce ne fut pas beau à voir. J'allais donc finir ainsi, sous la couche malodorante d'un vieillard ? Même le destin inique se rendit compte qu'on ne pouvait pas aller si loin dans l'abjection, et un événement inattendu m'accorda un répit.

Car, soudain, on entendit un bruit à la porte du *placard.*

Vous rappelez-vous, Maître, que quelqu'un s'y était enfermé précipitamment ? Eh bien, le grincement de la porte fut suivi d'un grand fracas, comme si quelqu'un était tombé par terre. Bobo poussa un cri, alluma sa lampe et se leva de son lit en me libérant du coït SM avec un Bultex à 200 kg/m^3. Je repris mon souffle en regardant à ras de sol le visage de l'inconnu déplacardisé qui broutait la moquette : c'était Gluck.

Nos regards se croisèrent un instant, Gluck ouvrit la bouche, mais les hurlements de Bobo le rappelèrent à la réalité. « O gnegnour ! » hurlait Bobo qui n'avait pas remis son dentier.

Gluck se redressa et se rua vers la porte. Bobo, édenté et vociférant, se lança à ses trousses. Quant à Eva, Dolorès et moi-même, nous eûmes la même idée au même instant. Dans une communauté de pensée inédite, nous nous sommes extraits du lit sans un mot et nous nous sommes élancés dans le couloir. Gluck était acculé dans un coin avec la mine penaude du garnement pris sur le fait, face à un Bobo survolté qui s'égosillait dans un français sans dentier. Des portes s'ouvrirent pour profiter du spectacle. Notre trio engagea une discussion d'un naturel remarquable tout en arpentant le couloir.

« Que se passe-t-il, monsieur le professeur ? demanda Eva à Bobo.

— Nous arrivons du bar où nous blaguions en camarades, continua Dolorès.

— Et nous vous trouvons dans tous vos états, ajoutai-je. Avec Gluck. Tiens, ça va, Gluck ? Vous êtes tout pâle.

— Gné gnui ! Gni gnétait gnan gnon gnacard !

— Oh, compatit Dolorès. Voulez-vous que j'aille vous chercher votre supplétif dentaire ? Quel est votre numéro de chambre déjà ? »

La bouche réarmée par la diligente Dolorès (qui marqua dix points au passage), Bobo put nous expliquer dans le détail l'effrayante apparition de Gluck.

« Il a osé faire ça ? s'indigna Eva pour marquer dix points à son tour. Mais enfin, Gluck, quel âge avez-vous ?

— En tout cas, ce n'est pas digne d'un professeur à la Sorbonne ! ajoutai-je afin de revenir au score.

— Je suis désolé, pleurnicha Gluck. Mais je n'étais pas tout seul dans la chambre ! reprit-il en me montrant du doigt. J'ai vu le professeur Perchois sous votre lit !

— Sous mon lit ? s'étouffa Bobo.

— Qu'est-ce que vous racontez ? s'insurgea Dolorès.

— Vous n'avez pas honte ? renchérit Eva. Tant que vous y êtes, dites aussi que vous y avez vu Dolorès et moi sous ce lit ! Ne vous gênez pas !

— C'est indigne ! s'écria Bobo. Monsieur Gluck, nous n'avons plus rien à nous dire. Je vous invite à rester discret jusqu'à notre libération, et inutile de préciser que votre candidature à la chaire d'holmésologie est rejetée ! »

Sur ces paroles, Bobo fit un demi-tour outragé et s'engouffra dans la chambre de Dolorès car il avait déjà oublié où se trouvait la sienne. Gluck regagna son logis en traînant la charentaise, sous les regards satisfaits de notre trio réuni par des intérêts bien compris, car rien n'est plus fort qu'une amitié construite sur l'humiliation d'autrui. Au moment de nous endormir dans nos lits respectifs, malgré les fossés qui nous séparent, je suis sûr que nous aurons tous les trois la même pensée : Et un de moins !

Mais passé l'euphorie du miraculé, il n'en reste pas moins que je n'ai pas pu éclairer ce soir cette histoire de manuscrits inédits... Il se passe ici des choses étranges. Les trois intervenants du jour ont appuyé leur démonstration en brandissant leur preuve « irréfutable ». Et ça a été un choc pour moi.

Car vous le savez, Maître : moi aussi j'ai découvert un manuscrit inédit.

*
* *

Dans le hall de l'hôtel Baker Street, les cadavres des universitaires défilaient sur des civières. Poséidon, Flipo et Rigatelli observaient la procession, blêmes, pendant que le commissaire Lestrade, impassible, continuait à parcourir les documents sans un mot.

« Un peu d'air nous fera du bien, dit le directeur de l'hôtel, au bord du malaise. Maintenant que les fenêtres sont dégagées, je vais en ouvrir une.

— Non, fit le commissaire en arrêtant sa lecture pour préparer une nouvelle pipe.

— Mais nous sommes confinés et…

— "Je trouve qu'une atmosphère confinée aide à la concentration. Je ne suis pas encore allé jusqu'à m'enfermer dans une boîte pour réfléchir, mais c'est là l'aboutissement logique de mes convictions." Voilà ce que Sherlock Holmes déclare dans *Le Chien des Baskerville*, et je suis entièrement d'accord avec lui. Donc, on n'ouvre pas.

— Euh…, hésita Flipo, j'irais bien faire un tour aux toilettes. Est-ce que Holmes dit quelque chose là-dessus ?

— Caporal, fit Lestrade avec un rire franc, je vous félicite pour votre trait d'esprit. Sherlock aurait apprécié, il avait beaucoup plus d'humour qu'on ne le pense.

— Mais…, hésita Flipo, l'air embêté, c'était pas de l'humour… »

Troisième jour

Ma vie, la volonté au service de la raison (et vice versa*)*, par le professeur Durieux

Dans la situation délicate qui est la nôtre, mes collègues montrent un manque de maîtrise d'eux-mêmes qui confine au pathétique. Deux jours en condition de stress et c'est l'exacerbation des émotions, la bestialité qui triomphe, le retour à la caverne.

J'ai toujours eu l'impression d'être né trop tôt, dans une humanité trop jeune. Je suis persuadé que, dans quelques siècles, les personnes telles que moi vivront en harmonie avec un environnement aux passions pacifiées, loin des instincts primitifs qui asservissent mes contemporains. La fine couche du vernis de la civilisation est loin d'être sèche. Il faudra longtemps avant que l'évolution permette à mes « semblables » de devenir vraiment humains. Né trop tôt, dans une humanité trop jeune… Peut-être ma mission est-elle de servir de guide ? La tâche est immense. Nouvelle illustration ce matin.

J'avais proposé que nous nous retrouvions pour le petit déjeuner à sept heures précises, tenir des horaires stricts étant le premier pas vers une société de raison. À huit heures, j'étais encore seul dans la salle de restaurant à ravitailler mon organisme en calories. Il fallut attendre huit heures trente pour voir apparaître la première lampe, celle de Dolorès Manolete, et la première jérémiade. En effet, on peut poser comme axiome de base que la relation à autrui, au saut du lit, est fondée sur la complainte. Concernant Dolorès, en sus de l'obscène déformation ventrale qu'elle nous impose, il fallut digérer ses lamentations sur la difficulté d'étaler un fond de teint dans la pénombre. Instant pénible où la surdité apparaît non plus comme un handicap, mais comme une voie de salut. À coupler avec la cécité face à un cas comme Dolorès.

Préposé au bureau des pleurs, voilà à quoi est réduit l'honnête homme confronté à l'épreuve du petit déjeuner en groupe. Un tel a mal dormi, un tel s'est lavé à l'eau froide, un autre encore n'aime que le café en grains. Détestable soumission au corps dont on ne peut sevrer l'homme, sauf à le divertir de ces préoccupations autocentrées en remplaçant la plainte par l'inquiétude, car c'est une des clés du fonctionnement humain : ses angoisses occultent ses insatisfactions. Face au trop-plein de futiles pleurnicheries, je me suis donc chargé de la diversion par la crainte en mettant le doigt sur l'anomalie matinale :

« Chers collègues, quelqu'un sait-il où se trouve le professeur Gluck ? Il n'est pas descendu prendre son petit déjeuner. »

Lettre de Dolorès Manolete à l'abbé Saint-Freu

Mon père, l'expérience de l'enfermement a des effets surprenants sur moi : j'ai des questions métaphysiques qui me poussent de partout ! Par exemple, quelle réaction chimique se produira quand le corps d'Eva, bourré de silicone, connaîtra les flammes de l'enfer ? Ou bien McGonaghan est-il l'incarnation de l'Antéchrist ? Ou encore le professeur Durieux a-t-il une âme ? Qu'il reste insensible aux charmes de la von Gruber, j'applaudis, ça révèle un homme de goût ; qu'il reste insensible aux miens, je mets ça sur le compte de mon statut de future mère, c'est un homme respectueux ; mais qu'il prenne tout son petit déjeuner face à moi les yeux fermés, ça fait froid dans le dos.

Dernier mystère en date, Gluck s'est volatilisé. Il n'a pas pu sortir de l'hôtel, et pourtant il n'est plus ici. Alors ? Nouvelle question métaphysique au vu de la température glaciale : un Gluck se liquéfie-t-il aux alentours de zéro ? Ce n'est pas qu'il nous manque, mais c'est quand même bizarre.

La matinée a été consacrée à fouiller l'hôtel de fond en comble, en vain. Nous nous sommes réparti les différentes pièces et j'ai été chargée d'inspecter les cuisines en compagnie d'Oscar, un bien charmant jeune homme… Vous savez, mon père, combien je suis à l'écoute des signes envoyés par Notre Seigneur. J'ai tout de suite compris que s'il nous avait réunis ainsi dans la pénombre, c'était pour que je réalise une sainte mission. Il faut savoir se sacrifier pour son prochain, tel est le message du Christ, et Oscar m'a paru très très prochain dans cette cuisine. Pour ma part, j'ai senti une grosse envie de sacrifice… mais il n'est pas facile à évangéliser, ce mécréant ! À peine ai-je esquissé un petit signe de croix sur sa poitrine qu'il est devenu écarlate ! Je crois qu'il va falloir attendre un peu avant la communion, mais patience et persévérance sont les deux piliers de ma piété… Vous le savez bien, mon père, j'ai connu des missions plus difficiles. Parfois, il m'arrive de repenser à notre petite retraite dans le vieux confessionnal, au fond de votre église… Et vous ?

Dimanche 6 mai

La disparition de Gluck troubla des esprits qui n'en avaient pas vraiment besoin. Comment avait-il pu s'évanouir sans laisser de traces ? Cette question nous obsédait pendant que nous le cherchions dans les moindres recoins de l'hôtel. Dans d'autres circonstances, ce mystère de chambre close aurait fait les délices des spécialistes de l'intrigue policière qui m'entouraient. Mais l'heure n'était ni à l'humour ni à la littérature. Malgré nos efforts, Gluck restait introuvable. L'exploration de sa chambre nous révéla simplement que ses bagages étaient intacts, que ses goûts littéraires étaient éclectiques (Nadine de Rothschild dans la cuisine vs Gérard de Nerval dans « la Pléiade ») et qu'il dormait avec un adorable doudou lapin aux longues oreilles.

Après un repas à la chandelle aussi romantique qu'une Saint-Valentin à Fukushima, il a été décidé de maintenir le moral des troupes en reprenant le cours du colloque. Tout le monde espérait que le professeur Bobo allait parler des manuscrits inédits qui lui avaient été remis la veille et qu'il apporterait un peu de lumière sur ce mystère, mais depuis le matin il n'avait pas prononcé un mot et personne n'avait osé lui poser de questions. Bobo semblait encore plus absent que d'habitude, et il écrivit sur des Post-it pendant tout le repas sans même toucher à son assiette.

À peine avions-nous repris nos places dans la salle de réunion que McGonaghan demanda la parole. Il la prit d'ailleurs avant que quiconque la lui donne, et il en profita pour nous offrir un coup de théâtre propre à sidérer son public.

La première surprise, c'était de voir McGonaghan avec un air encore plus autosatisfait que d'habitude, je ne pensais pas que c'était possible. Il s'avança sur l'estrade et commença à parler, les mains dans les poches et sans notes, tel un showman entamant son stand-up.

« Chers collègues, je tenais à vous dire que vos interventions d'hier m'ont beaucoup impressionné. Tant de révélations inédites, de manuscrits exhumés, de preuves irréfutables... Je n'ose me mettre à la place du professeur Bobo. Comment va-t-il arriver à vous départager ? La tâche semble impossible. Heureusement, j'ai un moyen de faire le tri. »

Personne dans la salle ne comprenait où McGonaghan voulait en venir, et cette incertitude mêlée de crainte créait une ambiance électrique. Jean-Patrick se rongeait les ongles, Eva se les limait, Dolorès se les plantait dans le ventre, Oscar se les fourrait dans le nez, Durieux les ignorait.

« Tout le monde sera d'accord avec moi pour dire que la chaire d'holmésologie ne saurait être confiée à un esprit crédule dont la naïveté nuirait au sérieux de notre science. Il m'a donc semblé utile d'appliquer les méthodes de Sherlock Holmes pour débusquer les insuffisances des prétendants. Rappelez-vous combien Holmes est adepte des mises en scène qui permettent de révéler la vérité, qu'il simule une agonie pendant trois jours dans *Le Détective agonisant* ou qu'il se fasse remplacer à la fenêtre de Baker Street par un buste sculpté comme dans *La Maison vide*. Eh bien, cette méthode a été efficace avec vous, mes bien chers collègues ! »

Pour accompagner son apostrophe lourde de menaces, McGonaghan sortit une enveloppe de sa poche dans un geste théâtral, sous le regard consterné du public.

« Voyons… Parmi les nominés pour le César du parfait Candide, qui sera le vainqueur ? Suspense… Je déchire l'enveloppe… Ah, surprise, le vainqueur est… tous les collègues ici présents *ex aequo* ! »

En pointant son index vers la salle pour marteler son propos, McGonaghan appuya en fait sur le bouton nucléaire. Surpression des neutrons de Perchois, fission des atomes d'Eva, la réaction en chaîne s'emballa, jusqu'à la formation du champignon atomique de Dolorès. Le brouhaha fut indescriptible, si bien qu'on ne le décrira pas, et si les noms d'oiseaux volèrent, il s'en fallut de peu que les chaises ne suivent. « Mascarade », « scandale », « indignité », le championnat du monde des synonymes battit son plein sous l'œil ravi de McGonaghan, pas peu fier de déclencher les passions.

« Calmez-vous, mes chers collègues, reprit-il d'un ton apaisant. Et écoutez plutôt la preuve de votre manque de professionnalisme !

— Ah oui ? ironisa Dolorès. Et laquelle ?

— C'est simple : tous les manuscrits que vous avez présentés sont des faux.

— Comment osez-vous ? s'écria Dolorès.

— Faux, le journal intime de Victoire, que brandissait Gluck ! Faux, les carnets de Mme Hudson, qui faisaient la fierté de Dolorès ! Faux, le document présenté par Oscar !

— C'est inadmissible, suffoqua Dolorès alors que le reste de l'assistance demeurait étrangement silencieux.

— Rassurez-vous, Dolorès, vous n'êtes pas toute seule. Vous savez pourquoi Eva, Durieux et JPP restent muets sur leur chaise ? Parce que eux aussi sont en possession d'un manuscrit inédit qu'ils comptaient nous présenter aujourd'hui !

— Comment ? s'étouffa Dolorès. JPP, c'est vrai ? Durieux ?

— Je peux comprendre qu'ils n'aient pas envie d'en parler, jubila McGonaghan. Chère Eva, n'alliez-vous pas nous parler du rôle fondamental joué par Irène Adler dans la vie de Sherlock Holmes ? N'alliez-vous pas prouver qu'elle était mariée en secret à notre détective ? Et tout ça à partir du journal intime d'Irène que vous avez obtenu des mains d'un vieux bibliophile qui vous a contactée l'hiver dernier ? »

Eva garda le silence, le lifting tremblant, les faux cils fixés sur McGonaghan comme des aiguillons empoisonnés prêts à déchiqueter leur cible.

« Et vous, Durieux, vous vous apprêtiez à montrer que Holmes était l'incarnation du surhomme nietzschéen, n'est-ce pas ? Vous aviez entre les mains le rapport d'un savant, émule du philosophe allemand, présentant ses travaux de manipulation génétique qui avaient fait de Holmes une mécanique parfaite, libérée de ses affects !

— Mais enfin…, balbutia Durieux.

— Et je garde mon chouchou pour la fin ! Mon grand ami, JPP ! N'as-tu pas découvert que Sherlock était...

— C'est de la provocation ! s'emporta Perchois en faisant valser sa chaise.

— Un vrai scandale ! s'indigna Dolorès. Vous n'avez même pas vu nos manuscrits !

— Honte sur vous ! explosa Eva. Vous nous avez espionnés ! Volés !

— Oh si, j'ai vu vos manuscrits, dit McGonaghan, toujours aussi calme et satisfait. Mais sans vous espionner et sans vous voler.

— Ah oui ? Et comment alors ? demanda Perchois, hors de lui.

— C'est tout simple : je les ai écrits. »

Sherlock Holmes pour les Nuls (extrait)

E comme Écriture : Les aventures de Sherlock Holmes soulèvent un problème central dans tout roman policier. Le lecteur peut-il réellement résoudre l'affaire par lui-même ? Lui présente-t-on vraiment tous les faits de façon objective ? La réponse, bien entendu, est non. Tout récit à énigme se résume à une entreprise de manipulation d'un lecteur par un écrivain. Car l'auteur se refuse toujours à accorder au lecteur ce qui fait sa supériorité : l'omniscience. Le roman policier est un jeu de faux-semblant où l'auteur tient le rôle inverse de celui du détective : il ne cesse de brouiller les pistes, de dissimuler des preuves et de mener le lecteur dans des impasses pour que le criminel échappe à sa sagacité. L'auteur est toujours le complice du coupable. Et il est aussi un traître qui lâche systématiquement son comparse à la dernière page…

Dans les aventures de Sherlock Holmes, la question est rendue encore plus complexe par le mode de narration à double niveau : Watson relate des aventures que Holmes lui a racontées. Car si Watson accompagne souvent Holmes, il ne comprend jamais rien à ce qui se passe. Ce qu'il retranscrit, c'est l'explication finale du détective. Watson rédige, mais c'est Holmes le conteur. Et pour peu qu'on y regarde de plus près, on est fasciné de voir quelles invraisemblances Holmes est capable de faire gober à son biographe. Le récit qu'il fait de sa lutte à mort avec le professeur Moriarty aux chutes de Reichenbach dans *La Maison vide* est à cet égard un sommet du n'importe quoi, que Watson validera sans sourciller.

On pourrait pousser le raisonnement jusqu'à se demander si les intrigues criminelles dans lesquelles se lance le détective sont toutes véridiques. Et si Holmes était un beau parleur manipulateur qui jouirait d'avoir en permanence à ses côtés un auditeur admiratif ? Et si Holmes mettait en scène l'entrée dramatique d'acteurs dans son appartement pour jouer avec eux une comédie à destination de Watson ? Le thème du théâtre n'est-il pas une des références centrales des discours de Holmes ?

Mais si Watson ne voit jamais les incohérences du discours de son colocataire, c'est parce qu'il n'a aucune envie de les voir. Il accepte les récits de Holmes en bloc car ceux-ci correspondent à ce qu'il souhaite entendre, c'est-à-dire ce qui le sortira de sa petite existence monotone : du dramatique, du suspense, de l'émotion.

Watson est la figure même du lecteur de roman policier : un naïf volontaire.

Dimanche 6 mai

La révélation de McGonaghan fut accueillie par un silence effrayant, comme si la bombe H qu'il venait de lâcher avait éradiqué toute vie dans la salle. Seul le professeur Bobo applaudit en réclamant « Une autre ! ».

« Eh oui, reprit McGonaghan devant le parterre dévasté, je suis l'auteur de ces manuscrits. Ils sont remarquables, bien sûr, je me suis donné assez de mal pour ça et j'ai veillé à ce que vous les découvriez "par hasard". Vous pouvez me blâmer, mais n'est-ce pas inquiétant que vous soyez tous tombés aussi facilement dans le panneau, aveuglés que vous étiez par cette chaire ? J'ai écrit à chacun de vous l'histoire qu'il avait envie de lire. Vous vouliez tellement y croire que vous avez abdiqué toute réflexion. Je n'ai rien fait d'autre qu'appliquer les méthodes de notre mentor : qui oserait me le reprocher ? Ne recherche-t-on pas un véritable holmésien pour la chaire de la Sorbonne ?

— Tout ça est bien beau, contre-attaqua Perchois qui essayait de contenir sa fureur en s'étranglant avec sa cravate. Mais je ne suis pas sûr que le fait de discréditer ses collègues suffise pour se voir attribuer une chaire universitaire. N'est-ce pas, professeur Bobo ?

— Oui, bien sûr, confirma Bobo qui avait l'air ravi du spectacle. Continuez, c'est très joli.

— Dans quelle direction comptez-vous orienter vos recherches ? demanda Eva. Quel est votre projet pour la chaire d'holmésologie ? C'est cela que nous attendons, et pas les effets de manche d'un cabotin malhonnête !

— Vous avez raison, mes amis, passons aux choses sérieuses, car l'holmésologie ne peut plus se permettre de donner la parole à des fantaisistes. Voilà mon projet : je compte refonder notre domaine de recherche en commençant par battre en brèche le postulat mensonger qui nous discrédite en ne nous attirant que moquerie de l'extérieur.

— Quel postulat mensonger ? demanda Oscar.

— C'est évident, fit McGonaghan. Le postulat de l'existence réelle de Sherlock Holmes. »

La réponse entraîna de nouveaux remous dans la salle. Si on avait eu un bûcher sous la main, on aurait rendu hommage aux sympathiques loisirs du Moyen Âge.

« Il est temps de se poser cette question ! La seule vraie question ! Sinon, nous continuerons à passer pour de gentils farfelus parce que nous nous heurtons au principe de réalité. Qu'on le veuille ou non, il faut rappeler cette évidence : Sherlock Holmes est un personnage de fiction, créé par Arthur Conan Doyle en 1887 dans le roman *Une étude en rouge*.

— Sortez-le ! hurla Perchois.

— Brûlez-le ! renchérit Dolorès.

— Bis ! applaudit Bobo.

— Oh, vous pouvez huer, les faits sont là, objectifs ! Il suffit de se plonger dans les archives des journaux anglais pour s'apercevoir qu'il n'est jamais fait mention d'aucune des affaires dont s'est occupé Holmes, et que le nom du détective n'apparaît nulle part. Tout cela relève de l'évidence… Et c'est justement ça qui est intéressant ! Rappelez-vous un des fondements de la méthode holmésienne : “Il n'y a rien de plus trompeur qu'un fait évident." Et si nous appliquions son assertion à Holmes lui-même ? L'opinion publique pense que Sherlock Holmes est un personnage de fiction. Pourquoi ? Parce que c'est une évidence ! »

Un changement d'atmosphère se fit sentir dans la pièce, comme si l'auditoire dépassait sa haine primaire de l'orateur pour l'écouter vraiment.

« Interrogeons-nous, comme le ferait Holmes lui-même : et si quelqu'un avait voulu nous faire croire que Holmes était un personnage de fiction ? »

Des mouvements imperceptibles agitèrent la salle de réunion, des dos se redressèrent, des cous se tendirent, des sourcils se froncèrent. McGonaghan était en train de réussir un tour de force : il intéressait ses collègues.

« Et si cette personne avait réussi à effacer toutes les traces de l'existence de Holmes ? continua McGonaghan.

— Mais qui ? s'impatienta Oscar.

— Qui ? fit l'orateur d'un air détaché. Je vais vous le dire. »

Du haut de son estrade, McGonaghan régnait sur son public. La preuve était faite, il était bien le mâle dominant du groupe. Il avait mis à terre tous ses adversaires, il lui restait à porter le coup de grâce. J'attendais ça avec beaucoup de curiosité, d'autant que son discours me rappelait quelque chose que je connaissais bien… Mais au moment où McGonaghan allait ouvrir la bouche, Bobo leva la main dans un étonnant cliquetis cartilagineux.

« Oui, professeur ? fit McGonaghan avec le rictus coincé du type dont on vient de ruiner l'effet d'annonce. Vous souhaitez dire quelque chose ?

— Je suis désolé d'interrompre votre tour de chant, cher monsieur, mais vous ne sentez pas une drôle d'odeur ? »

McGonaghan encaissa, laissant à peine échapper un clignement nerveux de l'œil, puis se mit à renifler.

« C'est vrai qu'il y a quelque chose dans l'air, fit-il.

— Ça me rappelle un truc, rêvassa Bobo, un camembert un peu fait, non ?

— Je pencherais plutôt pour une odeur de fumée, dit Perchois.

— Il est interdit de fumer dans les lieux publics ! s'indigna Dolorès. Je suis enceinte !

— Personne ne fume, observa Oscar. Et nous sommes tous réunis…

— Tous sauf Gluck ! précisa Eva. Vous oubliez qu'il n'a pas pu quitter l'hôtel !

— Gluck ? hoqueta Dolorès. Vous croyez qu'il aurait…

— Pardon d'interrompre vos échanges stériles, intervint le professeur Durieux, mais une analyse superficielle des faits suffit à déduire qu'un incendie a dû se déclarer dans l'hôtel. Et vu la fragilité de nos voies respiratoires et de notre épiderme, il me paraîtrait raisonnable d'intervenir au plus vite en évitant toute expression émotionnelle handicapante pour l'action.

— Au secours ! s'écria Dolorès qui écoutait davantage ses hormones que son Durieux. Au feu !!! »

Ma vie, la volonté au service de la raison (et vice versa*)*, par le professeur Durieux

Parmi tous les sentiments consternants qui caractérisent l'être humain primitif, la panique est sans doute le plus contre-productif. En effet, on constate que l'homme en situation de danger, tout entier dominé par son prétendu « instinct de survie » (qu'il conviendrait de rebaptiser « accélérateur de décès »), agit toujours à l'opposé de son intérêt avec une persévérance qui force l'admiration.

Ainsi, quand notre odorat si déficient nous a enfin appris qu'un feu s'était déclaré dans l'hôtel, mes « camarades » ont tenu à faire précéder leur sortie de la salle de réunion de vociférations, bousculades, chutes, insultes, vol de chaises et bris de lampes, comme si un cérémonial ésotérique en hommage au Grand Chaos était indispensable avant toute prise de décision.

Au moment où j'écris ces lignes, ils doivent tous être à l'étage en train de jouer aux pompiers, ce qui est, paraît-il, le rêve d'enfance de nombreux humains (?). Je les attends ici, non du fait d'une quelconque lâcheté dont leurs esprits atrophiés ne manqueront pas de me soupçonner, mais parce que, si notre collègue Gluck a vraiment joué les pyromanes, je suis le seul à me souvenir de l'utilisation que fait Sherlock Holmes d'un incendie volontaire dans *Un scandale en Bohême* lorsqu'il cherche à confondre l'insaisissable Irène Adler : un instrument de diversion.

Si Gluck réapparaît, je serai là.

Lettre de Dolorès Manolete à l'abbé Saint-Freu

Mon père, mes journées commencent à avoir un petit côté « plaies d'Égypte » assez déplaisant. Je ne sais pas ce que j'ai fait au Seigneur (que je ne connaissais pas si rancunier), mais aucun de mes rosaires n'arrive à l'apaiser (je crois que je vais passer aux *Salve Regina* en double dose). Parmi les épreuves qu'Il m'envoie en ce moment, celle de cet après-midi était des plus effrayantes : une répétition de l'Apocalypse !

Notre colloque a été interrompu par une odeur suspecte. Quand nous sommes sortis de la salle de réunion, de la fumée venant de l'étage commençait à envahir le hall. Bien entendu, les réactions de mes collègues furent pitoyables : Eva mugissait comme si sa cellulite était de retour ; Audrey avait le regard vide de la fille qui se demande qui a laissé brûler les chipolatas ; Perchois tournait en rond afin de capter un réseau pour contacter Sherlock ; quant à Bobo, il rampait dans le hall en alternant brasse papillon et dos crawlé. Heureusement que j'étais là pour sauver l'honneur : ni une ni deux, je me suis élancée dans l'escalier en ordonnant à Oscar et à ses beaux yeux de me suivre. À l'étage, une vision infernale nous attendait. La chambre de Bobo était la proie des flammes. Il y avait deux explications possibles : soit c'était Satan qui venait chercher Eva, soit c'était Bobo qui avait laissé une bougie allumée. J'hésitai (avec une préférence pour Satan).

J'ai chargé Oscar et ses jolies mains de pianiste de se procurer de l'eau, McGonaghan d'étouffer le feu avec des couvertures, et moi je suis allée dans ma chambre avec beaucoup de sang-froid récupérer mes affaires les plus précieuses (j'ai une tunique Dolce & Gabbana toute neuve, vous allez en être jaloux). À mon retour, le feu avait été maîtrisé grâce à mes conseils avisés. JPP, Eva et Audrey applaudissaient Oscar qui s'était montré intrépide, confirmant les espoirs que j'avais mis sur sa belle tête d'apôtre.

« Vous croyez que Gluck est responsable de ça ? demanda Perchois.

— Je pense plutôt que Bobo a laissé une bougie allumée, fis-je pour éviter de parler de Satan.

— Il faut calfeutrer cette chambre, dit Oscar avec beaucoup d'esprit d'initiative et des lèvres délicatement dessinées. Nous n'avons pas de moyens pour aérer, il vaudrait mieux l'isoler.

— Tout a brûlé, constata McGonaghan, Bobo va devoir s'installer ailleurs.

— À ce propos, où est-il ? fis-je. Quelqu'un l'a-t-il vu monter ?

— Et le professeur Durieux ? ajouta Oscar en inspectant le couloir. Il n'est pas là non plus.

— Ils ont dû rester en bas, fit Eva.

— Je vais aller voir », annonça Perchois.

Pendant que j'indiquais à mes collègues comment isoler la chambre de Bobo à l'aide d'une armoire et de draps mouillés (souvenir de l'heureux temps où j'encadrais les jeunes scouts fougueux de la paroisse), Perchois et Audrey repartirent vers le hall faire une tournée pour le Samu social. Le temps que je félicite Oscar avec toute ma chaleur chrétienne, ils étaient déjà revenus, rapportant avec eux Durieux et une nouvelle plaie de Suisse.

Perchois avait la tête du type à qui on a coupé sa coke avec du plâtre, Audrey se grattait le front pour essayer d'en faire jaillir une idée, Durieux épongeait une goutte de sueur sur sa tempe droite, signe chez lui d'une nervosité exceptionnelle.

Alors j'ai compris que le professeur Bobo n'aurait plus besoin de sa chambre.

Plus jamais.

Dimanche 6 mai

C'est le professeur Durieux, prolixe pour une fois, qui nous raconta tout. Il avait pensé dès le début que l'incendie pouvait servir de diversion. Il avait décidé de rester dans la salle de réunion, à l'affût de Gluck. Mais le collègue se faisant attendre, Durieux était sorti dans le hall, il avait exploré le salon… et il avait trouvé Bobo. Le doyen gisait au milieu du salon, parmi les objets du Musée Sherlock Holmes, Ou, plus précisément, *dans* l'un de ces objets.

L'aquarium.

Telle une erreur de la nature sous bocal de formol attendant le chaland au musée d'anatomie, le professeur Bobo s'hydratait l'épiderme en position fœtale, tranquille. Derrière la paroi, ses yeux grands ouverts scrutaient le monde des humains en focalisation poisson, mi-vides, mi-morts. La méduse à crinière de lion, qui s'était déposée sur sa tête, lui avait donné un coup de jeune en le coiffant des dreadlocks filandreuses du reggaeman confirmé. Quelques alevins joueurs qui lui nettoyaient le dentier faisaient bouger ses lèvres comme pour un dernier adieu. Sur sa joue croûteuse, un poisson ventouse énamouré entamait un peeling fougueux, pendant qu'une famille de poissons-clowns lui explorait les narines à la recherche de nourriture, les nageoires frétillant de plaisir devant ce gisement d'exception.

Soudain, le dentier glissa de son écrin buccal pour s'offrir une vie autonome de piranha rosâtre. Une bulle s'échappa des lèvres de Bobo, roula le long de son visage, bouscula un poisson-clown, chatouilla la méduse, et libéra enfin un dernier souffle aux relents vaseux. La transformation en accessoire d'aquariophilie était achevée.

Bobo avait l'air serein du curiste en thalasso d'avant-garde.

Sur son front, un Post-it disait : « Je vais très bien, merci. »

Six paires d'yeux, dans un hôtel suisse, fixaient un aquarium avec un doyen dedans. Au-delà de la valeur surréaliste de cette phrase qui pourrait passer pour un cadavre exquis (sans jeu de mots), la situation manquait cruellement de poésie. Nous avions un troisième cadavre sur les bras : après le tout-cassé et le tout-saigné, le tout-mouillé. C'est peu dire que la consternation régnait dans la pièce, d'autant que la méduse recouvrait maintenant toute la tête de Bobo, laissant planer le doute sur ses intentions. Purement décoratives ou clairement dévoratives ?

Au bout de longues minutes d'observation de la vie des bêtes, le professeur Durieux se chargea de l'oraison funèbre : « La mise hors-service de l'organisme de notre doyen par infiltration d'eau dans son système respiratoire est un incident fâcheux. Au-delà de la perte de temps occasionnée pour l'attribution de la chaire, les conditions de l'arrêt brutal de toute activité cérébrale chez cet homme, même si elle n'était plus qu'intermittente depuis longtemps, m'apparaissent fort incongrues sur le plan de la raison. »

Certes, dans le registre de l'effusion des sentiments, on avait connu plus poignant ; mais de la part de Durieux, c'était déjà pas mal. Les autres réactions suivirent : JPP proposa une minute de silence qui dura dix secondes ; Dolorès se signa en psalmodiant quelques versets bibliques hors sujet, vu le milieu humide, sur la poussière qui retourne à la poussière ; les autres s'installèrent au bar et prononcèrent les paroles les plus sages entendues dans cet hôtel depuis deux jours : « Qui veut prendre un verre pour se remettre ? »

La réserve d'alcools était fort impressionnante. Du pastis marseillais au raki stambouliote, de la chicha péruvienne au Brennivin islandais, s'étalait sur la table la preuve irréfutable du génie humain qui a toujours su se mobiliser pour les grandes causes.

Eva demanda un petit verre d'eau (pour la fumée qui assèche la gorge) et un grand Martini (pour l'émotion qui mouille les yeux). Dolorès prit une bière sans alcool, eu égard au polichinelle dans le placard qui aurait déjà assez à faire avec la gestion des gènes à maman. Quant à McGonaghan, il prit un scotch, leva son verre et lança en direction de l'aquarium : « À ta santé, doyen !

— Vivants ou morts, vous ne respectez décidément personne ! lâcha Perchois avec mépris.

— Fais-moi la leçon, toi qui as toujours détesté Bobo ! Le vieux s'accrochait à son poste comme à un viager trop mûr, et grâce à lui ta carrière est au point mort depuis dix ans. Avoue que tu es soulagé par sa disparition ! Avouez tous que vous l'êtes, vous qui n'aviez aucune chance d'être retenus pour la chaire d'holmésologie !

— Je me demande ce qu'il y a de pire dans notre situation ! s'exclama Dolorès en fusillant McGonaghan du regard. Être coupés du monde, sans électricité ni eau chaude, en compagnie de trois cadavres ; ou devoir supporter votre présence.

— Sacrée Dolorès, vous jouez votre rôle à merveille, fit McGonaghan en riant.

— Mon rôle ? Qu'est-ce que vous racontez ?

— Le rôle de la râleuse du groupe, de la forte tête qui dit non par principe. Il y en a une dans tous les groupes humains, c'est fatal.

— Qu'est-ce que c'est encore que cette théorie ? soupira Perchois.

— Vous savez bien qu'un groupe s'organise toujours selon les mêmes archétypes. On a tous connu ça depuis la petite école. Par exemple, il y a toujours un leader charismatique qui mène le groupe, celui qu'on admire pour sa prestance, celui dont il faut être l'ami. Notre bon Sherlock en est une parfaite incarnation : asocial et odieux, il n'en reste pas moins le centre d'une attention admirative. Regardez comment se comporte ce pauvre Watson avec Holmes, un vrai toutou devant son maître.

— Et ce "leader", ce serait qui dans notre groupe ? demanda Oscar.

— Moi, évidemment, répondit McGonaghan.

— Ben voyons, voilà qui n'est pas prétentieux au moins ! ironisa Dolorès.

— Le leader charismatique est toujours prétentieux ! fit McGonaghan. C'est même à ça qu'on le reconnaît. Il ne s'embarrasse pas des hésitations hypocrites de la plupart des gens bien éduqués. Il assume ce qu'il est, et c'est pour ça que tout le monde le suit.

— Admettons, dit Eva. Et les autres archétypes ? Je représente quoi, d'après vous ?

— C'est évident, vous êtes la Beauté du groupe. La fille libérée qui fait fantasmer tout le monde.

— J'imagine que je devrais vous remercier ?

— Pas sûr, ce n'est pas le rôle le plus flatteur. Pour terminer le portrait, je dirais que la Beauté du groupe est parfaitement consciente de son charme et qu'elle en joue pour déstabiliser les hommes. En deux mots, c'est une manipulatrice perverse.

— Comme quoi, les miracles existent, fit Dolorès. Pour une fois, vous dites quelque chose de sensé !

— Ah oui, j'oubliais, ajouta McGonaghan avant qu'Eva ait eu le temps de défourailler. La Beauté rend fous tous les gars du groupe, mais elle ne couche qu'avec le leader.

— Celle-là, c'est la meilleure ! fit Eva en ricanant. Vous pouvez toujours rêver !

— Vous avez tort, j'ai trouvé un petit poêle à pétrole en fouillant l'hôtel hier, je vous assure que vous passerez une nuit très chaude dans ma chambre…

— Un poêle à pétrole ! s'indigna Dolorès. Alors que nous, on grelotte toute la nuit !

— Eh oui, Dolorès, c'est ça un leader ! C'est pourquoi vous avez tort de laisser passer l'occasion, chère Eva. Il nous reste si peu de temps…

— Qu'est-ce que vous voulez dire ? » fit Oscar.

Pour toute réponse, McGonaghan désigna le cadavre médusé du professeur Bobo que nous avions tous oublié, sans doute pour refouler notre effroi, peut-être parce qu'il s'intégrait parfaitement à l'environnement dans son nouveau rôle d'habitat à poissons.

« Bobo a été assassiné pendant qu'on essayait d'éteindre l'incendie. Dans l'affolement, quelqu'un en aura profité.

— Assassiné ? s'écria Dolorès. C'est grotesque !

— “Vous constaterez que le grotesque est souvent associé au crime”, dit Holmes à Watson dans *L'Aventure de Wisteria Lodge*.

— Un crime ? Mais pourquoi ? s'affola Oscar.

— Le mobile me paraît évident, reprit McGonaghan. C'est la chaire d'holmésologie.

— Et qui soupçonnez-vous ? demanda Dolorès.

— Je n'accuse personne, fit McGonaghan, mais j'aimerais avoir des précisions sur ce que faisait l'un d'entre nous… Celui qui est resté en bas avec Bobo pendant l'incendie… Notre éminent confrère le professeur Durieux ! »

Tous les regards se tournèrent vers Durieux qui était en train de boire son petit remontant. C'est vrai qu'il n'était pas monté avec les autres éteindre l'incendie… vrai qu'il devait être le dernier à avoir vu Bobo vivant… vrai qu'il était un homme pour le moins étrange…

Durieux nous regarda un par un avec un air indifférent, comme si nous venions de papoter de la météo. Le silence s'installa, pesant, pendant qu'il terminait son verre. Enfin il ouvrit la bouche, non pour répondre à nos interrogations, mais pour livrer une quinte de toux fort rauque qui sembla le vexer au plus haut point. C'est alors qu'il se passa une chose incroyable, un événement auquel nul n'aurait jamais pensé assister, un prodige en partenariat avec Lourdes : sur le visage du professeur Durieux s'afficha un large sourire. Une banane XXL sur sa face de robot. Le choc.

Nous étions encore interloqués par cette expression émotionnelle inédite quand Durieux lâcha deux phrases et demie en regardant le fond de son verre sans se départir de son incongrue jovialité :

« Je pense que McGonaghan a raison. Il y a un tueur parmi nous. Il s'agit de… »

Et là, il s'effondra. Raide mort.

Ma vie, la volonté au service de la raison (et vice versa*)*, par le professeur Durieux

La peur de la mort est l'un des sentiments qui m'étonne le plus chez mes « semblables ». Pour ma part, l'idée du trépas est associée à celle d'un soulagement. Être enfin débarrassé de ce corps incommode qui empêche l'esprit de se déployer librement dans le monde des Idées, voilà une perspective qui ne manque pas de me ravir. J'ai toujours eu la sensation que l'être humain habitait son corps à la manière d'un locataire, comme pour un appartement auquel il se serait habitué sans jamais vraiment se sentir chez lui. Une location qui se dégrade peu à peu et que le propriétaire, aux abonnés absents, ne rénove jamais, rendant l'habitat un peu plus inconfortable chaque année.

J'attends donc le moment où je pourrai déménager pour plus spacieux, où, esprit nomade, je quitterai mon enveloppe pour vivre à la belle étoile. J'avoue avoir pensé plusieurs fois à provoquer ce moment libératoire, mais, à ma grande honte, l'instinct de survie fonctionne encore chez moi comme une chaîne au cou d'un prisonnier.

J'en suis quitte pour garder la gérance de mon corps, en attendant mieux.

Dimanche 6 mai

L'écroulement subit de Durieux acheva de nous achever. On se serait cru dans un de ces contes de fées où les princesses se transforment en statues de verre. Nous étions tous paralysés, mannequins de cire au musée des horreurs, et pas un prince à l'horizon pour nous ramener à la vie.

« Il est… mort ? bredouilla Dolorès en triturant son ventre avec fébrilité.

— Non, lâcha McGonaghan en tâtant le pouls de Durieux, il est allé faire une course et il revient.

— Qu'est-ce qu'il a bu ? s'interrogea Eva.

— De la chicha péruvienne, répondit Oscar. C'est moi qui l'ai servi. Il m'a demandé de prendre une bouteille au hasard parce que choisir en fonction de nos goûts était selon lui une intolérable soumission à notre corps.

— Quelqu'un d'autre en a bu ? fit McGonaghan en reniflant le goulot. Non ? Personne ?

— Vous croyez que quelqu'un a empoisonné cette bouteille ? fit Oscar.

— Testez donc, vous nous donnerez la réponse, répondit McGonaghan en lui tendant la chicha.

— C'est affreux, continua Dolorès dont les yeux exorbités faisaient des allers-retours, côté cour sur la gangue durieuxienne, côté jardin sur le Bobo hydrophile.

— Vous avez raison, fit McGonaghan, tout cela est assez inesthétique. Cependant, je vois là la confirmation de ce que j'expliquais à l'instant. J'imagine que plus personne ne viendra contester ma thèse : un tueur sévit dans cet hôtel.

— Qui aurait pu faire une chose pareille ? demanda Oscar.

— Ce qui est sûr, c'est que ce n'est pas moi, fit Dolorès. Je n'avais rien contre Durieux et surtout aucune raison de tuer le professeur Bobo. Maintenant je peux le dire : il m'a fait une confidence hier soir, en remontant dans sa chambre. Il m'a glissé à l'oreille que c'était moi qu'il avait choisie pour la chaire d'holmésologie.

— Elle est bien bonne celle-là ! s'esclaffa Eva. Tu ne perds pas de temps, Dolorès ! Tiens, moi aussi Bobo m'a annoncé qu'il m'avait choisie ! En me prévenant qu'il allait te dire la même chose pour que tu ne le harcèles pas cette nuit !

— Traînée !

— Espagnole !

— Mesdames, retrouvons notre calme ! dit Oscar. Nous sommes tous à cran, mais puisque nous devons cohabiter, faisons en sorte de nous respecter les uns les autres.

— Tiens, Jésus est parmi nous ? ironisa Eva.

— Je voulais simplement apaiser les esprits…

— Moi, ce qui m'apaise, continua Eva, c'est de mettre des gifles, tu es volontaire ?

— Visez la joue gauche, fit Perchois. Si c'est bien Jésus, il tendra la droite.

— Je voulais juste dire que nous devions rester soudés pour découvrir qui a pu commettre de tels actes…

— Oscar a raison, intervint McGonaghan, concentrons-nous sur le coupable. D'autant que ce ne peut être que l'un d'entre nous ! Quelqu'un qui a compris qu'il n'avait aucune chance d'obtenir la chaire et qui est revenu aux fondamentaux : la sélection naturelle par la loi du plus fort. Le cadre est idéal, nous sommes enfermés dans un hôtel plongé dans la nuit. Tout cela s'annonce très classique : le tueur va chercher à nous éliminer un par un.

— Classique ? s'offusqua Perchois.

— Je veux dire qu'on a vu ça des centaines de fois, expliqua McGonaghan. Le huis clos à suspense dont personne ne sortira vivant ! La montée de l'angoisse qui va amener chacun à révéler sa véritable personnalité ! Préparez-vous parce que notre bourreau me paraît pressé : dans un bon roman à suspense, on laisse passer en général quelques heures entre deux meurtres. Là, deux coup sur coup, je dis chapeau, il fallait oser.

— Vous êtes effrayant ! fit Dolorès. Comment pouvez-vous parler aussi froidement de ce qui nous arrive ?

— Parce que c'est mon rôle ! Le leader arrogant reste cynique jusqu'au bout ! D'ailleurs, en toute logique, je devrais être la prochaine victime.

— Pourquoi ? demandai-je.

— Mais enfin, vous ne lisez rien en dehors de Sherlock Holmes ? Vous n'allez jamais au cinéma ? Le beau gosse arrogant meurt toujours parmi les premiers ! Au-delà de la portée morale qui satisfait le public – "Bien fait pour lui, ça lui apprendra à être prétentieux" –, ça ôte au groupe son leader naturel et ça oblige à une réorganisation des relations. Qui va prendre la tête ? Qui va récupérer la Beauté du groupe ? Les questions fondamentales, quoi…

— Il y a une autre solution, fit JPP.

— Ah ! Le cerveau de JPP s'est mis en position *on*, profitons-en, ça ne dure jamais longtemps.

— Tu peux toujours ricaner, mais je pense que si tu montres aussi peu d'émotion quand tu parles de notre situation, c'est peut-être parce que tu n'es pas une victime, comme nous…

— Qu'est-ce que vous voulez dire ? fit Dolorès.

— Simplement que moi aussi je vais au cinéma. Le fameux "leader" est souvent celui qui manipule son monde et dont la prétention n'est que la façade de sa psychopathie. Le profil du parfait coupable, quoi !

— Pas mal, JPP ! applaudit McGonaghan. Tu remplis bien ton rôle. L'archétype du frustré du groupe, dévoré par la jalousie, qui ne rêve que de prendre la place du leader, avec la prime Beauté qui va avec.

— N'importe quoi…

— Allons, JPP… Je suis sûr que tu as connu ça toute ta vie. Toujours dans l'ombre du leader, n'est-ce pas ? Toujours jaloux de ce type que les filles regardaient. J'ai pas raison ? D'ailleurs, c'est pour ça que tu te fais tes piquouzes, hein ? Confit à la coke, le JPP, comme papa Sherlock !

— Ça suffit ! » s'écria Perchois en envoyant un coup de poing à la face de McGonaghan. Face qu'il rata de peu, ce qui lui valut, emporté par l'élan, de s'écraser au sol avec la grâce de l'otarie géante regagnant la plage.

« Allez, un peu de patience, JPP, je devrais laisser ma place rapidement. Et si ça peut rassurer tous mes amis ici présents, je ne crois pas en votre culpabilité. Il y a une explication plus simple, un autre frustré qui rôde. Le genre qui passe à l'action lorsqu'il a trop subi. Le genre à découper en morceaux ceux qu'il jalouse. Le genre Gluck.

— Gluck ? Vous croyez que c'est lui qui a tué Bobo et Durieux ? fit Oscar.

— Oui, et aussi Rodriguez et Rufus !

— Quoi ? s'exclama Dolorès.

— Nous avons d'abord conclu à des accidents, mais, au regard des derniers événements, je ne serais pas surpris que nos deux infortunés soient les premières victimes de Gluck. Rappelez-vous que Rodriguez avait laissé entendre à toute la tablée qu'il possédait un film sur lequel on pouvait voir Holmes. Gluck aura voulu éliminer un concurrent. Idem pour Rufus qui représentait la relève chez les holmésiens.

— Au fait, il existe, ce film sur Holmes ? s'interrogea Oscar. Nous devrions peut-être fouiller les affaires de Rodriguez ?

— Le film existe…, révéla McGonaghan, d'une voix moins assurée que d'habitude.

— Oh non…, fit Dolorès en écarquillant les yeux. Ne nous dites pas que c'est encore un de vos faux ?

— Il se trouve que j'ai aussi des talents de cinéaste…, confirma McGonaghan qui avait, et c'était une grande première, l'air embarrassé.

— Rodriguez a été assassiné par votre faute ! s'exclama Eva. Pour un film qui n'a jamais existé ! C'est ignoble !

— Bien sûr, tout est ma faute ! contre-attaqua McGonaghan dont la gêne avait été si passagère qu'on pouvait se demander si on n'avait pas rêvé. On n'a qu'à dire que je suis responsable de toutes les catastrophes, de la tempête de neige jusqu'à la grossesse de Dolorès ! (*Suffocation de Dolorès, hilarité d'Eva.*) Le seul coupable, c'est Gluck ! Il a disparu après avoir été humilié devant Bobo lors de son petit tour dans le placard ! Il n'avait plus aucune chance, c'est pour ça qu'il est passé à l'acte. Et il ne va pas s'arrêter là, croyez-moi.

— On nage en plein délire ! s'insurgea Eva.

— Vous verrez ! fit McGonaghan.

— Arrêtez ! lança Perchois. Quel que soit l'auteur de ces crimes, ils sont bien réels. Nous ferions mieux d'organiser la riposte au lieu de nous disputer !

— Hou là ! ironisa Eva. C'est qu'il devient viril, notre JPP depuis qu'il veut la Beauté du groupe !

— Vous faites ce que vous voulez, dit Dolorès en se

dressant d'un air résolu, ma décision est prise. Je m'enferme dans ma chambre et je n'en sortirai que lorsque les secours arriveront ! Et je vous invite à faire de même, comme ça le tueur ne pourra rien contre nous. »

Dolorès se rendit à la cuisine, s'empara d'un stock de gâteaux secs et d'une dizaine de boîtes de pâté, histoire de ne pas rompre avec son régime protéiné, puis elle s'éclipsa dans l'escalier en faisant voler son étole, telle une tragédienne regagnant les coulisses. Et je ne sais plus qui a dit : « Ça nous fera des vacances. »

Quelques instants plus tard, c'est Eva qui lui emboîta le pas, prétextant une migraine soudaine. Dès que j'ai compris qu'elle venait de trouver le moyen d'échapper à la corvée de ramassage de cadavres, je l'ai suivie.

En prenant soin de laisser derrière moi de quoi immortaliser la parole de ces messieurs…

Enregistrement audio – Dimanche 6 mai

McGonaghan : Bon, les gars, on a du boulot sur les bras. Il faut repêcher le vieux dans l'aquarium : avec sa méduse sur la tête, ça devient obscène. On va les emmener lui et Durieux rejoindre leurs copains dans la chambre froide. C'est bien connu, plus on est de fous, plus on pourrit.

Perchois : Toujours aussi doué pour mettre l'ambiance…

McGonaghan : Merci, j'ai plein d'idées pour se détendre maintenant qu'on est entre hommes et qu'on peut exercer notre franche camaraderie. On aurait l'électricité, on se regarderait un match de foot en rotant des bières. À la place, que diriez-vous d'un concours de dernières paroles ?

OSCAR : Un quoi ?

MCGONAGHAN : Nous risquons d'y passer d'ici quelques heures. C'est le moment idéal pour réfléchir aux derniers mots que nous allons prononcer au moment de mourir.

PERCHOIS : C'est absurde. Tu n'as rien de mieux à faire ?

MCGONAGHAN : Pour quelqu'un qui a déroulé une existence de réussite, la moindre des choses est de partir avec panache. Mais tu ne peux pas comprendre.

PERCHOIS : Ben voyons…

MCGONAGHAN : Simenon a lancé « Je vais enfin pouvoir dormir ». Voilà des paroles qui restent. Et que pensez-vous du fameux « À nous deux ! » de Georges Bernanos ? J'ai aussi l'attendrissant « Oh, comme il est mignon cet ours » de ma tante Ginette, mais c'est moins connu.

PERCHOIS : Tu ferais mieux de mourir en silence, c'est le meilleur souvenir que tu pourrais laisser à l'humanité.

MCGONAGHAN : Tant pis pour toi, JPP. Quitte donc ce monde comme le péquin moyen, en éructant un pitoyable « Arrrggghhh » quand la lame de l'assassin forcera l'intimité de tes vertèbres thoraciques et que…

OSCAR : Arrêtez, McGonaghan ! On dirait que tout ça vous excite ! Mais… Qu'est-ce que vous faites, Perchois ? Lâchez ce couteau !

PERCHOIS : Et si on les écoutait, tes dernières paroles, Bobby ? Hein ? Tu dirais quoi devant cette dague indienne, si j'étais le tueur ?

McGonaghan : J'hésiterais entre « Il n'est pas rouillé au moins ? » et « J'aime beaucoup ce que vous faites ».

Perchois : Je suis sûr que tu aurais moins d'esprit !

McGonaghan : Tu as une idée à suggérer ? Ah oui, toi tu dirais « Pitié » si je t'en mettais un à mon tour sous la glotte, comme ça ! Ah ? Tu es surpris ? Tu croyais être le seul à t'être servi sur le mur des reliques ? Moi, je me balade avec ce poignard dans la poche depuis ce matin !

Oscar : Vous êtes fous ? Vous n'allez pas vous entre-tuer !

McGonaghan : S'entretuer reste une option, c'est assez tendance dans le coin.

Perchois : Viens par là que je te redessine le sourire.

Bruits de lutte basiques, mais efforts d'originalité dans l'insulte fleurie. Belles tentatives de conciliation de type « casque bleu dépassé » par Oscar. Tapage diurne subitement interrompu par un cri flirtant avec les sommets du suraigu, accessibles uniquement aux craies sur tableau et aux Dolorès sous tension.

Dolorès (ou une craie) : Au secoooours ! Il est en haut !

Dimanche 6 mai

J'avais regagné ma chambre à la suite de Dolorès et d'Eva pour mettre de l'ordre dans mes notes et mes enregistrements audio, la batterie de secours de mon second dictaphone arrivant en bout de course. Prise dans mes pensées, j'ai monté un peu trop le son sans imaginer que Dolorès soignait son espionnite aiguë en laissant traîner ses oreilles de l'autre côté du mur. Petite boulette qui nous valut une nouvelle crise d'hystérie…

J'entendis un cri strident, puis la porte de Dolorès claquer, une course dans le couloir, des escaliers dévalés quatre à quatre, et pour finir le hurlement d'une bête qu'on égorge, éventre et écartèle en même temps : « Il est en haut ! Dans la chambre d'Audrey ! »

Cette fois, les choses étaient claires. Soit je m'enfermais à clé et je faisais la morte (toujours sans jeu de mots), soit j'allais affronter la foule et m'expliquer… Arrivée dans le salon, j'aperçus Dolorès postillonner devant Perchois, McGonaghan, Oscar et enfin Eva qui était descendue à la suite de sa meilleure ennemie.

« Je vous jure que c'est vrai ! J'ai entendu sa voix ! Sur la tête de Perchois !

— Calmez-vous et laissez ma tête tranquille ! fit Perchois. La voix de qui d'abord ?

— La voix de Gluck ! Il se cache dans la chambre d'Audrey !

— Tu es bonne pour l'asile, lâcha Eva, maintenant c'est officiel.

— Allons fouiller l'antre de la diablesse ! Je vous dis qu'il est là-bas ! »

C'était le moment d'intervenir si je ne voulais pas finir en méchoui de sorcière. Je fis mon entrée au salon d'un pas distingué, la mine sereine, afin de prendre la défense de cette pauvre Dolorès.

« Excusez-moi, commençai-je pendant que le groupe reculait comme si l'Antéchrist venait d'apparaître. Je voudrais vous dire que Dolorès n'est pas folle. Elle a bien entendu la voix du professeur Gluck dans ma chambre. »

Dolorès, qui à mon approche avait croisé ses doigts façon *vade retro*, afficha un visage triomphant devant Satanas.

« Ah, vous voyez ! Elle avoue, la drôlesse !

— Vous cachez Gluck dans votre chambre ? demanda Perchois, consterné.

— Non.

— Vous êtes sa complice, c'est ça ? fit McGonaghan. J'aurais dû y penser, le coup du complice du tueur au sein du groupe !

— Pas du tout, vous faites fausse route. Je ne sais pas où est Gluck. Ce que Dolorès a entendu, ce n'était pas Gluck, mais un enregistrement de sa voix.

— Quoi ? fit à peu près tout le monde.

— Tu as enregistré le professeur Gluck ? s'étonna Oscar.

— Je vous ai *tous* enregistrés.

— Quoi ? répéta à peu près tout le monde pour confirmer un manque flagrant d'originalité.

— Je vous rassure, c'est terminé : ma dernière batterie a rendu l'âme.

— Et vous allez l'imiter si vous ne nous expliquez pas la signification de tout cela au plus vite, mademoiselle, fit McGonaghan qui n'avait plus l'air de vouloir rire du tout.

— Il est grand temps de jouer cartes sur table, confirma Perchois qui essayait d'être à la hauteur du chef de meute.

— La question est simple : qui êtes-vous et que faites-vous ici ? » dit Eva.

J'ai regardé un à un tous les membres du cercle, puis j'ai dit la vérité :

« Je suis Sherlock Holmes. »

« Il ne faut jamais faire entièrement confiance aux femmes. Pas même aux meilleures d'entre elles » : nouvelle confirmation aujourd'hui de votre acuité de jugement, maître... Mais soyons beaux joueurs et rendons à Audrey ce qui revient à Audrey, elle nous a bien eus, la petite « serveuse ». Tous mes collègues et moi-même, fiers représentants de l'élite culturelle, nous regardions depuis deux jours cette jeune femme comme un élément du décor dont les connexions neuronales devaient à peine suffire pour coordonner ses fonctions motrices et respiratoires. Au final, elle m'a fait penser à vous, maître, quand votre génie du déguisement vous permettait de subjuguer n'importe qui. Elle vous ressemble aussi par la sérénité qu'elle a continué d'afficher après avoir été démasquée devant notre groupe à bout de nerfs, prêt à lui sauter à la gorge. C'est avec un sourire effronté qu'elle a déclaré le plus naturellement du monde : « Je suis Sherlock Holmes. »

Devant nos mines consternées, elle a ajouté en riant :

« Je *suis* Holmes. Du verbe “suivre” ! Je suis sur les traces de Sherlock Holmes. J'avais remarqué que vous aimiez l'humour, j'ai voulu faire un trait d'esprit pour détendre l'atmosphère.

— C'est réussi, bravo, s'agaça Eva. Maintenant, allez-vous enfin nous dire qui vous êtes ?

— OK, je m'appelle Audrey Marmouzin et je suis journaliste d'investigation. Ma spécialité, ce sont les sectes, les sociétés secrètes, les associations de marginaux en tout genre. Je prépare un livre sur Sherlock Holmes et les holmésiens.

— C'est agréable ! fit Dolorès. Merci de nous mettre dans le même sac que les illuminés sectaires !

— Ne vous vexez pas, je pensais justement changer un peu d'atmosphère, aller vers quelque chose de plus ludique… Je ne m'attendais pas à une accumulation de cadavres !

— Et vous enquêtez sur nous depuis combien de temps ? demanda McGonaghan.

— Plusieurs mois. Je me suis pas mal baladée dans vos universités, j'ai même suivi les cours de plusieurs d'entre vous, et j'ai posé des questions un peu partout…

— C'est un scandale ! s'écria Dolorès. Un viol de notre intimité !

— Je fais mon métier, c'est tout. Mon livre aura pour titre *Sherlock Holmes pour les Nuls*, je vous enverrai des exemplaires dédicacés.

— À condition que l'ambiance du week-end s'améliore, lâcha McGonaghan. Sinon, vous n'enverrez plus rien à personne.

— Elle est bien belle son histoire, grogna Eva, mais où sont ses preuves ? Elle peut raconter ce qu'elle veut, mais si c'était elle la tueuse ?

— Si c'était moi, il y a longtemps que j'aurais fini le travail ! Je vous observe depuis deux jours sans que personne s'aperçoive de rien grâce à mon camouflage. À ce propos, j'espère que vous avez apprécié cet hommage à Holmes, notre maître à tous en matière de travestissement ? »

Sherlock Holmes pour les Nuls (extrait)

D comme Déguisement : Sherlock Holmes est le roi du déguisement. À de multiples reprises, Watson s'émerveille de l'art avec lequel son mentor réussit à le berner par ses changements de personnalité. Jeune ouvrier à « l'air canaille » dans *Charles Augustus Milverton*, il devient un « vieillard difforme » dans *La Maison vide* ou une femme âgée dans *La Pierre de Mazarin*. Dans *L'Italien décrépit*, Holmes prend les traits d'un vieil ecclésiastique et montre une capacité à se métamorphoser qui relève du fantastique : « L'espace d'un instant, ses rides disparurent, le nez s'éloigna du menton, la lèvre inférieure cessa de pendre et la bouche de marmonner, les yeux vides retrouvèrent leur éclat, la silhouette avachie se redressa. » En outre, on apprend, dans *Peter le Noir*, que notre héros possède pas moins de cinq refuges dans Londres où il peut changer d'apparence, et que « capitaine Basil » est l'une de ses nombreuses identités.

Maître dramaturge cachant avec peine son faible pour les applaudissements dans *Les Six Napoléons*, Holmes n'aime rien tant que passer d'un rôle à l'autre pour subjuguer son public, avec Watson au premier rang. À tel point qu'une question se pose : et si l'appartement du 221b, Baker Street n'était qu'un refuge parmi tant d'autres ? Et si le détective mélomane en robe de chambre dans son salon en désordre n'était qu'un rôle de plus, un énième déguisement ? Et si devant Watson, le public le plus crédule et le plus enthousiaste qui soit, quelqu'un *jouait* à être Sherlock Holmes ?

Dans ce cas, si Holmes n'est pas Holmes, qui est Holmes ?

Dimanche 6 mai

Après une fouille approfondie de ma chambre, après l'exhibition de ma carte de presse et de mes carnets de notes, j'ai réussi à faire admettre à mes holmésiens chatouilleux que je ne cachais pas Gluck dans mon placard. Mais ça ne réglait pas le problème : nous avions toujours un tueur dans la nature, quatre morts sur les bras et six vivants en sursis. Où se cachait Gluck ? Nous avions fouillé tout l'hôtel…

« Il reste la possibilité d'une cache aménagée dans un mur, fit Oscar. Rappelez-vous que par deux fois dans le Canon, dans *L'Entrepreneur de Norwood* et dans *Le Pince-Nez en or*, un personnage se dissimule dans une pièce secrète.

— C'est une idée à creuser, fit McGonaghan. On pourrait recommencer à fouiller, mais il faudrait d'abord aider Durieux et Bobo à rejoindre le compartiment fraîcheur parce que, si le comité d'hygiène passe, on est marrons. Y a-t-il un amateur pour la pêche au Bobo ? »

Devant l'enthousiasme délirant de la horde de volontaires, Oscar, notre bon Samaritain, proposa de s'occuper de la méduse qui s'était beaucoup attachée au défunt doyen. Ventousée sur sa tête, les filaments baladeurs et la gélatine trémulante, elle jouait l'étreinte amoureuse avec intensité. Afin de motiver Oscar dans son action de salubrité publique, Perchois rappela que, selon l'aventure de *La Crinière de lion*, la méduse *cyanea capillata* pouvait générer des piqûres mortelles pour l'homme. Il fallait procéder avec précaution, en guettant les réactions hostiles de l'animal. Même si, Eva le fit remarquer avec justesse, il est difficile de savoir quoi guetter chez une méduse, l'animal le plus sournois de la création qui réussit le tour de force de ne jamais tourner le dos à son adversaire tout en ne le regardant jamais en face, poussant le vice jusqu'à ne pas avoir d'yeux ! (Et après on s'étonnera que la méduse ait du mal à intégrer le marché des animaux de compagnie.)

Oscar décida de prendre le problème par les chevilles afin de tirer le doyen hors de l'eau, sans approcher de trop près la vicieuse créature visqueuse. Il avança une table, monta dessus pour se mettre à niveau, puis plongea son bras tout en tirant la langue, comme tous les intellectuels se lançant dans une activité manuelle. La méduse sentit-elle l'intrus qui cherchait à interrompre l'amourette ? Toujours est-il qu'elle se projeta vers le fond de l'aquarium dans un nuage de sable, mettant sa proie hors d'atteinte, sous les cris offusqués de l'assistance. Mais le brave Oscar ne se découragea pas. Il était trop court ? Il alla dénicher un appendice à la cuisine : une louche au long manche pour remonter Bobo à la surface.

Une lutte aquatique à faire pleurer la pieuvre de Jules Verne s'engagea autour de Bobo. À chaque tentative de la louche pour attraper un talon et faire remonter le doyen à la surface, la méduse répondait par un brusque mouvement vers le fond. Oscar devait se pencher toujours plus, plongeant le bras, l'épaule, la tête, quand ce qui devait arriver arriva… Le poids du pêcheur fit basculer l'aquarium vers l'avant sous les interjections effrayées du public. Il resta un moment en équilibre sur une arête, le temps de voir l'effroi dans les yeux d'Oscar, la stupéfaction dans les nôtres, et rien du tout dans ceux de la méduse qui n'en avait toujours pas. Finalement, la loi de la pesanteur exerça sa tyrannie et l'aquarium s'écrasa au sol en déclenchant un tsunami dévastateur.

Sous le choc, Perchois fut projeté dans les bras de McGonaghan pour un câlin inattendu. Eva dut fouiller son corsage à la recherche d'un poisson qui y avait trouvé refuge. La méduse choisit un nouvel hôte en atterrissant sur Dolorès, mais la fougueuse fit tournoyer la gélatineuse au-dessus de sa tête avant de l'envoyer repeindre un mur. Quant au corps de Bobo, il gisait au milieu de poissons-clowns bondissants qui manifestaient sans pudeur leur allergie à l'oxygène. Fin tragique pour le phare des holmésiens qui, après les mamours de la méduse, ressemblait davantage à un dessert anglais qu'à un professeur français.

Une fois l'émotion passée et les vêtements changés, on fit de Bobo et de Durieux des momies maniables à l'aide de couvertures, avant de les convoyer jusqu'à la chambre froide en ahanant en chœur. L'opération se fit dans un silence de mort, ce qui était la moindre des choses vu l'ambiance. Le cortège funèbre parcourut les quelques mètres dans un ballet de lampes torches. De loin, la scène aurait pu ressembler à la procession d'une secte satanique dans des ruines battues par le vent sur une lande aride. Mais là, comme l'hôtel manquait de ruines et de lande aride, c'était tout de suite moins impressionnant. Surtout quand l'une des participantes portait des chaussons poilus roses à tête de souris, mais on taira son nom par humanité.

L'arrivée devant la chambre froide occasionna quelques tremblements. Ça faisait toujours quelque chose de pénétrer dans un tombeau, et, même si chacun savait que Rodriguez et Rufus n'avaient pas dû beaucoup bouger, le malaise s'était installé. Mais ce fut bien pire quand la porte s'ouvrit… Dolorès ne put retenir un cri strident, et même McGonaghan se fendit d'une grimace inédite.

Rodriguez et Rufus n'avaient pas bougé, mais ils avaient eu la visite d'un colocataire.

Un corps pendait au bout d'une corde au milieu de la pièce. Visage bleu outremer, langue gris outre-tombe, yeux exorbités… Un revenant.

« Gluck ! bredouilla Oscar. C'est Gluck !

— Qu'est-ce qu'il fait là ? s'étouffa Dolorès.

— Il s'est pendu ? s'étonna Perchois. Mais pourquoi ?

— Pour faire comme tout le monde, répondit McGonaghan. La mode est au décès ce printemps.

— Ça fait un mystère de résolu, fit Eva, on sait maintenant où Gluck se cachait.

— On avait fouillé tout l'hôtel ce matin ! grogna Perchois. Qui était chargé des cuisines ? »

Oscar devint écarlate. Dolorès se mit à gémir en tenant son ventre :

« Hou là là, il bouge le petit diable !

— Dolorès ? Oscar ? Qu'est-ce que vous avez fichu ?

— Ce que nous faisions avec mon petit Oscar ne vous regarde pas ! répliqua Dolorès. D'ailleurs, nous n'avions en charge que les cuisines.

— La chambre froide fait partie des cuisines ! s'énerva Perchois.

— C'est votre opinion, JPP, et je la respecte.

— À cause de vous, on s'est angoissés toute la journée, persuadés que Gluck essayait de nous assassiner, merci !

— De toute façon, ça ne change rien, il y a quand même un tueur ! répliqua Dolorès. Arrêtez de nous engueuler juste pour compenser votre calvitie !

— Ma cal…, fulmina JPP. Qu'est-ce que ça vient faire là ?

— Dolorès dit vrai, intervint McGonaghan, un tueur rôde et il a ajouté Gluck à son tableau de chasse.

— Gluck s'est peut-être suicidé, avança JPP.

— Vraiment ? fit McGonaghan. Comme Rodriguez est tombé par accident ? Comme Rufus s'est écrasé tout seul avec son vélo ? Je crois plutôt qu'il a été pendu par un spécialiste des mises en scène macabres.

— Bobby a raison, dit Oscar. Vu la raideur du cadavre, Gluck est mort depuis des heures. Il n'a pas pu tuer Bobo et Durieux.

— Mais si ce n'est pas Gluck, c'est qui ? » cria Dolorès, avant d'éclater en d'impudiques sanglots. Confirmant, si besoin était, que le prof de lettres est plutôt chochotte.

Lettre de Dolorès Manolete à l'abbé Saint-Freu

Mon père, le Malin a pris possession de notre hôtel ! Après les souffrances de ces derniers jours, voici qu'un tueur fou décime les collègues ! Pourquoi dois-je supporter de telles angoisses ? Croyez-vous que le Seigneur me met à l'épreuve ? Inutile de me voiler la face, les signes ne trompent pas… Il veut que je souffre pour expier quelque chose ! Oui mais quoi ? Peut-être un examen de conscience me permettra d'y voir plus clair, mon père ? Passons en revue ensemble les sept péchés capitaux établis par saint Thomas d'Aquin : l'acédie, l'orgueil, la gourmandise, la luxure, l'avarice, la colère et l'envie. Je saurai ainsi où le bât blesse…

Bon, l'acédie, c'est facile : je n'ai jamais compris ce que ça voulait dire. Donc, si j'ai fait quelque chose contre l'acédie, ce n'était pas exprès, ça ne compte pas.

L'orgueil ? Là, je dois rendre grâce à Dieu : avec tous les dons qu'il m'a donnés à la naissance, de la finition extérieure exceptionnelle à l'aménagement intérieur luxueux, je n'ai jamais eu à me vanter. L'orgueil, c'est bon pour celles qui ne sont pas sûres de leurs qualités, suivez mon regard…

La gourmandise… Ah là, j'avoue que j'ai souvent cédé à la tentation ! Mais que voulez-vous, non seulement j'ai un physique de rêve, mais je ne grossis pas ! C'est ma faute si Dieu m'a donné une taille de guêpe ?

La luxure ? C'est-à-dire « le plaisir sexuel recherché pour lui-même » d'après le dictionnaire. Alors là, sûrement pas ! Je n'ai jamais couché par plaisir, mais toujours pour faire progresser ma carrière, améliorer mes conditions de vie, travailler plus pour gagner plus, et ça je sais que c'est une vertu.

L'avarice ? Impossible ! J'ai toujours dépensé plus que je ne gagnais ! D'ailleurs, c'est pour ça que je n'ai jamais commis la luxure.

La colère ? Peut-être un peu… contre la von Gruber… C'est vrai que, ce matin, je me suis dit que si c'était elle qui loupait une marche dans l'escalier, il me faudrait du rimmel aux oignons pour arriver à me tirer une larme… Mais quand Satan lui-même s'incarne dans une carrosserie trafiquée, il est difficile de rester de marbre… Jésus ne chassa-t-il pas avec fureur les marchands du temple étalant leurs breloques sous le nez des naïfs ?

L'envie ? Même réponse que pour l'orgueil : quand on a tout, on n'envie personne.

Bon, qu'est-ce que vous en pensez, mon père ? Le bilan n'est pas trop mauvais… Je m'attendais à pire, je me sens soulagée. Je vais pouvoir aller communier avec un paquet de biscuits et attendre la délivrance l'esprit en paix. Ainsi soit-il.

Dimanche 6 mai

Le début de soirée fut assez morne, comme le sont souvent les moments passés à la chandelle, à quelques mètres de cinq cadavres, dans un groupe comprenant un serial killer. Même Dolorès et Eva semblaient avoir conclu une trêve, même McGonaghan, installé à l'écart pour lire, restait silencieux. Qui avait commis toutes ces horreurs ? La question nous hantait tous. Sauf un, qui jouait la comédie…

« Au fait, McGo, fit Eva, vous confirmez bien que vous serez le prochain sur la liste du tueur ? Vous n'allez pas nous décevoir, j'espère ?

— Désolé de te faire attendre, Beauté, mais ça ne devrait plus tarder, répondit McGonaghan en rangeant son livre dans la poche de sa veste. À part ça, qu'est-ce qu'on mange ?

— Vous avez des desiderata pour votre dernier repas ? demanda Eva.

— Un petit bisou, ce serait un bon début pour ma fin.

— Promis, j'embrasserai votre cadavre.

— J'ai aussi une idée pour mon dessert, mais, comme je suis timide, je n'ose pas demander.

— Vous faites bien, ce serait dommage de gâcher notre idylle.

— Pourtant il y a bien quelqu'un ici qui va nous la gâcher dans pas longtemps, fit McGonaghan en passant tous les convives en revue. Quand je pense que l'un de vous a été capable de commettre des crimes… En fait, je suis assez impressionné, je n'aurais jamais cru qu'un de mes collègues pourrait me surprendre un jour.

— J'ai pensé à une autre hypothèse, intervint Oscar. Le tueur n'est pas forcément l'un de nous. Quelqu'un a pu s'introduire dans l'hôtel *avant* l'avalanche et se cacher depuis.

— C'est une possibilité, fit Eva, mais qui ? À part nous, qui pourrait être intéressé par la chaire d'holmésologie ?

— Nous prenons peut-être le problème par le mauvais bout, continua Oscar. Nous nous sommes persuadés que le mobile était le poste à la Sorbonne, mais en nous fondant sur quelles preuves objectives ? Peut-être les motivations du tueur sont-elles tout autres ?

— Tu pencherais pour quoi ? fit McGonaghan. La vengeance d'un étudiant qui a loupé ses partiels ? Une stratégie publicitaire pour relancer les ventes du Cluedo ? Un coup du yeti suisse ?

— Je dis simplement que Sherlock Holmes nous a appris que théoriser avant d'avoir examiné tous les faits ne pouvait conduire qu'à l'échec.

— C'est vrai, mais, dans notre situation, le mobile importe peu. Le mieux, pour rester en vie, c'est d'envisager tout le monde comme coupable potentiel. N'est-ce pas, JPP ? fit McGonaghan en se tournant vers son souffre-douleur favori pour varier les plaisirs. Qu'est-ce que tu en penses ? Tu nous fais la tête ?

— Après le coup bas de cet après-midi, tu me permettras de ne plus t'adresser la parole.

— Oh non, ça va me manquer !

— Tu nous prends pour des marionnettes ! lâcha Perchois dans un brusque accès de colère. Tu n'as de respect pour personne !

— Je croyais que tu ne voulais plus me parler, ricana McGonaghan.

— Tes manigances ont révélé ton point faible ! Comme tu n'as rien trouvé d'intéressant à dire au colloque, tu as entrepris de dénigrer les collègues !

— Faux, mon grand. Je n'ai pas pu terminer mon exposé, j'ai juste été interrompu par un incendie, trois morts et un coup de théâtre journalistique. Mais je suis à votre disposition si vous souhaitez en savoir plus.

— Je suis curieux d'entendre ça, puisque tu penses être le seul à mériter la chaire.

— Celui qui la méritera, c'est celui qui sortira vivant d'ici. En attendant, je vais reprendre sous vos yeux ébahis ma théorie sur Holmes. Comme je l'ai dit dans la salle de réunion, je voudrais redorer l'image des holmésiens pour que les personnes comme Audrey ici présente arrêtent de nous voir comme une secte de joyeux farfelus.

— "Secte de joyeux farfelus", c'est un peu exagéré, fis-je. Je n'ai jamais dit que je vous trouvais "joyeux".

— Avant de révéler ma thèse, continua ce goujat de McGonaghan sans même relever mon excellente blague, je vais rendre hommage à l'un d'entre vous.

— Vous êtes malade ? demanda Eva.

— Peut-être que voir mes collègues tomber comme des mouches a réveillé en moi un soupçon d'humanité ?

— Rendre hommage à qui ? s'étonna Dolorès. Vous avez discrédité tous nos travaux !

— Ah non, il y a une personne ici dont je n'ai pas critiqué la pensée », dit McGonaghan en sortant de sa veste le livre qu'il lisait encore quelques minutes auparavant.

Un livre ou plutôt… un carnet. Un carnet que je reconnus aussitôt. Mon cœur s'emballa, ma gorge devint sèche. Comment avait-il pu ?

« Sachez que cette personne a développé la même piste de travail que moi. Elle mérite donc tout mon respect. Je vous demande d'applaudir Audrey, notre charmante journaliste. »

Tous les regards se tournèrent vers moi, partagés entre incompréhension et menace.

« Vous avez fouillé dans mes affaires ! répliquai-je avec colère.

— Vous avez bien fouillé dans ma vie ! répondit McGonaghan. Disons qu'on est quittes. Je suis tombé là-dessus pendant la vérification de votre chambre tout à l'heure, et je me suis dit que votre travail méritait d'être connu de tous. Vous avez eu comme moi l'intuition que quelqu'un avait pu volontairement faire de Holmes un personnage de fiction, ce qui résoudrait le problème toujours sensible de son existence réelle.

— C'était un simple jeu d'esprit, expliquai-je, un raisonnement ludique.

— Vous êtes trop modeste, Audrey, car nous ouvrons là un nouveau champ de recherche pour l'holmésologie. Et il se trouve que vous et moi proposons le même responsable de cette entreprise de falsification du réel.

— Qui donc ? demanda Oscar.

— Sherlock Holmes lui-même ! répondit McGonaghan.

— Sherlock ? lâcha Dolorès, sidérée.

— Je vais vous lire ce qu'écrit Audrey à ce sujet, c'est exactement le reflet de ma pensée. »

Sherlock Holmes pour les Nuls (extrait)

E comme Existence : Sherlock Holmes a-t-il *réellement* existé ? Comme dans un débat théologique, cette question oppose les rationnels aux croyants, ceux qui se fondent sur des preuves à ceux qui font parler leur foi. Mais au-delà de la polémique holmésienne, cette question nous amène à nous interroger sur notre relation au passé.

Qu'est-ce qui sépare pour nous, aujourd'hui, un personnage historique d'un personnage de fiction ? En quoi Jeanne d'Arc a-t-elle plus de réalité qu'Hamlet ? Qu'est-ce qui différencie Alexandre le Grand d'Ulysse ? Le temps passe et les frontières deviennent floues... Jeanne d'Arc est-elle crédible en paysanne se mettant à bouter de l'Anglois après avoir entendu des voix ? Plus personne ne le croit... Homère et Shakespeare ont-ils vraiment existé ? On se pose la question... Le temps transforme le réel en fiction, l'Histoire n'est qu'un vaste roman, et ce qui importe pour un personnage, ce n'est pas qu'il ait ou n'ait pas existé, mais qu'il *existe* encore, à travers ceux qui racontent son histoire. Dans cette perspective, si l'on répertorie le nombre d'études et de récits le concernant, Sherlock Holmes est l'un des personnages du passé qui *existe* le plus. Et si on lit attentivement les textes du Canon, on pourrait penser qu'il a tout fait pour cela...

« Ma vie n'est qu'un long effort pour échapper à la routine de l'existence », dit Holmes dans *La Ligue des rouquins*. Le monde réel, d'une banalité déprimante, ne le satisfait pas, il le répète sans cesse. C'est pourquoi il fera tout pour s'en extraire, n'entretenant de relations ni avec sa famille, ni avec les femmes, ni avec des amis.

Son entourage se résume à Watson, dans les écrits duquel on ne cesse de pointer les erreurs, les omissions, les contradictions, jusqu'à faire de leur auteur un étourdi… ou bien quelqu'un qui avait pour mission de brouiller les pistes, d'effacer les traces et les preuves concrètes ? Et de ne jamais livrer d'informations vérifiables sur le passé, la famille, la date de naissance ou de mort de l'homme dont il construit le personnage…

Par ailleurs, Holmes se refuse à tirer une gloire publique d'une résolution d'enquête. Dans *Le Signe des quatre*, il prévient : « Je ne revendique aucun crédit dans les affaires de ce type. Mon nom ne figure dans aucun journal. » Plus tard, Watson notera que, sur cinquante-trois affaires, Holmes en laisse quarante-neuf au bénéfice de la police. À la fin du *Marchand de couleurs retraité*, son nom n'apparaît pas dans l'article de journal résumant l'affaire qu'il avait résolue. Pas de traces…

La tentation de disparaître est une constante chez Holmes, de la forme d'autodestruction que constitue l'usage de la cocaïne à la mise en scène de sa mort aux chutes de Reichenbach, en passant par ses multiples déguisements et pseudonymes qui sont autant de pas vers la fiction. Mourir est à la portée de tous ; passer dans la fiction, puis devenir un mythe, c'est autre chose. Ce but deviendra celui de Holmes, avec le soutien d'Arthur Conan Doyle qui accréditera la thèse fictionnelle.

« L'homme n'est rien, l'œuvre est tout », dira Holmes en citant Flaubert. Contemporain de poètes qui voulaient s'arracher au Spleen pour atteindre l'Idéal, Sherlock Holmes – que Watson appelle le « dramaturge du réel », l'« artiste », l'« adepte de l'art pour l'art » – a fait disparaître l'homme qu'il était pour faire de lui une œuvre.

Bien entendu, ce n'est là qu'une théorie. Pour les preuves, demandez à Jeanne d'Arc.

Dimanche 6 mai

Pour la deuxième fois de la journée, McGonaghan avait réussi à capter l'attention de ses collègues, à les reconnecter avec leur passion jusqu'à leur faire oublier leur situation angoissante. Mais cette fois, c'était avec mes écrits.

« Voilà un aperçu de la pensée d'Audrey, qui me confirme dans mes propres travaux, fit McGonaghan. Nous vous remercions pour votre *Sherlock Holmes pour les Nuls* stimulant pour l'esprit, porteur d'un vrai potentiel pour la recherche…

— Merci, fis-je, gênée.

— Un ouvrage qui nous apprend tant de choses, continua McGonaghan avec un petit rictus satisfait. Par exemple que nous avons devant nous une candidate surprise à la chaire d'holmésologie…

— Moi ? fis-je, étonnée. Pas du tout, je suis là pour…

— Connaissant vos talents de dissimulation, vous me permettrez de ne pas prendre vos affirmations au pied de la lettre… et de vous considérer aussi suspecte que mes autres collègues.

— Je sentais bien qu'elle n'était pas nette ! fit Dolorès.

— Elle a bien caché son jeu, la petite, apprécia Eva.

— Et si c'était elle, la tueuse ? déclara Perchois.

— Je vous assure que je n'ai aucune ambition universitaire ! Je n'ai rien à voir avec les meurtres ! Puisque McGonaghan a fouillé dans mes papiers, il a dû lire à longueur de pages que j'ai été la première surprise par les événements !

— Ma petite Audrey, ne vous faites pas plus naïve que vous n'êtes. Qu'est-ce qui empêcherait une meurtrière d'écrire par avance un récit qui la disculperait ? Ne venez-vous pas de nous parler d'un homme qui a fait de sa vie une fiction ? Vous pouvez nous dire ce que vous voulez, vous êtes maintenant l'une des nôtres. Avec tout ce que cela implique… »

Tous les regards fondirent sur moi pendant que McGonaghan quittait la pièce en nous souhaitant une douce nuit.

Et, pour la première fois de ma vie, je n'ai pas su quoi répliquer.

*
* *

« Elle est louche, cette Audrey ! s'exclama Flipo lorsque Rigatelli termina la lecture des documents du troisième jour. Je l'ai toujours dit !

— C'est la première fois que vous en parlez ! s'étonna Rigatelli.

— Peut-être, mais je l'ai toujours dit.

— Et si McGonaghan avait vu juste ? s'interrogea Poséidon. Audrey a très bien pu écrire son récit pour se disculper par avance. Si ça se trouve, elle nous mène en bateau depuis le début !

— Dans ce cas, pourquoi est-elle morte ? demanda Rigatelli.

— Elle a peut-être été victime de son propre piège ?

— Le plus bizarre, c'est sa façon de raconter, dit Flipo. On dirait qu'elle se moque de tout alors qu'ils sont en danger de mort. Comme si elle savait qu'elle ne risquait rien…

— Ça s'appelle l'humour noir, répliqua Rigatelli, ça aide à surmonter les épreuves. Moi, elle m'a fait bonne impression quand je l'ai engagée comme serveuse, cette Audrey.

— Elle vous a menti ! s'indigna Poséidon. Elle s'est servie de vous !

— Vous avez terminé ? lança le commissaire Lestrade d'un ton sec. Vos spéculations hasardeuses ne peuvent que nous perdre dans la recherche de la vérité !

— Ce ne sont pas des spéculations ! se vexa Poséidon. Je comprends que vous teniez à avoir le monopole de la résolution, mais nous avons des arguments à faire valoir !

— "C'est une erreur d'argumenter avant d'avoir toutes les données. On les déforme insensiblement pour qu'elles s'ajustent à nos théories." Méditez les paroles de Holmes, lieutenant, et laissez-moi travailler en silence. »

Quatrième jour

Lundi 7 mai

Il était près de sept heures quand je me suis réveillée en sursaut, persuadée d'avoir entendu un cri. J'ai tendu l'oreille : à part une mouche qui volait et un ange qui passait, il régnait dans l'hôtel un silence d'outre-tombe. D'outre-tombe ? La métaphore m'a fait frissonner, j'ai replongé sous la couette. C'est alors qu'un nouveau cri a retenti, un hurlement à la finesse de tessiture inédite pour mes oreilles habituées aux vibrations stridentes des cordes vocales ébréchées de Dolorès. Pour une fois, il s'agissait d'Eva. Et elle hurlait sobrement : « À l'aide ! »

Je me suis levée, je me suis approchée de la porte, j'ai plaqué mon oreille… et je me suis fait vriller le tympan. Car, au même moment, Eva s'était mise à tambouriner à ma porte sur un rythme néo-Caterpillar. Le temps que je me calme les acouphènes et que j'ouvre, c'était le branle-bas de combat dans le couloir. J'arrivai près d'Eva en même temps que Dolorès dont l'absence de maquillage et la chemise de nuit à franges constituaient des agressions visuelles à même d'achever celui qui aurait résisté à l'attentat sonore.

« Le tueur est chez McGonaghan ! expliqua Eva. J'ai entendu un bruit horrible derrière le mur, ça m'a réveillée ! Bobby a été attaqué !

— Vous voulez dire que le tueur est encore dans sa chambre ? fis-je.

— Je ne sais pas ! Il a pu s'enfuir avant que je sorte !

— Il faut y aller ! » lança Oscar, toujours partant pour la rigolade, et déjà posté sur le paillasson de McGonaghan.

Comment entrer dans une pièce où vous attend peut-être un tueur ? Trop peu de parents intègrent cette question essentielle dans l'éducation de leurs enfants, et c'est bien dommage. À cause de cette attitude irresponsable, on dit bonjour à la dame, on ne parle pas la bouche pleine, mais quand on se retrouve devant la porte d'un meurtrier, on a l'air finaud. Chacun fit donc sa proposition, le postulat de base étant que personne ne voulait entrer le premier. Oscar proposa d'enfumer la pièce pour obliger l'assassin à sortir, Perchois de condamner la porte pour l'en empêcher, Dolorès d'envoyer Eva en éclaireur, Eva de se servir de Dolorès comme appât. Difficile de faire un tri… McGonaghan était peut-être encore en vie, j'ai donc fait au plus simple : j'ai ouvert la porte.

Le temps que mes camarades prennent conscience que j'étais entrée dans la chambre, je savais que de tueur, il n'y avait point. Mais que de cadavre, si.

Rassurons tout de suite les âmes sensibles : McGonaghan avait été tué proprement. Pas de corps zébré de plaies dégoulinantes d'un jus noirâtre, pas de visage réduit en bouillie grouillant de mouches, pas d'œil spongieux pendouillant hors de son orbite, non, rien d'affreux, la description restera tout public.

McGonaghan reposait sur le dos et sur la moquette, dans un délicieux papyjama troisième République, l'air endormi, un couteau de cuisine planté en plein cœur, avec ce qu'il fallait de sang pour donner du relief au tableau. Un meurtre sans chichis, un peu classique sans doute, mais ce besoin d'originalité à tout prix qui est la marque de notre époque n'est-il pas le signe d'une société désorientée ? Le meurtre moderne, c'est un peu comme la nouvelle cuisine : on va chercher des influences un peu partout, on fait des mélanges et, neuf fois sur dix, on est déçu. Là, on avait un bon vieux crime à l'ancienne, une valeur sûre. Le surin dans le palpitant, c'est le pot-au-feu du meurtre.

C'est en gros ce que j'ai essayé de dire à mes camarades pour détendre l'atmosphère.

Vu le résultat, je me suis promis que, si je sortais d'ici vivante, j'arrêtais l'humour.

Lettre de Dolorès Manolete à l'abbé Saint-Freu

Mon père, je profite d'un petit moment de répit pour chercher auprès de vous le réconfort. En ce quatrième jour d'emprisonnement, vous ne reconnaîtriez plus votre Dolorès. Il faut que je vous confesse mon terrible péché : je doute !

Ah oui, ça y est, j'ai le crucifix fêlé, la foi en craquelure ! Tel un pauvre Job sans barbe, j'ai subi toutes les avanies en tendant la joue droite (ou presque), mais voilà que je me sens au bord du blasphème. Le doute s'est insinué en moi à la façon d'un amant sournois et mes prières contraceptives ont été inutiles sous les coups de boutoir des outrages. Le dernier en date ?

Quand j'ai réalisé sur la balance de la salle de bains que j'avais pris deux kilos en trois jours ! Si c'est pas une preuve que le Seigneur m'a abandonnée, ça !

Et puis nous en sommes à six morts, mon père ! McGonaghan y est passé ce matin, sans extrême-onction, et on ne sait toujours pas qui commet ces horreurs ! Comment voulez-vous garder la tête froide alors qu'on ne peut faire confiance à personne ? Je ne vous ai pas dit le pire dans la mort de Bobby : quand j'ai voulu récupérer son poêle à pétrole (car j'ai la chance d'avoir la chambre la plus petite *et* la plus froide, gloire à toi Seigneur), il avait disparu ! Quelqu'un s'était déjà servi… Suivez mon regard !

Les vivants sont décidément plus effrayants que les morts… Si vous aviez vu l'état de JPP après la découverte du cadavre de Bobby… Un vrai possédé ! Il s'en est pris à Oscar et à ses boucles d'ange avec une telle violence que j'ai cru qu'on enchaînait direct sur le septième meurtre ! Comme le pauvre Oscar avait fait un malaise en voyant Bobby poignardé sur la moquette, on l'avait amené se rafraîchir dans sa chambre. Pendant que je m'occupais de lui avec Audrey (qui soit dit en passant devient bien envahissante), Perchois faisait les cent pas dans la pièce, en proie à de sombres pensées. Il transpirait beaucoup, se grattait sans cesse le bras et avait les yeux révulsés : ça sentait la piqûre en retard. Tout à coup, il a déboulé comme un dément pour cracher sa haine à la face angélique d'Oscar que je venais à peine de ranimer au bouche-à-bouche (ma spécialité).

« Regardez ce que j'ai trouvé sur sa table de chevet ! » s'écria JPP en agitant l'objet de sa colère.

D'après la déformation de son visage qui rappelait l'œuvre d'un chirurgien esthétique alcoolique, je m'attendais à quelque chose de satanique, du type poupée vaudoue plantée d'aiguilles ou disque de rap.

Mais ce qu'il brandissait avec rage, c'était un livre.

Dix Petits Nègres d'Agatha Christie.

Lundi 7 mai

Dans la série « Je passe un casting pour un spot télé sur les ravages de la drogue », Perchois nous a fait un numéro d'anthologie. On ne l'avait pas vu venir, mais on l'a senti passer. Surtout Oscar…

« Il lit Agatha Christie ! C'est un déviant, un hérétique ! s'emporta JPP avec la délicatesse d'un chef du Ku Klux Klan. Nous avons un traître en notre sein ! Et quel sort réservons-nous aux traîtres ? »

Devant la fureur soudaine de Perchois, l'assistance se figea. Dolorès finit par balbutier :

« Ben… On n'en sait rien… On n'a jamais eu de "traître".

— Exactement ! exulta Perchois. C'est pourquoi il faut faire un exemple ! Je propose pour cet apostat l'interdiction à vie de toute activité holmésienne !

— Vous trouvez vraiment que c'est adapté ? intervint Eva.

— Tu as raison ! renchérit Perchois. On va lui péter un genou en plus !

— Un genou ? fis-je, horrifiée.

— Ah, tout de suite ! s'agaça Perchois. J'ai dit le genou comme j'aurais dit le poignet. Je suis ouvert à toute proposition. »

Oscar était au bord du collapsus, il fallait que j'intervienne.

« Ça suffit, Jean-Patrick. Je sais que nous sommes tous à bout de nerfs, mais Oscar ne veut de mal à personne…

— Regardez-le ! m'interrompit Perchois, de plus en plus excité. Aurait-il l'air aussi troublé s'il n'était pas coupable ? Je demande à ce qu'Oscar soit passé à la question !

— Vous vous croyez au Moyen Âge ? dis-je en commençant à m'énerver.

— Posons-lui des questions pour le confondre ! insista Perchois. Vous verrez tout de suite que c'est un infiltré. Allez, dites-nous combien de marches compte l'escalier qui conduit à l'appartement de Holmes et de Watson au 221b, Baker Street ? Hein ? Voilà une information qu'un holmésien ne peut ignorer !

— Dix-sept marches, répondit immédiatement Oscar.

— Ne rentre pas dans son jeu ! fis-je. Il est en plein délire.

— Je n'ai rien à cacher ! lança Oscar.

— Rassure-toi, personne n'en doute, continuai-je.

— Ça, ma petite Audrey, c'est vous qui le dites, lâcha Eva.

— Hein ?

— Quelles sont les premières paroles que Holmes adresse à Watson au moment de leur rencontre ? fit Perchois qui continuait son interro sans se rendre compte qu'on ne l'écoutait plus.

— Qui nous dit qu'Oscar n'a pas quelque chose à se reprocher ? continua Eva. Il fait bien propre sur lui, mais nous ne le connaissons pas !

— Vous êtes sérieuse ? fis-je.

— Vous êtes mal placée pour vous offusquer ! Vous-même vous avez joué un double jeu, la petite serveuse journaliste ! Et qui nous dit que vous ne continuez pas ? Que vous n'êtes pas sa complice ?

— Qu'est-ce que le club Diogène ? insista Perchois qui s'était assis sur la moquette et semblait maintenant s'adresser à sa lampe torche.

— Complice ?

— Vous avez oublié qu'on en est à six cadavres ? Il y a bien quelqu'un qui est responsable ! Et le choix commence à se réduire !

— Et la blessure de Watson, hein ? Où a été blessé ce brave compagnon ? continuait Perchois tout en essayant de faire entrer sa lampe dans sa bouche.

— D'ailleurs, ajouta Eva, maintenant que j'y pense, Oscar est plutôt bien placé dans la course du meilleur suspect. N'oubliez pas que l'élimination de la concurrence, qui semble être le mobile le plus plausible de notre meurtrier, a commencé *avant* notre arrivée ici. »

Eva s'approcha d'Oscar et planta ses yeux dans les siens.

« Vous nous avez raconté l'accident de votre père, une histoire fort étrange. Et s'il avait été le premier sur la liste ? Et si quelqu'un avait essayé de le tuer ?

— Qui ça ? balbutia Oscar.

— Celui qui n'avait aucune chance d'être sélectionné pour la chaire d'holmésologie ! Celui qui se retrouve au colloque par un invraisemblable concours de circonstances ! Celui qui en profite en plus pour régler son œdipe ! »

Eva marqua une pause pour faire encore un pas vers Oscar.

« Vous, monsieur Lecoq ! »

Dossier « holmésiens » – Fiche profil : Oscar Lecoq

À l'origine, c'était le père d'Oscar qui aurait dû participer au colloque, mais il avait eu un accident un mois avant le départ pour la Suisse. Un rat s'était baladé sous le capot de sa voiture et avait grignoté quelques fils de bon appétit. Dieu merci, la bête était sortie saine et sauve du coït contre nature entre le véhicule et un platane. Quant à papa, à moitié désossé, il mettait à profit un congé maladie définitif pour découvrir les joies de l'habitat plâtré.

Un professeur fut invité à remplacer le doyen au pied levé, mais il oublia d'éteindre sa gazinière en se couchant et put étudier de près l'étonnant phénomène de combustion des tissus humains sous pyjama en polyester. Dieu merci, la gazinière était sous garantie. Pour le reste, pas d'inquiétude, on a fait beaucoup de progrès dans le domaine des greffes.

Un second professeur, appelé en catastrophe et en remplacement, se montra moyennement motivé par ce voyage en Suisse. À raison, d'ailleurs… À peine venait-il d'accepter la charge du colloque qu'une autre charge lui tomba sur la tête : un lustre de Damoclès qui ornait son bureau depuis à peine un mois. Dieu merci, les installateurs du lustre ne firent aucune difficulté pour faire marcher leur assurance. Ce qui fut un réconfort pour les cinq enfants du professeur, et pour sa veuve.

C'est donc dans un état d'esprit tout particulier qu'Oscar Lecoq se trouvait à Meiringen. Même s'il avait été élevé dans la doxa holmésienne, il n'avait que vingt-cinq ans et venait à peine de terminer sa thèse sur *Sherlock Holmes et l'art de bourrer les pipes : sémiotique d'un rite littéraire*. On lui avait bien fait la leçon :

pas de vagues, pas d'initiatives, vous êtes juste là pour présenter le travail de votre père, en évitant toute proximité avec des rats, des gazinières et des lustres.

Lundi 7 mai

Comme il était écrit qu'Eva von Gruber ne pouvait laisser un homme indifférent, même saint Oscar laissa parler ses hormones. Dans les yeux de notre angelot s'allumèrent des éclairs de fureur. À la surprise générale, il fit valser son auréole, remballa ses ailes immaculées et déversa sa colère.

« Vous racontez n'importe quoi ! Laissez mon père tranquille, je n'ai tué personne ! Quant à la chaire d'holmésologie, je n'ai aucune expérience et je n'ai jamais été dans la course ! Au lieu de déblatérer des inepties, vous feriez mieux de vous concentrer sur *Dix Petits Nègres*. J'ai trouvé ce livre dans la chambre de Benjamin Rufus quand on a rangé ses affaires, et ce n'est que maintenant que le message m'apparaît évident. Ça ne peut pas être une coïncidence !

— Quel message ? s'étonna Dolorès. Quelle coïncidence ?

— Vous n'avez jamais lu autre chose que Sherlock Holmes ou quoi ? lâcha Oscar d'un ton méprisant, histoire de continuer son opération “nettoyage de printemps”. L'intrigue des *Dix Petits Nègres*, c'est dix personnes bloquées sur une île, sans possibilité de s'échapper, qui sont assassinées une par une. Ça ne vous rappelle rien ?

— Maintenant que tu en parles…, souffla Dolorès.

— Tu penses qu'un fou nous a réunis ici pour nous

tuer un à un, comme dans ce roman ? dis-je. Tu crois que c'était prémédité ?

— Personne ne pouvait prévoir que l'hôtel serait bloqué par la neige ! répliqua Eva.

— Et si c'était une action terroriste des poirophiles destinée à éradiquer les holmésiens ? lança tout à coup Perchois pour démontrer qu'il lorgnait la place de gâteux en chef laissée vacante par Bobo.

— Hercule Poirot n'apparaît pas dans *Dix Petits Nègres*, fit Oscar, d'un ton redevenu conciliant.

— Justement ! s'excita Perchois. C'est pour masquer leurs traces : le poirophile est sournois !

— Calmez-vous, Jean-Patrick, dit Oscar qui nous faisait une rechute d'auréole. Pourquoi feraient-ils ça ?

— Par jalousie ! Holmes est bien plus célèbre que Poirot ! La chaire à la Sorbonne serait une consécration insupportable pour les adorateurs du ridicule Belge à moustache ! C'est pour ça qu'on veut nous éliminer !

— Arrêtez vos délires ! fis-je. S'il y a vraiment un message à lire dans *Dix Petits Nègres*, posons-nous les bonnes questions. Et d'abord : qui est le coupable dans ce roman ?

— Si je me souviens bien, c'est le personnage du juge, répondit Dolorès. Il fait croire qu'il est piégé sur l'île comme les autres, mais c'est lui qui a tout organisé.

— C'est ça, confirma Eva, ensuite il met en scène sa propre mort pour continuer à assassiner ses petits camarades sans se faire remarquer. Tout le monde se soupçonne pendant que le coupable est tranquillement allongé dans sa chambre ! Mais alors… Ça veut dire que…

— Qu'un des cadavres de la chambre froide pourrait être…, continua Dolorès.

— Le meurtrier, bien vivant ! s'exclama Oscar.

— C'est Rufus ! s'écria Dolorès. Le roman était à lui ! Il a pu mettre en scène sa mort avec une flaque de faux sang et un vélo posé sur lui !

— Son comportement était des plus malsains, j'en sais quelque chose, renchérit Eva. On a peut-être affaire à un jeune ambitieux machiavélique !

— Et pourquoi pas Durieux ? suggéra Oscar. Il peut avoir simulé un empoisonnement.

— Ou alors Durieux *et* Rufus ! continua Dolorès. Ils sont peut-être complices !

— Dans ce cas, nous n'avons plus qu'une chose à faire, lançai-je. Il faut aller vérifier les cadavres ! »

Notre troupe prit le chemin du hall d'exposition des macchabées. On profita du voyage pour descendre le corps de McGonaghan et compléter la collection.

Rodriguez, Rufus, Bobo, Durieux, Gluck. Le meurtrier de McGonaghan se cachait-il parmi eux ? C'était la première question que nous nous posions. La deuxième question étant : comment va-t-on vérifier ça ?

« Il paraît que dans le temps les employés des pompes funèbres mordaient le gros orteil du mort pour vérification avant de le mettre en bière, d'où le nom de croque-mort, dit Oscar.

— Super, je te souhaite bon appétit, fit Eva. Tu commences par lequel ?

— C'est que…, hésita Oscar, je disais ça comme ça…

— D'autres idées ? demanda Dolorès.

— On pourrait les re-tuer pour être sûr ? tenta Oscar.

— Les re-tuer ? grimaça Perchois. Qu'est-ce que ça veut dire ?

— On plante un pieu dans leur cœur, comme ça on

est sûr qu'ils sont tous morts. Et du même coup, s'il y a un vampire parmi eux, on élimine le problème.

— Ça devient n'importe quoi, soupira Eva.

— J'ai peut-être une idée, fis-je. On pourrait leur planter une fourchette dans la jambe. Si l'un d'eux joue la comédie, il devrait réagir.

— C'est pas bête, fit Perchois. Qui s'en charge ? »

Dans une remarquable harmonie entre les morts et les vivants, les volontaires étaient aussi nombreux autour de la table que dessus.

« On n'a qu'à tirer au sort, proposai-je.

— La courte paille ? fit Oscar. Tenez, il y a des spaghettis ici. Il suffit d'en couper cinq de longueurs différentes. »

Et Oscar de joindre le geste à la parole, l'utile au désagréable et le spaghetti à la cantonade. Chacun regarda son bout en se disant que ce n'était pas demain la veille qu'il remangerait italien.

« On est tous d'accord ? fit Perchois après la distribution. C'est Dolorès qui a le plus court. À vous l'honneur de la fourchette.

— Je… Je ne sais pas si je vais pouvoir…, balbutia une Dolorès prise de tremblements, dans un moment de faiblesse qu'Eva savoura en grignotant son spaghetti.

— Tu n'as qu'à te dire que tu vas vérifier la cuisson de ton rôti, conseilla Eva. Ça te donnera du courage. »

Dolorès empoigna l'instrument pendant que nous affichions les mines soulagées de ceux qui ont échappé au pire, puis elle se posta face à la table vers laquelle elle lança, d'une voix redevenue vengeresse :

« Je voudrais d'abord dire au meurtrier qu'il est cerné. Il lui reste une seconde pour se dénoncer avant la boucherie ! Non ? Personne ? OK, tu l'auras voulu ! »

Dolorès s'approcha du premier corps. Elle reprit son souffle, ferma les yeux et planta sa fourchette d'un grand coup sec.

« Bon, déjà, c'est pas celui-là, vu ce que je lui ai mis…

— Euh… Certes, fit Oscar. Mais, pour le prochain, vous devriez ouvrir les yeux parce que, là, c'est la table que vous avez plantée.

— Au moins, grâce à toi, on sait que la table n'est pas coupable, lâcha Eva.

— Tais-toi ou je t'offre un lifting artisanal ! cria Dolorès.

— Mesdames, je vous en prie ! fit Oscar. Un peu de décence devant les dépouilles de nos compagnons !

— Je ne vais pas tarder à en rajouter une, de dépouille », marmonna Dolorès en se remettant en position. Elle ferma un œil, plissa l'autre et recommença l'opération dans un ploach peu ragoûtant.

« C'est bon ? demanda Dolorès. C'était bien un corps, cette fois ? Il n'a pas crié ?

— Non, fit Eva, mais celui-là tu aurais pu te l'éviter : c'est Rodriguez. Et tant qu'il aura les genoux à l'envers et la nuque à angle droit, il aura du mal à se balader dans l'hôtel pour nous massacrer.

— Tu aurais pu me le dire avant ! Je t'avertis, j'en fais un dernier et c'est toi qui prends la suite !

— Certainement pas, répliqua Eva. T'avais qu'à tirer la bonne nouille.

— Ah ça, pour tirer les nouilles, tu es imbattable.

— Qu'est-ce que tu as dit ? s'indigna Eva. Répète un peu !

— Si en plus tu as des problèmes d'audition, je vais parler plus fort : va te faire botoxer chez les Grecs ! »

Le conseil de Dolorès, un décasyllabe joliment rythmé soutenu par une diction fort inspirée, fut apprécié à sa juste valeur. On nous apprend qu'il a fallu quelques milliers d'années pour que le langage articulé fasse passer l'homme de l'animalité à la civilisation, mais on oublie souvent qu'un mot suffit pour faire le chemin inverse en une fraction de seconde. Les paroles de Dolorès réveillèrent en Eva des pulsions primitives enfouies derrière une carrosserie ripolinée dernier cri. Ce fut l'éveil de la Bête, le choc des instincts, et le dénouement tant retardé de la lutte souterraine qui faisait rage depuis des mois entre les deux rivales.

Question duel, Eva avait l'avantage de la jeunesse (quinze ans de moins) et de la taille (quinze centimètres de plus), mais Dolorès avait de la ressource. L'idée d'entamer les hostilités en plantant son talon aiguille dans le petit orteil qu'Eva avait imprudemment laissé à l'air libre était excellente d'un point de vue stratégique. En sus de la douleur déstabilisatrice, elle permettait de déplacer le centre de gravité de l'adversaire, qui se pliait en deux par réflexe, et d'enchaîner avec la technique un peu rustre, mais maintes fois éprouvée, de la collision pédestre avec le fondement (plus connue sous le nom de « coup de pied au cul »). Le résultat : un vol plané, plus ou moins réussi en fonction de l'aérodynamisme du sujet. Et, dans ce domaine, on pouvait faire confiance à Eva, elle avait le fuselage profilé.

Un angle de départ bien choisi permit à Eva de décoller sur piste courte sans se raboter les implants sur le bord de la table. Le nez, dessiné par l'un des meilleurs designers de Paris, assurait une parfaite pénétration dans l'air. Les bras, en position Christ clouté, offraient un bon équilibre à l'ensemble. L'impulsion serait-elle suffisante pour obtenir un survol complet de la pièce et entrer dans le Guinness des records ? Malheureusement, non. Car Eva n'avait pas la possibilité, dans l'état actuel de la chirurgie esthétique, de rentrer ses trains d'atterrissage ; si bien que la prometteuse parabole se vit bientôt contrariée par le surplus de bagages, et qu'il fallut se rendre à l'évidence : on s'acheminait vers l'atterrissage en catastrophe.

En plein sur la table. Là où reposaient les collègues. Aïe.

Le temps, qui n'est pas un mauvais bougre contrairement aux rumeurs, s'arrêta un instant pour nous laisser prendre conscience que ce qui allait se passer nous coûterait quelques séances chez le psy pour évacuer le traumatisme.

Le crash de la Eva Airlines dans la vallée de la Mort se fit dans un fracas que même les onomatopées les mieux disposées ne sauraient rendre, car une part du réel échappe à toute tentative de domestication par le langage, comme disait Marcel Proust (à vérifier). Mais ce n'est pas le bruit qui traumatisa les spectateurs de la scène, ni les cadavres roulant sur le sol après l'effondrement de la table, ni la vision d'Eva s'extirpant de l'amas de viande froide comme dans la plus gore des séries Z, non, c'est quelque chose d'autre. Un truc du genre coup de théâtre.

Pendant la manœuvre de propulsion, Dolorès avait perdu l'équilibre, s'était emmêlé les pinceaux et avait fini par terre, la fourchette à la main. Alors qu'Eva se relevait avec peine en s'épouillant de l'ADN des collègues, Dolorès était restée au sol, face contre carrelage. Oscar se précipita pour l'aider, la bascula sur le côté, et poussa un cri devant l'atroce spectacle.

Dolorès avait la fourchette plantée dans le ventre.

Nous formions un cercle autour d'elle, les vivants aussi livides que les morts, tous réunis dans la même paralysie. Même Eva n'en menait pas large. C'est à cet instant qu'il se passa un événement que personne n'aurait pu prévoir, le genre de péripétie qu'on ne trouve que dans les romans-feuilletons… Nos lampes sont braquées sur le ventre de l'enfourchettée, quand nous entendons un râle. Les faisceaux remontent sur son visage, elle se frotte le crâne en disant :

« Qu'est-ce qui s'est passé ?

— Enfin, Dolorès…, souffla Perchois, horrifié.

— Ne vous inquiétez pas, je vais bien, fit Dolorès en se redressant.

— Ce n'est pas possible…, bredouilla Oscar.

— Si, si, tout va bien ! J'ai dû faire un petit malaise. C'est la grossesse, ça !

— Assez, Dolorès ! s'écria Eva. Vous avez une fourchette dans le ventre !

— Une fourchette ? Vous prenez vos rêves pour des réalités, ma pauvre Eva, ricana Dolorès. J'ai… Ah oui, tiens… une fourchette…

— Ce n'est pas possible ! s'exclama Oscar. Vous ne sentez rien ?

— Non, non, répondit Dolorès avec la tête de celle qui vit un des grands moments de solitude de son existence.

— Vous n'avez pas compris ? fulmina Eva. Dolorès se moque de nous depuis le début ! Elle n'a jamais été enceinte ! Elle doit avoir un coussin ou un truc comme ça pour simuler !

— Un coussin ? fit Oscar, éberlué. Pourquoi avoir fait ça ?

— Pour la chaire d'holmésologie, bien sûr ! poursuivit Eva. Bobo adore les femmes enceintes, c'est Dolorès elle-même qui me l'a expliqué ! J'aurais dû tout comprendre à ce moment-là !

— Dolorès ? C'est vrai ? demandai-je. Comment avez-vous pu ?

— Oh, ça va, on ne va pas en faire des tartines ! se défendit-elle. Personne ne dit rien à Eva qui a encore gagné deux tailles de bonnet juste pour pouvoir agiter ses obus sous le nez de Bobo ! C'est pas moi qui ai commencé ! Mon ventre factice, c'est de la légitime défense. Je me bats avec les armes que j'ai, alors évitez-moi la morale ! »

Sous nos regards stupéfaits, Dolorès arracha la fourchette de son ventre et la brandit au-dessus de sa tête.

« Enlevez-moi cette fourchette, elle a une vie autonome, je sens qu'elle veut aller se planter dans les parties charnues de quelqu'un d'autre ! »

Mais Eva avait déjà tourné les talons et quitté la chambre froide en disant que tout ça se paierait un jour. Perchois, visage fermé, avait entrepris de replacer les cadavres sur la table de façon mécanique. Oscar fixait mon air sidéré d'un air ahuri. Dolorès retira un énorme coussin de sous sa robe en grognant que la fourchette lui avait bousillé sa plus belle Chanel.

Il était temps d'aller se reposer.

Carnets de Jean-Patrick Perchois

Maître, j'ai parcouru hier soir le Canon pour trouver du réconfort dans l'atmosphère funèbre qui nous envahit. Vous avez rarement été confronté à des cadavres, mais à leur contact vous êtes toujours resté fidèle à vous-même, impassible. Ici, nous en sommes à six depuis hier, et je ne m'y fais toujours pas. Même la mort de McGonaghan m'a fichu un sale coup au moral. En d'autres circonstances, j'aurais ouvert le champagne, mais le destin a voulu que Bobby me gâche même le plaisir de sa disparition…

Le repas de midi a été l'occasion de se changer un peu les idées, le temps d'une séquence minauderie entre nos deux grands ados, Oscar et Audrey. Il fallait les voir, rougissants, nous servir le plat qu'ils avaient préparé tout en batifolant dans la cuisine. C'est vieux comme l'immonde : dès que thanatos étend son ombre funeste, éros tente de résister par du tripotage intempestif. L'angoisse de la mort, le besoin de réconfort et des phéromones compatibles ont allumé chez ces jeunes gens un feu intérieur dont l'intensité est allée croissant au fur et à mesure que les mains se frôlaient autour de la ratatouille. Au moment où j'écris ces mots, Oscar et Audrey se jettent des regards si dénués de toute ambiguïté que nous pouvons espérer vivre à court terme une scène d'amour qui nous sortira un peu de l'atmosphère irrespirable dans laquelle nous sommes en train de nous enfoncer.

Respirer… Voilà ce qui me fait de plus en plus souffrir… Car depuis trois jours, malgré tous mes efforts pour me rapprocher de vous, je ne vous entends plus, Maître.

Que me reste-t-il comme solution, sinon celle à 7 % ?

Par pitié, répondez-moi…

Lundi 7 mai

Six cadavres pour cinq survivants, il fallait voir les choses en face : on allait avoir du mal à revenir au score. Entre nous, deux questions insidieuses, lancinantes, accablantes : « Qui est le meurtrier ? » et « Qui sera le prochain à rejoindre l'équipe adverse au frigo ? » Difficile de regarder son voisin de table sans arrière-pensée… Dolorès et Eva, les névroses en bandoulière, semblaient capables de tout et de n'importe quoi (surtout de n'importe quoi). Jean-Patrick Perchois, truffé à la coke, se zombifiait à vue d'œil, atteignant le stade « émacié blafard à l'œil vide ». En revanche, Oscar restait égal à lui-même, calme et patient, jamais avare de petites attentions et de mots gentils, si bien qu'on pouvait se demander par moments si ce n'était pas lui le plus bizarre… De mon côté, j'essayais de garder mon équilibre mental en me disant que j'aurais une histoire en or à raconter en sortant d'ici, mais la tournure des événements dans les heures qui ont suivi a un peu altéré l'efficacité de ma méthode…

À la fin du repas de midi, alors que JPP s'était calé dans un fauteuil pour écrire dans son carnet et qu'Oscar, Eva et moi étions en train d'étudier la capacité de dilution de l'angoisse dans l'alcool, Dolorès prit la parole. Elle semblait tourmentée (normal), mais elle était restée silencieuse pendant tout le repas (pas normal).

« Je… je dois vous dire quelque chose… J'ai l'intuition qu'il se passe entre ces murs quelque chose de terrible…

— Quelque chose de terrible ? fit Eva en surjouant l'effroi. Après six morts, je dis bravo à ton intuition !

— Je ne plaisante pas ! dit Dolorès en se mettant à chuchoter. Je sens une présence…

— C'est marrant, fit Eva. Moi, j'en sens de moins en moins des présences dans cet hôtel.

— Je crois qu'aucun de nous ici n'est le meurtrier, continua Dolorès, le visage crispé, sans même relever les sarcasmes de sa collègue.

— Vous pensez donc que le tueur se cache dans l'hôtel ? demanda Oscar. C'est ma théorie depuis le début ! Il faudrait sonder les murs, chercher une trappe…

— Non, l'interrompit Dolorès, je ne crois pas que le meurtrier se cache. Je crois qu'il est là, tout près de nous, mais que nous ne le *voyons* pas.

— Ça y est, fit Eva, son cerveau a fondu ! Vous me direz, ça faisait longtemps que ça sentait le brûlé.

— Vous pouvez vous moquer, répondit Dolorès d'un ton douloureux, je sais que j'ai raison. Cet hôtel est hanté par un esprit. Un esprit vengeur ! »

À cet instant, un grincement de porte nous fit sursauter, un courant d'air nous fit frissonner, les bougies s'éteignirent, nous plongeant dans l'obscurité. C'était une coïncidence, mais ça fichait quand même les chocottes.

« Un esprit ! fit la voix rauque et lointaine de Perchois. Il ne manquait plus que ça ! Ah, Sherlock avait bien raison quand il disait des femmes dans *La Deuxième Tache* : “Comment construire sur de tels sables mouvants ?”

— Complétez vos lectures avec *L'Homme à la lèvre tordue*, contre-attaqua Dolorès en braquant une lampe torche sur JPP, et méditez ces paroles : “J'en ai vu trop pour ne pas savoir que l'intuition d'une femme peut avoir plus de valeur que la conclusion analytique d'un logicien.” Vous pouvez penser ce que vous voulez, mais nous sommes victimes d'un esprit qui cherche à se venger de Sherlock Holmes à travers nous, les gardiens de sa mémoire. Nous sommes les proies de l'esprit d'un criminel qui est mort tout près d'ici, il y a cent vingt ans jour pour jour, le 4 mai 1891, et qui depuis attend sa revanche !

— Vous croyez que…, fit Oscar, la mine décomposée.

— Tu veux parler de…, balbutia Eva.

— Oui, mes amis, je crois que celui qui nous tue un par un, c'est l'esprit de l'ennemi juré de Holmes, l'esprit du professeur Moriarty ! »

Sherlock Holmes pour les Nuls (extrait)

M comme Moriarty : Le professeur Moriarty est décrit par Sherlock Holmes comme le « Napoléon du crime » et leur combat à mort dans les chutes de Reichenbach reste le point d'orgue des aventures du détective londonien.

Si l'on y regarde de plus près, on dira que le professeur Moriarty est l'ancêtre des supervilains qui rivalisent de perversité dans les comics américains. Batman a son Joker démoniaque, Spiderman son Bouffon vert machiavélique, Holmes son Moriarty anglais. Mais là où le méchant américain se décarcasse pour trouver des costumes bigarrés et bien moulants, des pseudonymes aussi évocateurs que le Pingouin ou Mr Freeze, et des pouvoirs fascinants comme voler sur un skate-board ou creuser des trous sans pelle, le professeur Moriarty ne fait aucun effort. Un sex-appeal affligeant (« Il est glabre, livide, la mine ascétique »), des hobbies consternants (« Il a écrit un traité sur le binôme de Newton »), des gadgets rances (« Il porta rapidement la main à sa poche et en sortit un calepin »), une stratégie publicitaire d'une médiocrité sidérante (« Cet homme gangrène Londres et personne n'a entendu parler de lui »), voilà tout ce que peut offrir le vilain Moriarty (un prof de maths !). En résumé, c'est pas demain la veille qu'on trouvera sa figurine chez McDo.

Pire encore, Moriarty maîtrise tellement mal sa promotion que de nombreux lecteurs sont allés jusqu'à remettre en cause son existence. Pour certains, il n'est qu'une fable que Holmes fait gober à Watson pour justifier sa fausse mort et son départ de Londres pendant trois ans ; pour d'autres, il est la face obscure d'un Holmes schizophrène atteint du syndrome de Jekyll & Hyde.

Aussi poussiéreux que les livres dans lesquels il perd son temps, le professeur Moriarty n'a jamais su se vendre. Holmes va même le qualifier de « philosophe », peut-on tomber plus bas ? En conclusion, on dira que Moriarty nous permet de comprendre pourquoi les Britanniques, campés avec arrogance sur leur culture passéiste, ont perdu leur empire ; et comment les Américains ont su, grâce à leur esprit d'entreprise et à leur merchandising réactif, illuminer le monde par une civilisation du bon goût. En conclusion, on a les méchants qu'on mérite.

Et qu'on ne vienne pas me dire que je fais du délire interprétatif.

Lundi 7 mai

L'esprit du professeur Moriarty… Dans n'importe quel autre contexte, ce discours n'aurait déclenché que des rires moqueurs, mais après trois jours de claustration, dans un salon dévoré par l'ombre, à proximité de six cadavres, avec le look de sorcière de Dolorès en clair-obscur, on se sentait d'humeur moins péremptoire.

« Vous voulez dire que vous croyez aux esprits ? demanda Oscar qu'on avait connu plus vif.

— Et pourquoi pas ? répliqua Dolorès. Rappelez-vous qu'Arthur Conan Doyle lui-même était un spirite convaincu.

— Bon, intervint Eva, dans l'hypothèse absurde où tu ne raconterais pas n'importe quoi, qu'est-ce qu'on peut faire pour se défendre contre un esprit ?

— J'en sais rien, je ne suis pas spécialiste. Je peux réciter un rosaire, mais je ne garantis pas l'efficacité.

— Pour combattre un esprit malin, fit Oscar, il faut invoquer un esprit positif qui serait prêt à nous défendre. En tout cas, ils font comme ça dans *L'Exorciste 5, mon curé chez les satanistes*.

— Un esprit protecteur ? fit Eva. Il n'y a qu'à s'adresser à Jean-Patou, il a un forfait illimité avec Holmes. Tu pourrais lui demander un coup de main, JPP ? »

Mais Jean-Zombie Perchois ne réagit pas à la remarque d'Eva. À l'écart dans son fauteuil, il se balançait d'avant en arrière, le regard dans le vague, comme s'il voulait qu'on le trouve encore plus rassurant que d'habitude. C'est à ce moment que j'ai senti en moi la rationalité pousser un cri de révolte.

« Stop ! On est en train de dérailler ! Aux dernières nouvelles, les revenants, ça n'existe pas !

— Vous ne *croyez* pas qu'ils existent, Audrey, corrigea Dolorès. Ce n'est pas la même chose.

— Quand bien même les esprits des morts nous rendraient visite, dis-je, agacée, je vous rappelle que Holmes et Moriarty sont des êtres de fiction ! »

Avant même de finir ma phrase, je savais que j'allais le regretter. Remettre en cause l'existence de Holmes, on avait lapidé de l'infidèle pour moins que ça.

« Comme vous y allez, Audrey ! fit Dolorès, choquée. Ce n'est pas ce que vous sembliez dire dans votre *Sherlock Holmes pour les Nuls* !

— C'était un jeu d'esprit, je l'avais expliqué à McGonaghan !

— Vous avez de la chance que Perchois l'inquisiteur se soit absenté de son corps, ajouta Eva.

— Qu'importe leur existence réelle ou pas, intervint Oscar, décidé à m'éviter le pal. Je repense au roman de Fabrice Bourland, *Le Fantôme de Baker Street*. Deux enquêteurs sont confrontés à l'ectoplasme de Sherlock Holmes lors d'une séance de spiritisme. L'esprit du grand détective les met en garde contre des crimes perpétrés par d'autres figures mythiques de la littérature victorienne qui investissent le monde des vivants, comme Dracula, Mister Hyde ou le professeur Moriarty. Le roman repose sur la théorie selon laquelle les pensées humaines sont des choses qui peuvent se matérialiser. Dans le cas de Sherlock, les milliers de personnes croyant en son existence lui offriraient une vitalité psychique exceptionnelle et lui permettraient de mener une vie autonome dans un monde intermédiaire entre la réalité et la fiction.

— C'est bien beau, mais il s'agit d'un roman ! fis-je, pour m'accrocher à ma bouée de sauvetage rationnelle.

— Et alors ? Dans *L'Affaire du chien des Baskerville*, Pierre Bayard développe une théorie proche de celle-ci. Je vous cite sa conclusion de mémoire : “Il n'est pas vrai que les morts soient morts. Dans la fiction comme dans la réalité, ils possèdent une forme singulière d'existence et continuent à côtoyer les vivants, pesant sur leurs décisions, dictant leurs propos et jusqu'à leurs pensées.” Par conséquent, qu'un “vrai” revenant s'en prenne à nous ou que l'un d'entre nous soit "possédé", c'est-à-dire influencé dangereusement par un personnage de fiction, cela revient au même : nous devons nous débarrasser d'un esprit criminel. »

Quand Oscar eut prononcé ces paroles, tous nos regards se tournèrent vers Perchois qui s'était installé la tête en bas dans son fauteuil et qui psalmodiait des paroles incompréhensibles en grattant son bras couvert de piqûres avec son gros orteil. Il ne faut pas se fier aux apparences, d'accord, mais bon quand même y en a qui cherchent.

« Vous pensez comme moi ? murmura Dolorès en hochant la tête en direction de notre drogué contorsionniste.

— Réel ou fictionnel, Holmes l'a influencé toute sa vie, confirma Eva.

— Il est vrai que certains schizophrènes entendent des voix, ajouta Oscar.

— Et qu'ils deviennent parfois psychopathes, fis-je. Rappelez-vous avec quelle violence il s'en est pris à Oscar ce matin à cause du roman d'Agatha Christie.

— Qu'est-ce qu'on peut faire ? s'interrogea Dolorès.

— On pourrait organiser une séance de spiritisme, proposa Oscar. Expliquons à Perchois que nous allons contacter l'esprit de Sherlock Holmes pour lui demander son aide. Peut-être cela lui fera-t-il un électrochoc ? Peut-être cette mise en scène lui fera-t-elle avouer sa culpabilité ? »

Et nous voilà partis pour un épisode « sciences occultes », une nouvelle et brillante étape dans notre irrépressible descente vers les profondeurs du grotesque… Eva et Dolorès s'approchèrent de Perchois et lui annoncèrent de façon solennelle que l'heure de l'affrontement final entre Holmes et Moriarty était venue.

« Vous voulez faire tourner les tables ? s'étonna Perchois d'une voix rauque.

— Exactement, confirma Oscar. C'est le pari de Pascal revisité : si les esprits existent, on a tout à gagner d'y croire ; s'ils n'existent pas, nous n'avons rien perdu.

— Et le ridicule ? dit Perchois.

— Le ridicule ne tue pas, c'est bien connu, fit Eva. Le regretté McGonaghan aurait ajouté : “La preuve, vous êtes encore là.” Paix à son âme.

— Bon, allons-y, dit Perchois en se levant avec difficulté de son fauteuil, ça nous fera toujours tuer le temps, à défaut d'autre chose... »

Après une petite polémique domestique sur les préférences des esprits en matière de table (carrée en bois ou ronde en plastique ?), de nappe (à rayures ou fleurie ?), de bougie (lavande ou bergamote ?) et de maîtresse de cérémonie (Eva ou Dolorès ?), nous nous sommes retrouvés assis tous les cinq autour d'une table ovale en marbre, sans nappe, présidée par Oscar et éclairée à la pile.

La pauvre lumière projetait sur les murs nos ombres déformées, caricatures fantastiques de têtes aux nez monstrueux. Quand l'un bougeait sa main, c'était une pince gigantesque qui semblait s'abattre sur nos crânes démesurés ; quand l'autre parlait, sa bouche s'ouvrait comme la mâchoire d'un ogre. En clair, c'était la bonne ambiance pour faire tourner les tables.

« Bien, fit Oscar, donnons-nous la main pour permettre au flux énergétique de passer.

— Il faut que je change de place, dit Dolorès. Si je donne la main à Eva, les ondes négatives risquent de tarir le flux.

— Tu devrais même changer de pièce si tu veux nous éviter tout parasitage, renchérit Eva.

— D'où tu sors cette histoire de mains ? m'étonnai-je.

— Euh… *Halloween 14, le retour de la citrouille tueuse*, un film sympa…, répondit Oscar. Mais on peut sans doute s'en passer… »

À l'unanimité moins Perchois, dont l'esprit était de nouveau parti rejoindre on ne sait quel ectoplasme, l'assemblée décida d'éviter tout contact physique. Oscar prit une profonde inspiration et commença à déclamer d'une voix solennelle :

« Esprit de Sherlock, je t'invoque à cette table ! Es-tu parmi nous ? Frappe un coup pour oui et deux coups pour non. »

Avec son invitation, Oscar fit un bide. Je faillis taper un coup sous la table pour le réconforter, mais mon instinct de survie me supplia de rester tranquille.

« Une question, fis-je, toujours perturbée par mon sens logique. S'il n'est pas là, comment pourrait-il taper deux coups ?

— Si deux coups sont frappés, s'agaça Dolorès, ça voudra dire que nous avons affaire à un autre esprit que celui de Holmes. Maintenant, chut !

— Esprit de Holmes, je t'invoque devant cette assemblée ! Tape un coup pour signaler ta présence. Euh… S'il te plaît. »

Le silence s'installa de nouveau. Personne ne bougeait, pas une paupière ne cillait. Perchois était le meilleur à ce jeu, on aurait pu le croire mort.

« Esprit de… », recommença Oscar avant d'être interrompu par ce que nous attendions, tout en ne l'attendant pas (ou inversement).

Un coup. Les regards s'échangèrent, incrédules.

Un deuxième coup. Les bouches s'animèrent, étouffant des cris.

Un troisième coup. Les sourcils se froncèrent. Trois coups ? Qu'est-ce que c'est que ce binz ?

« Dis-moi, Oscar, dans la vengeance de ta citrouille, ils traduisent ça comment, trois coups ? demandai-je.

— Aucune idée… C'est peut-être un esprit blagueur ?

— Ou alors il ne sait pas compter ? tenta Dolorès.

— Ou bien ce n'est pas un esprit, dit Eva, en regardant le plafond. Ça semblait venir d'en haut.

— Vous pensez à quoi ? » fis-je.

À peine avais-je posé ma question que trois coups de plus résonnèrent dans la pièce. Tout le monde se dressa comme si la chaise nous avait envoyé une décharge, sauf Perchois qui tenait jusqu'au bout le défi du paralytique.

« Oui, confirmai-je en me rapprochant du hall, ça vient de là-haut. Qu'y a-t-il au-dessus de nos têtes ?

— La chambre de Rodriguez, soupira Eva en me rejoignant. J'ai compris.

— C'est… c'est lui qu'on entend ? balbutia Dolorès. Il est revenu dans sa chambre ?

— Non, c'est pas lui, fis-je, venant de comprendre à mon tour.

— C'est quoi alors ? demanda Dolorès.

— La marmotte qu'on y a enfermée, elle doit chercher à sortir.

— La marmotte ! s'indigna Dolorès. Elle nous a gâché notre séance !

— De toute façon, la séance n'aurait servi à rien », fit la voix d'Oscar dans notre dos.

Une voix si froide et si lointaine qu'elle en était presque méconnaissable. Une voix qui me glaça le sang. Qu'arrivait-il à Oscar ?

« Pourquoi dis-tu ça ? » bredouillai-je en me retournant.

Oscar se tenait debout à côté de Perchois assis. Ses traits figés exprimaient une immense lassitude.

« L'idée était de faire réagir Perchois, répondit Oscar. De vérifier s'il était le tueur. Or il est clair que ce n'était pas lui… »

Perchois restait assis à la table pseudo-tournante, les yeux fermés, exsangue et grimaçant. Oscar lui prit la main d'un air désolé et la laissa retomber mollement. La tête de Perchois bascula sur son épaule.

JPP n'était pas le meurtrier. JPP était le numéro 7.

En début d'après-midi, le corps de Perchois a rejoint les autres dans la chambre froide. Sept cadavres alignés, l'effet était saisissant. Sur l'autre rive, ce n'était pas mieux : Eva, Dolorès, Oscar et moi, blafards et défaits, avions vieilli de vingt ans. Sept morts et quatre morts vivants.

De toute évidence, Perchois avait succombé à une overdose. Mais avait-il pris sa dose fatale lui-même ou bien quelqu'un la lui avait-il administrée ? Nous avions beau essayer de nous persuader que JPP n'avait besoin de personne pour se détruire, l'hypothèse du meurtre trottait dans nos têtes…

Dans les minutes qui suivirent, Eva et Dolorès tombèrent d'accord pour la première fois de leur existence : nous allions nous barricader dans nos chambres respectives jusqu'à l'arrivée des secours. Nous nous sommes dit au revoir comme si nous partions pour un long voyage, puis nous avons refermé nos portes en espérant les rouvrir un jour…

C'est là que j'ai commencé à rédiger ce récit du week-end. Pourquoi ? Laisser un témoignage ? Me prouver que je n'avais pas rêvé ? Ou simple déformation professionnelle ? Au départ, mon but était d'enquêter sur des passionnés de littérature, des gens qui lui consacraient leur existence dans un monde où elle avait si peu de place, des doux dingues qui invitaient la fiction dans la vie réelle jusqu'à ne plus faire de différence entre les deux. Des doux dingues… C'est ce que je croyais en tout cas.

Les heures se sont écoulées et l'écriture m'a redonné de l'énergie. Plus j'écrivais sur l'angoisse et plus je prenais de la distance avec elle, m'autorisant même à renouer avec l'humour si subtil qui m'a valu tant de succès parmi les holmésiens. J'aurais pu continuer ainsi pour l'éternité, mais l'enveloppe protectrice que l'écriture m'avait offerte s'est déchirée en un instant. Lorsque – ça devenait lassant – Dolorès a crié.

Un hurlement terrible qui a fait remonter l'angoisse d'un coup.

J'étais paralysée, incapable de réagir. Ma conscience me parlait, avec la voix de ma mère : « Et si le tueur t'attendait ? Et si tu étais la prochaine ? Et si Dolorès servait d'appât ? » Maman avait raison, je devais me boucher les oreilles et attendre que ça passe. Mais c'était compter sans notre don Quichotte… Oscar était sorti de sa chambre. Déjà je l'entendais tambouriner à la porte de Dolorès en criant qu'elle tienne bon, qu'il venait à son secours. Alors j'ai ouvert ma porte (inconscience), je l'ai refermée à clé (conscience) et j'ai rejoint Oscar, pour mon malheur (on devrait toujours écouter sa maman).

« Elle ne répond pas, me dit Oscar, et on n'entend plus aucun bruit. Il faut que je défonce la porte.

— Attends, tu crois vraiment que… »

Comme dans les meilleurs films à testostérone, Oscar n'écouta pas la blonde effrayée qui potichait à ses côtés. Il prit son élan, courut jusqu'à la porte et la fracassa en même temps que son épaule droite, car les garçons aiment faire les intéressants.

La chambre était plongée dans le noir complet, et moi dans l'angoisse absolue. J'éclairai avec ma lampe torche. Pas un mouvement. Sauf…

« J'ai l'impression que quelque chose bouge à la fenêtre, bredouillai-je.

— Tu as raison, ce sont les rideaux.

— Tu entends ce drôle de bruit ? dis-je en tremblant de tous mes membres.

— Oui… Ça me fait penser aux bruits de succion d'un bébé prenant sa tétée, fit Oscar qui cherchait à me rassurer en appliquant une stratégie de diversion par l'image positive sans doute glanée dans une revue de psycho sur le thème "Comment parler à une fille angoissée et rester en vie".

— Tu dis ça parce que je tremble ? » demandai-je, vexée.

Alors qu'Oscar peaufinait une nouvelle réplique issue du dossier « Comment parler à une fille vexée et rester en vie », il se produisit un événement que personne n'avait anticipé. Un coup de théâtre éblouissant qui jeta tout à coup un éclairage inédit sur la scène : le retour de la lumière.

L'électricité fut rétablie dans un jaillissement presque douloureux, comme si, après trois jours dans le noir, on avait pris ses habitudes et on rechignait à en changer.

Une alarme assourdissante se mit à retentir pour bien nous signifier que la civilisation était de retour, avec ses circuits électroniques détraqués et ses nuisances sonores. Je me sentis perdue dans cette pièce saturée de lumière et de bruit. De son côté, Dolorès aussi semblait perdue, mais dans un sens plus définitif du mot... À cause de l'intrus qui farfouillait dans son sternum (je sais, c'est dégoûtant).

Un intrus qui montra une réactivité peu commune au stimulus lumineux puisqu'il fit un bond d'un mètre cinquante, planta ses griffes dans les rideaux, attaqua les lambris avec la frénésie d'un film en avance rapide, avant de retomber tel un ninja sur Dolorès. C'était un vrai spectacle d'horreur, dans un déluge de copeaux, de postillons et d'hémoglobine.

C'était la revanche de la marmotte démente.

Dolorès Manolete avait toujours nourri une passion pour les animaux. Surtout les hermines et les renards (elle collectionnait les manteaux de fourrure), mais aussi les lapins et les biches (en sauce grand veneur, un vrai délice). C'est cet amour débordant qui avait dû attirer la marmotte. Désarroi émotionnel après plusieurs mois d'hibernation ? Choc psychologique suite aux chutes de neige printanières ? Toujours est-il que la bête avait montré son affection à Dolorès avec beaucoup de générosité dans le maniement de la canine.

Elle lui offrait le brassard numéro 8.

Pendant que j'essayai de dominer une crise de panique de belle magnitude, Oscar se lança dans la chasse à la marmotte armé d'une couverture et d'un polochon. En matière de battue aux fauves, on avait vu des équipements plus musclés, mais Oscar s'en sortait comme un pro grâce à sa longue expérience dans la bataille de dortoir en colo.

La bête ne baissait pas la garde, elle fixait son ennemi à travers sa conjonctivite purulente, poussait des cris gutturaux de rescapé de trachéotomie, bavait des litres d'un liquide qui faisait fumer la moquette, mais esquivait toutes les attaques sans lâcher un centimètre. Soudain, un coup bien placé derrière son oreille croûteuse la désorienta. Oscar profita de son avantage pour gagner du terrain par de remarquables enchaînements coup droit/revers suivis d'une montée à la volée. Il avait presque réussi à acculer la bête écumante dans la salle de bains et se préparait au smash gagnant quand, d'un coup d'incisives porté avec l'énergie du désespoir, la marmotte fit éclater le polochon.

La partie était relancée, sous une pluie de plumes d'oie qui donnait à la scène une douceur neigeuse réconfortante et un évident intérêt esthétique. Oscar roula sa couverture en boudin ; la bête s'aplatit au sol, en boudin aussi. Le choc des titans s'annonçait. C'est alors que je suis intervenue.

J'avais dompté ma crise d'angoisse en me disant que ce n'étaient pas un rongeur irradié et une revue de psycho macho qui allaient me tenir tête. Sous le regard mi-admiratif, mi-sogyne d'Oscar, j'ai lancé une attaque sournoise dans le dos de l'adversaire. Et avant que la bête ait eu le temps de couiner, je l'ai attrapée par la queue, je ne l'ai pas montrée à ces messieurs, je l'ai balancée dans la cuvette des toilettes, j'ai baissé l'abattant, je me suis assise dessus, et j'ai tiré la chasse. Dix fois de suite.

Après quoi elle faisait nettement moins la maligne.

Dolorès reposait sous un duvet de plumes qui aurait donné l'air angélique à beaucoup, mais pas à elle, il ne faut quand même pas exagérer. Même dans la mort, elle avait l'air en colère. L'insupportable idée de mourir avant Eva avait dû lui gâcher le passage vers l'au-delà. J'eus une pensée pour l'employé des pompes funèbres qui serait chargé de lui refaire une beauté. Déjà au naturel, c'était un défi, mais arrangée comme elle l'était… Jamais je n'aurais pu imaginer qu'une marmotte puisse égorger un être humain…

« Jamais je n'aurais pu imaginer qu'une marmotte puisse égorger un être humain, fit Oscar à mes côtés, confirmant que le courant passait entre nous.

— D'ailleurs, on pourrait penser…, commençai-je.

— Que la marmotte est arrivée après, finit-il.

— Quelqu'un a pu l'égorger…, affirmai-je.

— Et la pauvre bête désorientée se servir ensuite au buffet à volonté, conclut-il.

— Dans ce cas…, balbutiai-je.

— Oui, dans ce cas, bredouilla-t-il.

— Allons voir ce que fait Eva, fis-je en me dirigeant vers le couloir. Elle est dans la chambre à côté, elle a dû tout entendre. Pourquoi n'est-elle pas intervenue ?

— Elle l'a peut-être fait de façon… radicale », répondit Oscar qui pensait ce que je pensais.

C'était parti pour un duo de tambourinage sur porte, excellent moyen pour défouler un trop-plein de stress lorsque d'autres activités de couple se révèlent impraticables. Mais nos efforts restèrent sans effet : aucune réponse de l'autre côté. Même en pleine lumière, c'était flippant. Alors Oscar, à qui il restait encore une épaule à déboîter, prit son élan, courut jusqu'à la porte et la défonça avec une belle énergie et un petit cri aigu. Il faisait noir dans la chambre, mais il y avait un rai de lumière sous la porte de la salle de bains. Oscar, qui n'avait plus d'épaules en stock, tourna la poignée en appelant Eva.

Elle ne répondit pas, mais elle avait des excuses. Elle était allongée sur le carrelage, mouillée comme si elle sortait de la douche. Aussi nue que morte.

Ce fut un choc. D'abord parce que le chirurgien esthétique avait vraiment fait du bon boulot, ensuite parce que trop de cadavres nuit au cadavre, enfin parce que nous nous retrouvions les deux seuls survivants du naufrage, comme échoués sur une île déserte. Mon esprit entra en surchauffe, mes pensées s'entrechoquèrent, je m'approchais dangereusement de la crise de nerfs. Nous n'étions plus que deux. Oscar et moi. Et je me disais que, si j'étais la meurtrière, je le saurais…

J'étais en train de dérailler. J'entendais Oscar bouger dans la pièce derrière moi. Oscar, un si gentil garçon… si prévenant… Ce n'était pas possible… Pourtant je n'osais pas le regarder… C'est alors que j'entendis un bruit dans mon dos, comme un bruit de chute. Le temps de me retourner, une nouvelle alarme fit vibrer les murs de l'hôtel, et je sentis un coup sur mon crâne. Ma tête explosa, la douleur me brouilla la vue, j'aperçus un visage aux contours familiers. Et puis plus rien.

En me réveillant, j'ai cru sortir d'un affreux cauchemar. Il faisait noir autour de moi, il n'y avait aucun bruit ; l'espace d'un instant, j'ai pensé que j'étais chez moi, dans mon lit, et que le week-end à l'hôtel Baker Street de Meiringen n'était qu'un mauvais rêve. Puis mon matelas m'a paru aussi dur et froid que du carrelage… et je me suis fait la réflexion que je dormais rarement les pieds et les mains liés… Tout devint évident… Oscar m'avait ligotée, Oscar m'avait manipulée, Oscar était le tueur. Voilà ce que j'en concluais, mais, là encore, je me trompais.

J'ai entendu une porte s'ouvrir, la lumière m'a éblouie. Lorsque j'ai rouvert les yeux, j'ai réalisé que j'étais dans les cuisines. Et qu'Oscar était allongé et ligoté comme moi… C'était une surprise, une autre était à venir. Une surprise poivre et sel qui s'avançait vers nous. Une surprise avec un drôle de sourire sur les lèvres. Stupeur.

« Que… que faites-vous là ? Vous… vous êtes mort ! balbutia Oscar.

— Oui, mais je vais mieux, merci. »

Bobby McGonaghan se tenait face à nous. Pour un type revenu des morts, il paraissait en pleine forme, avec l'œil brillant de celui qui savoure son petit effet.

« McGonaghan, c'était vous ! Espèce de monstre !

— Hou là, vous êtes bien remontée, ma petite Audrey. La colère vous va bien au teint, vous êtes charmante.

— Comment est-ce possible ? fit Oscar.

— Oh, c'est tout simple. Un petit tour digne d'un débutant. » McGonaghan sortit de sa poche un poignard. « Vous voyez ça ?

— Je le préférais dans votre poche.

— Ou dans ma poitrine, peut-être ? dit-il en se l'enfonçant dans le cœur avec un cri de douleur avant de s'effondrer sur place.

— Il est malade ! s'écria Oscar. Qu'est-ce qu'il fait ?

— Je crois que j'ai compris », fis-je en regardant la grimace de McGonaghan se transformer en éclat de rire. Le vieux beau se releva, sans pouvoir s'arrêter de rire, puis s'approcha d'Oscar et lui planta le couteau dans la cuisse.

« Vous avez compris ? C'est un couteau à lame rétractable que j'ai trouvé sur le mur du Musée Sherlock dans le salon. Je m'en suis servi pour ma petite comédie de ce matin. Il a suffi que je me barbouille d'un peu de sang et vous n'y avez vu que du feu. Vous avez même vérifié les cadavres des collègues pour savoir si mon meurtrier se cachait parmi eux, sans penser à vérifier le mien !

— Et vous pouviez ainsi continuer vos forfaits sans qu'on vous démasque… Comme dans *Les Dix Petits Nègres…*

— Erreur sur toute la ligne, Audrey. Je n'ai pas fait tout ça pour vous tuer.

— Ah non ? fis-je, alors que ma réserve d'ironie était dans le rouge. Dans quel but alors ?

— Mais pour me protéger ! s'exclama McGonaghan. Je ne suis pas le coupable ! »

Je ne comprenais plus rien, les alarmes qui se déclenchaient sans cesse faisaient vibrer mon crâne, McGonaghan se défendait avec une sincérité désarmante. À quoi jouait-il ?

« Mettre en scène ma mort était la meilleure façon d'échapper au meurtrier, reprit notre geôlier. J'ai fait ça pour sauver ma peau, en me disant qu'il me croirait victime d'un collègue qui aurait profité du désordre général pour m'assassiner. Je suis sûr que ça en démangeait plus d'un ! Puis j'ai attendu que le tueur fasse son ménage, pour reprendre la main au dernier moment.

— Reprendre la main ? Je ne comprends pas, fit Oscar.

— Oh si, vous comprenez très bien ! Vous continuez votre comédie, c'est de bonne guerre, mais vous connaissez la vérité tous les deux. Car les coupables, c'est vous ! »

Si ses explications m'avaient interloquée, sa conclusion me glaça le sang. Que cherchait-il ? Un peu de torture psychologique en guise de préliminaires ? Ce qui est certain, c'est qu'il exultait de nous voir à sa merci.

« Je vous ai soupçonnés dès le début, mais j'ai hésité longtemps entre vous deux. Vous, Oscar, trop naïf pour être honnête, avec ces accidents à répétition qui vous ont placé dans une position inespérée pour quelqu'un de votre âge. Quant à vous, Audrey, je vous ai toujours trouvée louche. Ces déguisements, ces mensonges, votre prétendu travail de journaliste… C'est pourquoi j'ai d'abord hésité, puis j'ai compris.

— Compris quoi ?

— Qu'il n'y avait pas un coupable, mais *deux*. Un joli couple de monstres arrivistes. Oscar et Audrey.

— Vous délirez !

— Détachez-nous !

— Ne vous inquiétez pas, je vous détacherai dès que les secours nous auront dégagés et que la police aura été avertie. Un peu de patience encore : l'électricité est rétablie, pas les réseaux téléphoniques. En attendant, permettez-moi de me protéger en vous laissant ici. »

McGonaghan sorti, Oscar se mit à pleurnicher dans son coin, et moi à gamberger. Si McGonaghan était le tueur, pourquoi ne nous avait-il pas éliminés ? Et si McGonaghan n'était pas le tueur… Quelle solution restait-il ? Je regardais Oscar pendant que les idées se remettaient à tourner à toute vitesse dans ma tête. C'est vrai qu'Oscar avait le profil du parfait innocent… Ou du parfait pervers, roi de la dissimulation !

J'ai senti la nausée monter en moi, et je me suis laissée tomber sur le côté en fermant les yeux, alors que la cacophonie des alarmes augmentait pour bien signifier qu'on approchait du paroxysme. Après de longues minutes à essayer de calmer ma respiration, j'ai failli crier en entendant Oscar murmurer tout contre mon oreille.

« Chut, ne dis rien, j'ai réussi à défaire mes liens. C'est une chance, le tortionnaire intellectuel n'est pas doué pour les nœuds. Je vais te libérer, puis on va le mettre hors d'état de nuire. À deux, on aura le dessus.

— Il dit qu'il n'y est pour rien…

— C'est un manipulateur ! Tu ne vois pas qu'il joue avec nous ? Ce type est malade, il nous gardait au chaud pour nous zigouiller plus tard. Viens avec moi. »

J'ai suivi Oscar sans savoir quoi penser, dominée par une nausée de plus en plus forte. Il avait l'air si innocent… et McGonaghan si coupable… Nous nous sommes avancés à pas de loup vers la porte du salon. Il n'y avait aucun bruit dans l'hôtel, et la lumière me paraissait toujours aussi crue, toujours aussi agressive. Nous cherchions McGonaghan, il n'était pas loin…

Son corps attendait sagement à l'entrée du salon. Et sa tête à deux mètres de là…

La double personnalité poussée à son comble.

McGonaghan avait été décapsulé.

C'était la flaque de sang qui faisait déborder le vase. Je me suis lancée dans un hommage appuyé à Dolorès, à base de cris hystériques et de larmes torrentielles, option martèlement du carrelage. Oscar m'a serrée dans ses bras en murmurant que tout irait bien, j'ai senti un frisson glacé me traverser le dos, il m'a regardée et quelque chose s'est noué en moi… C'était l'expression de son visage.

Oscar affichait un Bobby-Smile®.

Je me suis pliée en deux comme si je venais de recevoir un coup de poing dans le ventre. Il me fallait fuir, et vite. Je ne voulais pas vivre cet instant unique que peu de couples ont la chance de connaître, ce moment troublant où chacun fixe l'autre en silence avec un regard profond qui dit : « Mais alors, c'est toi le tueur ?!? » En fait, je me suis souvenue que j'étais trop pudique pour me laisser aller à ce genre d'épanchements fleur bleue. À la place du regard profond à mon partenaire, j'ai préféré lui lancer un bon coup de boule, gestuelle au romantisme plus noir mais à l'efficacité certaine lorsqu'on prend la décision de s'enfuir en courant.

« Audrey ! hurla Oscar alors que la moquette devait éponger goulûment le sang de son nez meurtri. Reviens, Audrey ! »

Dopée par cette étonnante motivation que procure toute rencontre avec un serial killer, je venais de battre le record du cent mètres escaliers et couloirs d'hôtel et me trouvais déjà devant la porte de ma chambre. À me poser cette question pratique que toutes les femmes poursuivies par un psychopathe connaissent bien : Où ai-je fourré ma clé ? (Avec son chapelet d'injures à volonté.)

Défigurée par l'affolement, en proie à des tremblements irrépressibles, je me suis mise à fouiller dans mes poches avec un manque de méthode assez consternant, de façon à offrir la classique mais toujours efficace séquence dite de « la recherche de la clé par la jeune fille innocente pendant que le tueur monte les escaliers ».

« Audrey ! continuait à bramer Oscar avec le ton nasillard et un peu sec si caractéristique du mâle vexé dont on a dévié la cloison nasale. Attends-moi !

— Oh non, c'est pas vrai…, gémis-je en gigotant dans tous les sens au lieu de mener une recherche logique, exactement comme c'est écrit dans les revues de psycho, si c'est pas malheureux.

— Audrey ? fit Oscar de cette voix doucereuse qui fait stresser deux fois plus. Arrête, je ne te ferai pas de mal…

— Ça y est ! » exultai-je en extrayant enfin de ma poche non pas ma clé (ce serait trop simple) mais le trousseau que le directeur m'avait remis à mon arrivée.

L'heure de la deuxième question avait sonné, celle qu'on se pose au moment de revoir à la baisse son espérance de vie : C'est laquelle la bonne clé ? Dans ce cas – les scénaristes américains le savent bien –, une seule solution : les essayer une à une, en commençant par les grosses qui n'ouvrent jamais rien et en faisant tomber le trousseau par terre au moins une fois tous les deux essais.

« Audrey, ça suffit ! » lança Oscar qui montait l'escalier en traînant la patte alors que c'est son nez qui était douloureux (va comprendre).

Je me démenais avec le zèle du serrurier en CDD reconductible, Oscar apparut en bout de couloir avec la mine vaseuse et la chemise rougie du gréviste matraqué en fin de manif. Il lui restait quelques mètres ; moi, quelques secondes : un choc spatio-temporel s'annonçait, un big-bang hôtelier, une apocalypse suisse. Et puis non, finalement. Car une clé glissa dans la serrure juste au moment où Oscar allait m'enlacer dans un geyser d'hémoglobine nasal, m'évitant à la fois une lessive délicate et une mort déplaisante.

Clic, clac, ouf.

La porte que j'avais claquée sur le nez d'Oscar n'avait pas dû arranger l'hémorragie de ce garçon dont la résistance physique n'était pas l'atout premier, si on se fiait à sa tête de dispensé d'EPS. D'ailleurs, il frappa à ma porte avec plus de difficultés que de conviction.

« Ouvre-moi, Audrey ! Je ne te ferai pas de mal !

— Ils disent tous ça !

— Qui ?

— Les tueurs psychopathes.

— Je ne suis pas un tueur !

— Ils disent tous ça !

— Arrête, enfin ! Tu me connais, je suis inoffensif !

— Les vrais tueurs ont toujours l'air inoffensifs. C'est pour ça qu'on a tant de mal à les attraper. Désolée, tu as le bon profil.

— Audrey, par pitié, je saigne !

— Technique de la plainte pour avoir la victime par la compassion : on connaît !

— Je te jure que je n'ai tué personne !

— De toute façon, si tu étais le tueur, tu me le dirais ?

— Ben… J'imagine que non…

— Eh bien voilà, dans le doute, principe de précaution. Je ne sors plus de ma chambre. Tu n'as qu'à faire pareil, on attend les secours et on voit.

— Mais je n'ai pas envie de rester seul, j'ai besoin de toi !

— Oscar, réfléchis un instant ! Il ne reste que nous deux, les autres sont morts. Et je sais de source sûre que je ne suis pas la tueuse.

— Je sais que tu n'es pas la tueuse, j'ai confiance en toi !

— Justement, c'est ce qui m'inquiète le plus. Comme on n'est que tous les deux, tu devrais logiquement penser que je suis la coupable ! Le fait que tu saches que je ne le suis pas confirme bien que c'est toi le psychopathe !

— C'est un raisonnement obtus ! J'ai des sentiments pour toi !

— La haine est un sentiment. L'envie de découper son prochain en morceaux aussi.

— J'ai des sentiments affectueux !

— Super, garde-les-moi au chaud. Maintenant, je vais arrêter de te parler. J'ai barricadé la porte, et je te conseille de faire de même dans ta chambre rapport à la dernière hypothèse.

— Quelle hypothèse ?

— La tienne. Celle du meurtrier caché dans l'hôtel depuis le début. Si vraiment tu n'es pas le tueur, tu ferais mieux de ne pas traîner dans les couloirs.

— Tu crois ? »

C'est à cet instant que j'ai entendu un drôle de bruit derrière la porte, comme un gloussement. J'ai appelé Oscar, il n'a pas répondu. Et depuis, plus rien.

Voilà, j'arrive à la fin de mon récit, et peut-être à la fin tout court. Il est minuit passé, le silence est total dans l'hôtel depuis des heures. Je ne sais pas ce que fait Oscar, je ne sais même pas s'il est le tueur… Comment aurait-il pu décapiter McGonaghan à distance ? Qui pourrait jouer la comédie ainsi ? Tout s'embrouille dans mon esprit, j'ai la tête lourde et la nausée ne me quitte plus… En attendant qu'on vienne me chercher, pour me sauver ou m'achever, il ne me reste plus qu'à relire ce que j'ai écrit pour essayer de comprendre.

J'en suis à mon troisième whisky, j'attaque ma deuxième plaque de chocolat, et comme c'est moi qui ai piqué le poêle de McGonaghan (*mea culpa*), j'ai poussé le chauffage à fond. Si je vis mes derniers instants, au moins que ce soit au chaud, le ventre plein et l'esprit dans les nuages. Tout ce qu'il faut pour une agréable lecture…

Sherlock Holmes pour les Nuls (extrait)

L comme Lecture : Dans l'ouverture de l'aventure du *Pince-Nez en or*, Holmes est en train de « décrypter avec une puissante loupe les fragments du texte original d'un palimpseste ». Cette posture, qui est à la fois celle du détective et celle du lecteur, nous révèle le lien profond entre ces deux activités. Le détective est un lecteur du réel qui déchiffre des traces de pas, des cendres de cigare, des traits de visage. Le lecteur de récit policier se retrouve quant à lui dans la peau d'un détective, cherchant des indices au détour des mots employés par l'auteur.

Un peu plus loin dans la même nouvelle, un vieil homme dont le secrétaire a été assassiné déclare à Holmes : « Je vous serais vraiment reconnaissant si vous parveniez à éclaircir un peu ce qui nous paraît si obscur. Pour un pauvre dévoreur de livres invalide comme moi, un tel coup est paralysant. Il me semble que j'ai perdu la faculté de penser. » Un lecteur « invalide », c'est ce que nous sommes tous : c'est le message que Holmes nous livre en permanence en résolvant des énigmes tout en nous montrant que nous aurions pu arriver nous-mêmes à la conclusion.

Pourtant, Holmes est-il vraiment un « lecteur » fiable ? Pierre Bayard, dans son essai *L'Affaire du chien des Baskerville*, a démontré, en jouant lui-même au lecteur-détective, que Sherlock Holmes s'était totalement fourvoyé dans cette affaire, que le véritable coupable n'avait jamais été inquiété, mais que la théorie de

Holmes avait été validée par tous ses lecteurs depuis plus d'un siècle.

On en conclut que le talent de Holmes réside moins dans ses facultés déductives que dans ses capacités oratoires qui lui permettent de convaincre tout le monde, y compris le lecteur de la nouvelle, de la validité de son analyse. À la limite, l'identité du coupable pourrait ne pas être la conclusion du raisonnement de Holmes, mais son *point de départ*. Tout le défi consistant pour lui à mettre en place une démonstration accusant de façon évidente la personne qu'il aura sélectionnée *a priori*, quelle qu'elle soit…

La question qui se pose est donc : savons-nous lire les récits à énigme ? Regardons-nous vraiment ce qu'il faut regarder ? Ou nous laissons-nous manipuler par celui qui raconte l'histoire ?

*
* *

Après avoir posé le dernier feuillet sur la table, le commissaire Lestrade garda le silence longtemps. Sa mine était grave – si bien que Poséidon, Flipo et Rigatelli n'osèrent pas interrompre ce moment de recueillement –, mais une lueur s'était allumée dans son regard. Il finit par se lever pour arpenter la pièce de long en large en bourrant sa pipe de tabac brun.

Quand il rejoignit enfin les trois compères et qu'il se rassit en tirant sur sa pipe, son visage affichait une mine détendue, et ses yeux pétillaient.

« Bien, fit-il en se frottant les mains. J'imagine que toute l'affaire est limpide à vos yeux ?

— Vous voulez rire ? répliqua Poséidon. Tout ce qu'on vient de lire ne nous a rien appris de concluant !

Sinon qu'Oscar doit être le coupable puisqu'il est le dernier être vivant à avoir…

— Peuh ! l'interrompit Lestrade avec impatience. Oubliez Oscar ! Il n'a tué personne !

— Alors je dois avouer que je n'y comprends rien.

— Moi aussi, j'avoue, monsieur le commissaire, renchérit Flipo.

— Je vous accorde qu'il s'agit là d'une affaire singulière.

— Trop complexe pour être résolue, affirma Poséidon.

— Elle est certes complexe, mais je suis désolé d'infirmer la deuxième partie de votre assertion : cette affaire est résolue.

— Je le savais ! s'enthousiasma Rigatelli. Vous êtes le meilleur !

— Vous connaissez la vérité ? s'étonna Poséidon.

— Sans aucun doute, et je pensais que vous aviez suivi le même cheminement logique que moi ! Ainsi, après tous les conseils que je vous ai prodigués pour appliquer à cette affaire la méthode de Sherlock Holmes, vous n'avez aucune idée de ce qui s'est passé ? Je ne peux pas le croire, vous avez eu tous les éléments sous les yeux, tout comme moi !

— Puisque vous savez qui est le coupable, dites-le-nous ! se vexa Poséidon.

— Si vous tenez à commencer par là, la réponse est évidente et je m'en suis douté dès mes premières observations. La lecture des récits d'Audrey et de ses collègues n'a fait que confirmer ce que j'avais compris depuis le début. »

Le commissaire fit une nouvelle pause pour rallumer sa pipe et, accessoirement, faire durer le suspense, avant de lâcher, désinvolte :

« Il n'y a pas de coupable. »

Poséidon, Flipo et Rigatelli restèrent bouche bée quelques secondes avant de réagir.

« Comment ça, pas de coupable ? s'étonna Flipo.

— Nous avons onze cadavres sur les bras ! s'agaça Poséidon. Il faut bien que quelqu'un les ait tués !

— Je vous répète qu'il n'y a pas de coupable, fit Lestrade.

— Qu'est-ce que ça veut dire ? s'inquiéta Rigatelli. Expliquez-vous !

— Cela signifie que nous sommes face à l'une des plus étonnantes affaires qu'il m'ait été donné de traiter. Un cas exceptionnel que, j'en suis sûr, Sherlock Holmes aurait adoré élucider. Il aurait commencé par rappeler les paroles qu'il prononce en ouverture d'*Une affaire d'identité* : "La vie est infiniment plus étrange que tout ce que le cerveau humain peut inventer. Nous n'oserions même pas concevoir les choses qui constituent les simples banalités de l'existence." Il ajoute que, face à la vie, "toute fiction, avec ses conventions et ses conclusions prévisibles, semblerait dépassée et stérile". Gardez ces paroles à l'esprit, mes amis, pendant que je reprends devant vous la chronologie des faits.

— Euh, vous pouvez répéter la phrase de Holmes ? demanda Flipo. Je ne suis pas sûr d'avoir tout compris…

— Retenez que la réalité dépasse la fiction, ce sera déjà pas mal, fit Lestrade en soufflant sa fumée vers le plafond, avant de reprendre son raisonnement d'un ton vif. Donc, les deux premiers cadavres découverts sont ceux du professeur Rodriguez et de Benjamin Rufus, l'un désarticulé après une chute dans les escaliers, l'autre écrasé par son matériel de musculation. Dans un premier temps, nos cloîtrés vont conclure à des morts accidentelles. Mais, avec la découverte des cadavres des professeurs Bobo et Gluck, la théorie d'un tueur en série se met en place. Quelqu'un tapi dans l'ombre, ou dissimulé parmi l'équipe, élimine un par un tous les prétendants à la chaire d'holmésologie. Les décès de Rodriguez et de Rufus sont alors révisés à l'aune de ces nouveaux faits et attribués à leur tour à l'assassin. L'idée du serial killer s'impose selon toute logique, et elle est confortée par la sensation d'oppression des professeurs enfermés dans l'hôtel, situation propice à tous les fantasmes, surtout dans l'esprit de personnes nourries au petit-lait du roman policier. Une théorie séduisante, donc, mais une théorie erronée !

— J'ai compris, fit Poséidon. Vous voulez dire qu'il n'y a pas eu un tueur en série, mais *plusieurs* tueurs. J'y ai pensé à un moment donné : les professeurs ont fini par se tuer les uns les autres en pensant se protéger. C'est bien ça ?

— Bravo, Poséidon ! applaudit Lestrade. Vous êtes digne du docteur Watson.

— Oh oui, bravo ! s'exclama Rigatelli. C'est impressionnant.

— Merci, se rengorgea Poséidon, mais il suffisait de réfléchir.

— Digne de Watson, continua Lestrade, qui n'a jamais réussi à aboutir à une seule conclusion valable, mais dont le rôle est fondamental pour Holmes qui lui dit dans *Le Chien des Baskerville* : "En relevant vos erreurs, je suis parfois conduit vers la vérité."

— Pardon ? s'empourpra Poséidon. Je ne comprends pas…

— Ah, ça me rassure, je ne suis pas tout seul, dit Flipo.

— Je vous répète qu'il n'y a ni un ni plusieurs coupables : il n'y en a jamais eu ! Rodriguez et Rufus, les deux premiers de la liste, sont bien morts par accident, comme tout le monde l'a pensé sur le moment. Relisez le compte rendu de la première soirée, Rodriguez était complètement saoul, il s'est aventuré dans le couloir sans lumière et il est tombé. C'est aussi bête que ça.

— Soit… Mais Rufus ?

— Croyez-vous vraiment qu'un intellectuel ait besoin de quelqu'un pour transformer une séance de musculation en tragédie ? Nous sommes nos pires ennemis, mais nous refusons de l'admettre. Notre paranoïa latente mêlée à notre orgueil naturel nous pousse à toujours chercher un coupable extérieur pour éviter de regarder en face nos insuffisances. Dans cet événement navrant, rien dans les faits objectifs ne nous entraîne sur la piste d'un crime, sauf notre désir d'en trouver un. Rufus pesait cent vingt kilos, il est tombé avec son vélo et il a entraîné des haltères dans sa chute. Point.

— Je veux bien admettre votre raisonnement pour les deux premiers morts, répliqua Poséidon, mais pas pour le professeur Bobo ! Il n'est quand même pas allé tout seul se noyer dans un aquarium !

— Et pourquoi ? Parce que *vous* ne le feriez pas ? Juger les comportements des autres en les comparant aux nôtres est la plus grande erreur du logicien. Votre esprit refuse de quitter les schémas qui l'ont structuré et de prendre en compte les particularités individuelles. Qui était le professeur Bobo ? Un homme diminué par la maladie, dont les paroles et les actes ne répondaient plus à la logique commune, les exemples abondent dans ce que nous venons de lire. Que s'est-il passé quand tout le monde s'est rué à l'étage pour éteindre l'incendie ? Bobo a commencé par accompagner le mouvement, puis il s'est retrouvé seul dans le hall, physiquement incapable de suivre le rythme. Avez-vous au moins retenu ce que faisait le professeur quand il devait prendre une décision ? Quand il commençait à paniquer ?

— Il se reportait à ses Post-it pour y chercher une solution ? avança Poséidon.

— Exactement. Parmi ceux qu'Audrey a compilés, rappelez-vous celui qui disait : "Le feu, c'est dangereux. Mais l'eau, c'est la vie." L'explication est sous vos yeux, revoyez la scène : Bobo entend ses collègues affolés crier "au feu !". Il fouille dans ses poches, regarde ses Post-it, en trouve un qui se rapporte au "feu", et il applique la consigne. Pour se protéger du feu, il fallait de l'eau ; et l'eau la plus proche, c'était l'aquarium. Même diminué physiquement, Bobo pouvait monter sur une table et tenter le plongeon. Le refuge était bien trouvé, dommage qu'il n'ait pas eu un Post-it lui rappelant que les humains ne respirent pas sous l'eau.

— Excusez-moi, commissaire, fit Poséidon, mais tout ça me paraît un peu tiré par les cheveux…

— Souvenez-vous des informations communiquées par Audrey, répondit Lestrade en tirant sur sa pipe. La secrétaire de Bobo avait trouvé celui-ci enfermé dans un carton en partance pour la Suisse ! Alors pourquoi pas un aquarium ? Mais je comprends votre réaction. Notre esprit refuse d'admettre les actions ahurissantes qui jalonnent les vies humaines. Vous parlez comme le lecteur d'un roman policier qui attend de l'auteur une résolution *vraisemblable* et qui tique si celle-ci lui paraît peu crédible. Pourtant, si l'on suit notre conception très étroite de ce qui est crédible, la vie elle-même est invraisemblable ! Ouvrez donc les journaux à la rubrique des faits divers, vous y trouverez tous les jours des anecdotes incroyables et pourtant véridiques. Nous avons tous été témoins d'événements que tout le monde a du mal à croire quand nous les racontons. Watson lui-même s'est interdit de rapporter certaines affaires, comme celle du *Rat géant de Sumatra*, car il savait que le lecteur se braquerait face à ce qui lui apparaîtrait irrationnel. Le cas qui nous intéresse aujourd'hui nous oblige à remettre en cause nos raisonnements habituels. Et Dieu sait combien cela est difficile puisque notre refus des hasards et coïncidences est un mécanisme de défense psychologique naturel face au sentiment de l'absurde lié à l'angoisse de mort.

— J'ai une défense spychologique ? s'étonna Flipo.

— Soit..., fit Poséidon, pensif. Donc, si l'on suit votre théorie, la mort de Durieux n'est pas le résultat d'un poison présent dans sa boisson ?

— Si, fit le commissaire.

— Mais... vous venez de dire que personne n'a été assassiné !

— Je confirme. Durieux n'a pas été assassiné, mais il y avait bien du poison dans son verre. Un poison inoffensif pour la majorité d'entre nous, mais pas pour lui. Là encore, relisez ses Mémoires. Durieux était victime d'allergies qu'il traitait par le mépris, comme tout ce qui concernait son corps. Il était intolérant à la cacahuète, c'est écrit noir sur blanc dans le portrait qu'Audrey avait rédigé, et savez-vous avec quoi est fabriquée la chicha, la boisson péruvienne qui l'a tué ?

— Du haschich ? tenta Rigatelli.

— De la farine de cacahuète, révéla Lestrade. Durieux ne connaissait visiblement pas la composition de cette boisson, et, de toute façon, il refusait trop les contraintes de son corps pour s'y intéresser. Il a fait un choc anaphylactique, une réaction aiguë à cet allergène et il en est mort, comme cela arrive à des centaines de personnes chaque année. Mais, dans la tension ambiante, tout le monde a vu là un meurtre, car c'était plus *logique*, plus *vraisemblable*.

— Disons que tous ces accidents, ça fait de drôles de coïncidences ! répliqua Poséidon.

— La vie est pleine de coïncidences ! Rappelez-vous les paroles que je vous ai demandé de garder à l'esprit : "La vie est infiniment plus étrange que tout ce que le cerveau humain peut inventer." Qu'est-ce qui empêche que onze accidents aient lieu au même endroit le même week-end ? Rien en théorie, absolument rien, sauf notre esprit qui refuse les coïncidences. Il y avait une chance sur des milliards ? Sans doute, mais cette chance existait !

— J'ai compris ! s'exclama Flipo. J'ai vaincu ma défense spychologique ! Donc, le professeur Gluck s'est pendu tout seul, c'est ça ?

— Nous avons bien affaire à un suicide, qui ne satisfait pas notre goût pour le crime mais qui correspond aux faits objectifs. Rappelez-vous que, la veille de sa mort, Gluck s'était discrédité avec l'épisode piteux de son intrusion dans la chambre de Bobo. Humilié publiquement, que lui restait-il comme option ? Relisez le portrait consacré à Gluck, rappelez-vous son identification névrotique aux auteurs dont il se prenait de passion. C'était un être très perturbé, incapable de faire la différence entre la fiction et le réel. Et quel auteur a-t-on retrouvé sur sa table de chevet ?

— Euh… Nous sommes censés le savoir ? demanda Poséidon.

— Vous regardez mais vous ne voyez pas ! C'était écrit dans le compte-rendu de la jeune Audrey ! On y a retrouvé un recueil de Gérard de Nerval !

— Gérard de… ? s'interrogea Flipo à voix haute. C'est lui qui a traversé l'Atlantique à la rame, non ?

— Savez-vous comment est mort Gérard de Nerval, un de nos plus grands poètes, messieurs ? Un suicide par pendaison ! Le professeur Gluck, disqualifié pour la course à la chaire, était passé à un autre centre d'intérêt qui, conjugué au sentiment d'humiliation, l'a conduit à se donner la mort. Mais personne dans l'hôtel ne l'a interprété ainsi car la théorie du tueur en série était devenue une vérité absolue. Tout le monde a plaqué sur les faits ses angoisses morbides et ses fantasmes de lecteur de roman policier. Nous sommes face à un phénomène remarquable d'autopersuasion : dans cette affaire, ce n'est pas un tueur qui est responsable des morts, ce sont les morts qui ont fabriqué un tueur.

— Et Perchois ? demanda Rigatelli.

— Vous n'avez pas perçu la dégradation de Perchois dans ses appels désespérés à Holmes ? Perchois se droguait pour entrer en contact avec son mentor, il a augmenté les doses parce qu'il n'entendait plus la voix de son maître, jusqu'à la piqûre fatale. Audrey avait d'ailleurs conclu à une overdose accidentelle, mais elle n'a pu s'empêcher de lui préférer la thèse d'un empoisonnement criminel. Et elle a réagi de la même façon avec le cas de Dolorès.

— C'est-à-dire ?

— Elle n'a pas pu accepter que Dolorès ait été tuée par la marmotte démente. Il fallait qu'un criminel soit passé d'abord. Pourtant l'animal a été suffisamment décrit comme dangereux, et les habitants du canton de Meiringen savent bien que les morsures des marmottes peuvent faire de gros dégâts. Même herbivore, un animal sauvage peut avoir des réactions imprévisibles. Et une seule morsure mal placée suffit : Dolorès a eu la malchance d'être touchée à la carotide et elle s'est vidée de son sang.

— D'accord pour Dolorès, mais pour Eva von Gruber et McGonaghan ?

— "Des faits ! Des faits ! Des faits ! On ne peut pas fabriquer des briques quand on n'a pas d'argile", voici la leçon de Holmes dans *Les Hêtres dorés*. Quand et comment Eva a-t-elle été retrouvée par Oscar et Audrey ?

— Elle était sur le sol de sa salle de bains, répondit Poséidon.

— Nue et mouillée, ajouta Flipo, ça je m'en souviens bien.

— Quand était-ce ? répéta le commissaire.

— Aucune idée…, répondit en chœur le trio.

— Quelques minutes après le retour de l'électricité dans l'hôtel ! asséna Lestrade. Un cocktail eau + courant électrique, ça ne vous rappelle pas un précédent célèbre ? Eva était sous sa douche, ou elle en sortait, lorsque la lumière est revenue. Il a suffi qu'elle touche par mégarde ou inconscience une ampoule ou un élément électrique…

— Et elle s'est électrocutée ! s'exclama Flipo. Je connais bien ça, ma mère m'a dit que ça m'était arrivé quand j'étais petit.

— C'est un accident domestique fort banal malgré les campagnes de prévention, confirma Lestrade.

— Et McGonaghan ? s'agaça Poséidon. Il ne s'est quand même pas suicidé par décapitation !

— Le cas de McGonaghan m'a donné davantage de fil à retordre, répondit Lestrade en se levant de son fauteuil et en recommençant les cent pas dans la pièce. Il s'agit là d'appliquer un raisonnement inductif : nous avons le résultat, remontons jusqu'à la cause. Qu'est-ce qui peut décapiter un homme ?

— Une guillotine ? proposa Flipo en levant le doigt.

— Une hache ? essaya Rigatelli.

— Oui, mais il n'y a ni guillotine ni hache dans cet hôtel. Continuez à chercher.

— Il faut une lame, dit Poséidon, ou un objet tranchant tombant avec assez de force sur la nuque…

— Exactement ! lança Lestrade en pointant son index vers le lieutenant. Et où a été trouvé le corps de McGonaghan ?

— À l'entrée du salon, si je me souviens bien… Et sa tête un peu plus loin… Le tueur devait être caché…

— Il n'y a pas de tueur, je vous le répète ! En revanche, il y a quelque chose à l'entrée du salon, quelque chose qui est décrit au début du récit et qui est là pour protéger la collection holmésienne de l'hôtel Baker Street… »

Poséidon et Flipo regardèrent Rigatelli dont le visage congestionné trahissait un intense effort de réflexion.

« Ma grille de sécurité ! finit par crier le directeur de l'hôtel. Elle est peut-être tombée !

— Elle *doit* être tombée, corrigea Lestrade. "Lorsque vous avez éliminé tout ce qui est impossible, ce qui reste, si improbable qu'il y paraisse, doit être la vérité", comme nous l'enseigne Holmes dans *Le Soldat blafard*. Il n'y a pas d'autres solutions. Audrey a bien expliqué qu'au retour de la lumière les alarmes sonnaient à tout bout de champ. Tout le système électrique s'est détraqué, y compris la grille de sécurité. Elle est tombée brutalement sur McGonaghan qui passait au mauvais endroit au mauvais moment, elle l'a décapité et elle est remontée aussitôt, si bien qu'Audrey et Oscar n'ont pas compris ce qui s'était passé. Allez donc examiner la grille, je suis persuadé que vous trouverez du sang dessus. »

Poséidon, Flipo et Rigatelli se ruèrent vers l'entrée du salon, tandis que le commissaire se calait de nouveau dans son fauteuil.

« Vous avez raison ! s'écria Rigatelli. Venez voir, il y a du sang !

— Je n'ai pas besoin de venir voir, fit Lestrade qui savourait sa pipe. D'après l'analyse objective des faits, il *devait* y avoir du sang.

— Vous êtes extraordinaire ! s'exclama Rigatelli en revenant vers le commissaire.

— Félicitations, lâcha Poséidon dans une grimace. Mais je pense que vous serez bien en peine de nous éclairer de la même façon sur la mort d'Audrey, n'est-ce pas ? Le récit s'arrête avec son décès, vous n'avez donc aucun fait objectif à analyser…

— Détrompez-vous, il suffit de lire, encore et toujours. Vous vous rappelez les derniers mots de la malheureuse ? Ils nous donnent la clé du mystère de sa mort.

— Elle dit qu'elle se bourre de chocolat, si je me rappelle bien. Vous penchez pour une crise de foie ? ironisa Poséidon.

— Ne soyez pas mauvais joueur, lieutenant, et lisez jusqu'au bout. Après plusieurs jours dans le froid, que fait la jeune femme ? Elle “met le chauffage à fond”. Avec quoi ? Le poêle à pétrole que McGonaghan avait trouvé en fouillant l'hôtel et qu'elle a récupéré dans la chambre de ce dernier après sa mort. Un poêle vétuste, qui n'avait pas dû fonctionner depuis longtemps dans un hôtel moderne, qu'elle va pousser au maximum dans une pièce confinée, sans aucune aération. Tout était réuni pour un drame malheureusement des plus communs, qui occasionne de nombreux morts chaque hiver : une intoxication au monoxyde de carbone. Audrey parle de sa fatigue, de ses maux de tête, de sa nausée, ce sont des symptômes bien connus ! Là encore, l'autopsie viendra confirmer mes dires, il ne peut en être autrement.

— Comment son corps s'est-il retrouvé dans la chambre froide avec les autres ? demanda Rigatelli.

— C'est Oscar qui l'a transporté. La porte d'Audrey était défoncée. Oscar a dû revenir lui parler et, n'entendant plus de bruit, il a ouvert. Je vous rappelle qu'il avait fait la même chose avec les portes de Dolorès et d'Eva.

— Alors c'est terminé ? demanda Flipo.

— Pas tout à fait, répondit Lestrade. Il reste le cas d'Oscar Lecoq, mais, par égard pour notre ami Poséidon, je ne vous ferai pas l'affront de rappeler l'épisode du camion de pompiers défonçant la porte de l'hôtel…

— Vous êtes trop bon, s'étrangla le lieutenant.

— Ce pauvre Oscar aurait pu nous éclairer sur de nombreux points, fit Lestrade, soudain pensif. Je n'ose imaginer ce qu'ont dû être ses dernières heures dans ce tombeau… Mort si près de la délivrance… Je pense à la fin de l'aventure de *La Boîte en carton*, où Holmes se permet une de ses rares envolées métaphysiques : "Quelle est la signification de tout cela, Watson ? À quelle fin tend ce cercle de misère, de violence et de peur ? Il doit bien tendre à une certaine fin, sinon notre univers serait gouverné par le hasard, ce qui est impensable." Holmes résume l'angoisse métaphysique de tout être humain, qui le pousse à chercher une explication logique à toute chose, par refus de ce "hasard" dont l'existence nous pousserait au désespoir. Et pourtant, chers messieurs, le hasard existe, les coïncidences règnent autour de nous, et la justice n'est pas de ce monde. L'admettre permet de comprendre le mystère qui nous préoccupe : tous ces gens sont morts par hasard. Bêtement par hasard.

— L'affaire est donc résolue…, fit Poséidon. J'avoue que mon esprit résistait…

— Faites comme moi, lieutenant, j'ai détruit ma résistance spychologique !

— Qu'il n'y ait pas de coupable, c'était difficile pour moi…

— Oh, si vous tenez à un coupable, fit Lestrade d'un air las, on peut vous en trouver un. Au fond, vous avez raison, il y a toujours un coupable… Du majordome vengeur à la maîtresse jalouse, de la grand-mère inoffensive au détective en charge de l'enquête, du personnage secondaire au narrateur lui-même, la littérature policière nous a offert tous les cas de figure. Mais là, le coupable est un peu particulier…

— C'est-à-dire ?

— Eh bien, dit le commissaire en désignant l'exemplaire des *Dix Petits Nègres* qui traînait sur la table. Il est là, le coupable… C'est la littérature policière.

— Quoi ?

— Nos holmésiens en étaient des spécialistes, ils voyaient le monde à travers le genre qu'ils ont passé une vie à étudier. Selon eux, un hôtel bloqué par la neige ne pouvait signifier autre chose qu'un traquenard, un décès accidentel ne pouvait être qu'un crime maquillé, car c'est ainsi que ça se passe dans les romans ! L'accident ne cadre pas avec la vision existentielle du passionné de polar. Inconsciemment, celui-ci *désire* le meurtre. Nos holmésiens ont projeté sur la réalité leur imaginaire nourri par les romans, ils ont entretenu leur angoisse et ont entraîné par leurs comportements paranoïaques la majorité des accidents. La plupart seraient encore vivants s'ils avaient gardé leur calme et étaient restés soudés.

— D'une certaine façon, vous dites qu'ils sont morts de peur ? fit Poséidon.

— C'est cela, lieutenant... Le récit d'Audrey illustre bien cette propension à percevoir le réel à travers une imagination aussi débordante que dangereuse. Rappelez-vous comment elle décrit les épisodes de la méduse, de la marmotte ou du vol plané d'Eva au-dessus des cadavres ! Vous n'avez pas noté cette exagération permanente qui caractérise sa narration ? On nageait en pleine hystérie romanesque ! Et je ne parle pas des lettres de Dolorès ou de Perchois qui atteignent des sommets dans la névrose ! Alors, s'il y a un responsable à désigner, oui, c'est bien la littérature... »

Les derniers mots du commissaire se perdirent dans le brouhaha qui envahissait le salon de l'hôtel. Policiers, équipes médicales et déjà quelques journalistes se pressaient de toutes parts. Le commissaire Lestrade ramassa les documents et quitta la pièce, suivi de Poséidon et de Rigatelli. Le caporal Flipo resta assis quelques minutes encore dans son fauteuil, les yeux dans le vide, puis il se leva et lâcha d'un air soulagé :

« Eh ben dis donc, j'ai bien fait de ne jamais ouvrir un livre de ma vie ! Je savais bien que la lecture, c'était dangereux ! »

Six mois plus tard

Le match de football OM-PSG battait son plein. Pour la trois cent soixante-septième fois en quarante ans, les supporters se demandaient qui des pédérastes parisiens ou des Marseillais sodomites allait l'emporter avant que le match retour, le match re-retour et le match de la revanche du re-retour de la mort ne viennent tout remettre en balance. C'est dire si le suspense était insoutenable.

À califourchon sur son canapé, le caporal Flipo, supporter du club de Lyon, encourageait ses joueurs à grands cris en se disant qu'il ne reconnaissait pas les maillots. Il était passé maître dans l'art de l'ingestion alternée bière-bretzel sans quitter l'écran des yeux, comme quoi le foot développe des compétences insoupçonnées, mais on va arrêter de se moquer des supporters, c'est trop facile.

À la mi-temps, après avoir salivé sur une BMW coupé sport, un paquet de chips au chorizo et une jeune femme aux aisselles fraîches, Flipo décida de zapper la publicité pour accomplir son devoir de citoyen : s'informer. Cinq minutes d'infos en sandwich entre deux fois quarante-cinq de foot, c'était la bonne proportion.

En incrustation au-dessus du brushing de la blonde tronc, Flipo eut la surprise de découvrir un visage familier. C'était bien la première fois qu'il voyait à la télévision quelqu'un qu'il connaissait personnellement. Il était aussi excité que si l'arbitre avait sifflé un péno.

Il s'agissait d'un reportage sur le commissaire Lestrade. L'affaire de l'hôtel Baker Street, six mois plus tôt, l'avait mis sous les feux des projecteurs. Son talent de déduction et sa finesse de jugement avaient fait merveille. Depuis, il avait pris sa retraite et avait publié un ouvrage sur l'enquête, qui avait beaucoup ajouté à sa renommée. Le caporal Flipo écouta avec intérêt l'information du jour : l'annonce de la nomination de l'ex-commissaire – grand connaisseur du Canon holmésien et spécialiste de la méthode du célèbre détective – à la fameuse chaire d'holmésologie de la Sorbonne.

Flipo leva sa Kronenbourg en direction de son écran plasma, et porta un toast en l'honneur de Lestrade. En grignotant un bretzel, il repensa à l'étonnante affaire de l'hôtel Baker Street et au brio du commissaire dans la résolution de ce mystère. Sur l'écran, le nouveau professeur d'holmésologie de la Sorbonne disait à la journaliste combien il était fier de l'honneur qui lui bla bla bla bla bla, quand tout à coup – fait assez rare pour être signalé – une idée traversa la tête du caporal Flipo.

Une drôle d'idée, surgie d'on ne sait où.

Flipo pensa qu'un esprit mal tourné aurait pu voir l'affaire sous un tout autre angle. L'extraordinaire thèse des onze morts accidentelles démontrée par Lestrade avait convaincu tout le monde, mais on pouvait quand même se poser la question : et si le commissaire s'était trompé ? Et s'il y avait vraiment eu une douzième personne cachée dans l'hôtel ? Oscar avait bien parlé plusieurs fois de la possibilité d'une pièce secrète... Et si, comme dans la plupart des affaires, il suffisait de se demander à qui profitait le crime ?

Ça commençait à chauffer dans la cervelle de Flipo, qui n'était pas habituée à être malmenée de la sorte. Les pensées filaient à une vitesse inédite comme après un ramonage de neurones. En définitive, c'était le commissaire Lestrade qui avait tiré tout le bénéfice de l'affaire... La gloire et la chaire... C'était lui qui avait défendu la thèse des accidents, lui qui avait fait la démonstration... Et s'il ne s'était pas trompé mais avait sciemment raconté une fable ? Il aurait très bien pu maquiller des meurtres en accidents... Avoir la chance que la neige soit une alliée inattendue... Rester caché dans l'hôtel tout le week-end... C'est vrai, se dit Flipo, qu'il nous a surpris au moment de l'ouverture de l'hôtel... Il est apparu comme par magie... Parce que Oscar avait appelé la police, avait-il dit... Ou bien parce qu'il était *déjà* dans l'hôtel quand nous avons ouvert ? Et qui nous dit qu'Oscar n'était pas mort *avant* d'être écrasé par le camion ? Et que son père n'avait pas *déjà* subi une tentative d'assassinat avant le colloque ? Mais oui... C'est possible... C'est incroyable... C'est... Buuuuuuuut !!!

Le commentateur du match de foot s'égosillait dans son micro afin de justifier son salaire. La partie venait à peine de reprendre sous les yeux d'un Flipo perturbé par ses réflexions qu'un joueur de l'OM avait marqué. Le caporal se dressa sur son canapé en hurlant « Allez

Lyon ! », il dégoupilla une nouvelle Kro, éventra un paquet de chips, se gratta l'entrejambe de bonheur.

Et il ne repensa jamais, plus jamais, à l'affaire de l'hôtel Baker Street.

N'empêche, on dira ce qu'on voudra, mais ce que c'est que l'imagination quand même…

Bibliographie

Pour explorer l'univers de Sherlock Holmes, on pourra se reporter :

— à l'édition intégrale des aventures de Sherlock Holmes publiée aux éditions Omnibus en 2005, d'où sont extraites les citations de ce roman (traduction d'Éric Wittersheim) ;

— au site Internet de la Société Sherlock Holmes de France, une inépuisable mine de renseignements : www.sshf.com ;

— à la remarquable biographie de Sherlock Holmes publiée par André-François Ruaud et Xavier Mauméjean aux éditions Les Moutons électriques en 2011 : *Sherlock Holmes, une vie* ;

— à la fameuse enquête littéraire de Pierre Bayard publiée aux éditions de Minuit en 2008 : *L'Affaire du chien des Baskerville* ;

— aux innombrables auteurs qui font vivre le mythe de Sherlock Holmes dans leurs écrits, et parmi eux :

Fabrice Bourland, *Le Fantôme de Baker Street*, « 10/18 », 2008.

Jean-Pierre Crauser, *Quel jour sommes-nous, Watson ?*, Mycroft's brother, 2005.

Thomas Day, *L'Instinct de l'équarrisseur, vie et mort de Sherlock Holmes*, Mnémos, 2002.
Michael Dibdin, *L'Ultime Défi de Sherlock Holmes*, Payot, 1994.
Gérard Dôle, *Sherlock Holmes vs Mata Hari*, Terre de brume, 2009.
Roger Facon, *Sherlock Holmes saisi par la débauche*, La Baleine, 2007.
Jacques Fortier, *Sherlock Holmes et le mystère du Haut-Kœnigsbourg*, Le Verger, 2009.
Bob Garcia, *Le Testament de Sherlock Holmes*, Éditions du Rocher, 2005, et *Duel en enfer*, Éditions du Rocher, 2008.
Alexis Lecaye, *Marx & Sherlock Holmes*, Fayard, 1981, et *Einstein et Sherlock Holmes*, Payot, 1989.
Luca Martinelli, *Sherlock Holmes et le mystère du Palio*, Joëlle Losfeld, 2011.
Nicholas Meyer, *La Solution à 7 %*, Robert Laffont, 1976, et *Sherlock Holmes contre le fantôme de l'Opéra*, L'Archipel, 1995.
Jamyang Norbu, *Le Mandala de Sherlock Holmes*, Philippe Piquier, 2001.
Bernard Oudin, *Enquête sur Sherlock Holmes*, Gallimard, 2009.
Ugo Pandolfi, *La Vendetta de Sherlock Holmes*, Little Big Man, 2004.
Ellery Queen, *Sherlock Holmes contre Jack l'Éventreur*, Stock, 1968.
René Réouven, *Histoires secrètes de Sherlock Holmes*, Denoël, 1993.
Fred Saberhagen, *Le Dossier Holmes – Dracula*, Pocket, 1978.
Jean-Jacques Sirkis, *La Grand-Mère de Sherlock Holmes*, Séguier, 2003.
Jô Soares, *Élémentaire, ma chère Sarah !*, Calmann-Lévy, 1987.

Cet ouvrage a été composé par IGS-CP
à L'Isle-d'Espagnac (16)

Imprimé en France par

CPI
BRODARD & TAUPIN

à La Flèche (Sarthe)
en mars 2015

POCKET – 12, avenue d'Italie – 75627 Paris Cedex 13

N° d'impression : 3009295
Dépôt légal : juin 2013
Suite du premier tirage : mars 2015
S23355/04